ROBYN CARR

Luz de luna

Editado por Harlequin Ibérica.
Una división de HarperCollins Ibérica, S.A.
Núñez de Balboa, 56
28001 Madrid

© 2011 Robyn Carr
© 2014 Harlequin Ibérica, S.A.
Luz de luna, n.º 174 - 1.6.14
Título original: Harvest Moon
Publicada originalmente por Mira Books, Ontario, Canadá.
Traducido por Ana Isabel Robleda Ramos

Todos los derechos están reservados incluidos los de reproducción, total o parcial.
Esta edición ha sido publicada con autorización de Harlequin Books S.A.
Esta es una obra de ficción. Nombres, caracteres, lugares, y situaciones son producto
de la imaginación del autor o son utilizados ficticiamente, y cualquier parecido con
personas, vivas o muertas, establecimientos de negocios (comerciales), hechos o
situaciones son pura coincidencia.
® Harlequin, TOP NOVEL y logotipo Harlequin son marcas registradas por
Harlequin Enterprises Limited.
® y ™ son marcas registradas por Harlequin Enterprises Limited y sus filiales,
utilizadas con licencia. Las marcas que lleven ® están registradas en la Oficina
Española de Patentes y Marcas y en otros países.
Imagen de cubierta utilizada con permiso de Harlequin Enterprises Limited. Todos
los derechos están reservados.

I.S.B.N.: 978-84-687-4165-9
Depósito legal: M-4015-2014

Para Nancy Berland, la mejor amiga y aliada que una escritora podría tener. ¡Gracias por todo lo que haces!

CAPÍTULO 1

—Tengo que hablar contigo —dijo Phillip—. En mi despacho.

Kelly Matlock, sous chef, lo miró con incredulidad. En aquel preciso instante estaba evitando que un enorme italiano y un formidable sueco se arrancaran los ojos el uno al otro; el italiano con una espátula en la mano y el sueco con un cucharón de metal, peleaban por su espacio en la encimera, de modo que ausentarse en aquel momento para ir al despacho del director del restaurante le parecía absurdo.

—Estamos muy ocupados aquí, Phillip. No solo tenemos una batalla campal en la cocina, sino que además son las siete. Es el primer apretón de la noche. Pásate por aquí a las diez.

—Es urgente —contestó él—. Si no lo fuera, no te lo pediría, créeme.

—¿Dónde está Durant? —preguntó Kelly. Era el chef de cuisine, el chef principal.

—Dándose su vuelta de costumbre por el comedor. Presumiendo. Deja que estos dos idiotas se maten... andamos escasos de carne.

Esa sugerencia fue más eficaz que lo que Kelly había hecho hasta el momento para separarlos.

—Ahora mismo voy —le dijo. Le gustaba que pronunciasen su nombre Philippe, y no Phillip, aunque se había enterado de que no tenía ni una gota de sangre francesa en el cuerpo. Su acento era pura impostura. Fue a su taquilla, se quitó el delantal, cambió la chaqueta con salpicaduras por una blanca como la nieve y, tras dejar a otro cocinero al mando, salió.

Estaba casi convencida de que no había ninguna urgencia. Conocía bien a Phillip y su gusto por montar aquellas escenitas melodramáticas. Lo que más le complacía después de eso era flirtear con el personal femenino, y lo tercero liarse a gritos con Durant.

Algún día, cuando Kelly por fin llegase a chef de cuisine, se desharía de Phillip; jamás toleraría a un director con un comportamiento tan grosero e inaceptable.

Llamó con los nudillos a la puerta del despacho y abrió. El corazón estuvo a punto de parársele. Sentada allí, en una silla frente a la mesa de Phillip, estaba Olivia Brazzi, esposa de uno de los chefs más reputados, Luciano Brazzi. Aunque sus caminos se habían cruzado en varias ocasiones, en algunos eventos caritativos y en aquel mismo restaurante, no se conocían. Luca tenía acciones en el negocio, de modo que la presencia de Olivia, que trataba a menudo con Durant, no era inusual. Pero siempre la había ignorado como si se tratase del último mono de la cocina, indigno de su tiempo.

Olivia le sonrió con tanta dulzura que Kelly se preguntó en un arrebato de locura si no estaría soñando y Olivia había ido a decirle que renunciaba definitivamente a Luca.

La señora Brazzi estaba impresionante con aquel elegante vestido de crepé negro, medias negras y brillantes, tacones de aguja infinitos y unos diamantes colocados en su sitio exacto; desde luego no parecía tener ni mucho menos los cincuenta años que habría cumplido ya. Parecía una muchacha. Una joven sofisticada con los ojos azules como el hielo.

El estómago se le encogió. «¿Qué puede querer esta mujer de mí?», pensó. «¿Querrá que le organice una cena especial, o alguna fiesta?»

Olivia miró a Phillip.

—¿Nos dejas un momento, Phillip, por favor?

Kelly sintió que la cabeza le daba vueltas. En su lista de eventos más inesperados, un encuentro privado con Olivia Brazzi era poco más o menos como una abducción alienígena.

—Claro, Olivia —contestó, deteniéndose a besar el dorso de su mano un instante antes de salir. Kelly sintió náuseas.

—Señorita Matlock, por favor —ronroneó—, siéntese un momento.

Y con una mano pequeña y delicada señaló la silla que había al lado de la suya.

Kelly rezó en silencio. «¡Sea lo que sea, que acabe pronto!»

—Lamento que nuestro primer encuentro resulte tan incómodo, señorita Matlock, pero he venido a pedirle que deje de acostarse con mi marido.

Kelly abrió los ojos desmesuradamente a pesar de su deseo de mantener la compostura.

—¿Me está hablando en serio?

—Por supuesto que sí.

—Señora Brazzi, ¡yo no me acuesto con Luca!

—Seguramente hagan algo más que acostarse... en fin, a ver si podemos solventarlo todo rápida y discretamente, ¿le parece?

Tenía que reconocer que por lo menos era directa y franca. Y sus palabras parecían revelar que su marido y ella no estaban tan separados como él decía.

¡Pero ella no se acostaba con Luca! Aunque lo mejor sería no decir nada, porque lo que sentía por él aparecería tarde o temprano reflejado en su cara.

Kelly era guapa; sabía que lo era. Pero Olivia era una belleza. Y con estilo. Y una mujer experimentada. Su sofisticado aplomo resultaba incluso un poco desazonador. Había tenido que enfrentarse a los chefs más diabólicos del mundo y sin embargo hablar con la señora Brazzi la tenía intimidada por completo.

—Luca me lo ha contado todo: cómo se conocieron, cuánto

tiempo llevan viéndose, etcétera. He de decir que es una historia que a estas alturas me resulta familiar. No es usted la primera, obviamente, pero imagino que eso ya lo sabe. A mi marido parecen gustarle particularmente las rubias. En fin, que quiero que rompan.

Sabía que no debía despegar los labios, pero aquello era demencial.

—Con todos mis respetos, señora Brazzi, no sé de qué me está hablando.

—Su aventura con mi marido dura ya unos tres meses, cuatro quizás. Se conocieron en un evento caritativo... es más, yo misma estaba presente. Les encanta intercambiar comida y eso les ha conducido a todo lo demás. Para Luca la comida es pasión. Su número de teléfono aparecía montones de veces en su móvil, así que le pregunté. No es la primera vez que pasamos por algo así. Los mensajes, las fotos, todo eso... quiero que termine.

Kelly se irguió.

—Señora Brazzi, conozco a su marido hace mucho más que tres meses. ¡Llevo tres años siendo sous chef aquí! Por supuesto que hemos tenido contacto en el ámbito profesional, a veces incluso con frecuencia. Este restaurante es suyo, aunque Durant piense a veces que él es el dueño, pero...

Olivia sonrió mirándola con indulgencia.

—Por favor, llámame Olivia. Al fin y al cabo, tenemos mucho en común. Y querida, estoy segura de que no deseas seguir adelante con esto. Déjame que te ilustre... la atención de mi marido dura poco. ¿Te ha hablado ya de sus otros hijos? De los que ha tenido fuera de nuestro matrimonio, quiero decir.

Si su intención era sorprenderla, lo había conseguido.

—Señora Brazzi, temo estar perdiendo el hilo de esta conversación. Me da la sensación de que este asunto les compete solo a su marido y a usted. Yo no puedo saber nada de...

—Hemos conseguido mantener esos desafortunados incidentes dentro de los estrictos límites de nuestra familia y nuestra empresa, pero si tú estuvieras verdaderamente unida a mi marido él ya te habría hablado de ello. Luca tiene grandes conquistas en su haber. Que yo sepa hay más de una docena de hijos, cuya existencia, dicho sea de paso, no se ve reflejada en nuestros libros, ya que mantengo nuestras finanzas bajo estrecha vigilancia. Lo lamento si lo que te he dicho te ha hecho daño, pero cuanto antes te olvides de Luca, mejor. Más sencillo será el final. Además, no vas a sacar nada de todo ello.

Kelly se puso de pie de un salto.

—¿Sacar? ¿Me está usted hablando de dinero? ¡Es imposible que pueda pensar que yo...

«Mierda». Tendría que haberse mordido la lengua porque lo que acababa de decir se parecía sospechosamente a una confesión, pero que la estuviese llamando cazafortunas le resultaba más ofensivo aún que la acusación de que andaba acostándose con Luca.

—Lo siento mucho —dijo Olivia—. No pretendía ofenderte. Seguramente lo querrás con locura, pero he de decirte que, aunque Luca se ocupa de los gastos de sus hijos, sus madres no se han podido beneficiar de ello y por lo tanto se ven obligados a vivir con sencillez. Y lamento decirte también que mis hijos no los han acogido precisamente con benevolencia. Como ya te imaginarás, no les complace que su padre sea un calavera. Me son muy leales.

—Señora Brazzi, es imposible que yo sepa nada de los hijos que ha tenido su marido fuera del matrimonio porque yo no soy su confidente. Hablo con Luca de recetas y menús, sobre experiencias culinarias y oportunidades laborales. Ha sido para mí un mentor y un amigo, pero...

—Ahórrate todo eso, guapa. No podrías haber estado con Luca tanto tiempo siendo una inocente. ¡Lo has estado llamando o escribiendo varias veces al día!

—¡Siempre respondiéndolo a él! —insistió. Era la verdad. Si había varios mensajes o llamadas en un día era porque estaba contestando a lo que él le había preguntado. Muy pocas veces había iniciado ella la comunicación. No quería parecer necesitada o desesperada—. Nunca habría querido molestarlo. ¡Es un hombre muy ocupado!

Olivia se acercó.

—He visto los listados de las llamadas, querida, y sé que estás enamorada de mi esposo. Tenemos que ponerle punto final a esta historia aquí y ahora.

«Desde luego», pensó Kelly. Su relación, tal y como era, acabaría de inmediato, pero no podía tolerar que la juzgara como lo estaba haciendo, como si fuera ella quien hubiese ido tras él, quizás por obtener algún beneficio. Luca le había contado que Olivia y él llevaban vidas separadas habitando bajo el mismo techo, que hacía más de veinte años que dormían separados, que permanecían juntos por el bien de sus hijos y por los acontecimientos sociales a los que asistían y que conducían a boyantes negocios. ¡Pero ella nunca había sido su amante!

A pesar de todo, hacía tiempo que había admitido ante sí misma que su relación no era del todo inocente. Luca la cortejaba con comida y palabras, decía haberse enamorado de ella, amarla apasionadamente. Y aunque ella le había dicho que jamás iniciaría una relación con un hombre casado, lo cierto era que bebía sus alabanzas y se alimentaba de su adoración como un cachorrito hambriento.

Aun así, no se podía imaginar qué había debido ver Olivia Brazzi para deducir que entre ellos había una relación sexual. Lo mejor sería acabar cuanto antes con aquella conversación y preguntarle a Luca qué estaba pasando.

—Señora Brazzi, créame si le digo que no sería capaz de hacerle daño a su familia. Luca debería haberle ahorrado el mal trago de tener que venir aquí. De hecho, si él me hubiera dicho que era mejor poner punto final a nuestra amistad, yo lo habría comprendido y no me habría sentido ofendida.

No obstante, lo que la señora Brazzi le había contado de su preferencia por las mujeres rubias, las conquistas y los hijos habidos fuera del matrimonio no le parecía propio de Luca.

Pero tampoco debería extrañarle la sorpresa.

Olivia se rio.

—¿Quién crees que me ha enviado a hablar contigo, querida? No es la primera vez que tengo que ir limpiando detrás de él.

—¿Pero se ha vuelto loca? —le gritó antes de poder contenerse.

—Sé que la mala educación campa a sus anchas en las cocinas —respondió Olivia con el ceño fruncido—. Créeme: lo he presenciado en multitud de ocasiones, y he de decirte que, para mí, carece por completo de atractivo. Sí, Luca me ha enviado a que hablar contigo. Pensó que, si era yo la que te lo decía, lo entenderías.

—Esa es la cuestión: que no lo entiendo. ¿Por qué iba a querer hacerme esto, si yo no supongo amenaza ninguna para usted? Bastaba con que me dijera que se sentía incómoda con nuestra amistad y eso habría puesto punto final a cualquier clase de comunicación entre nosotros.

—Buen intento, cariño —dijo Olivia—. Anoche, mientras él estaba en el baño, le miré el móvil. Pude repasar un par de semanas de llamadas, un par de mensajes de voz tuyos con voz sensual y algunos mensajes de texto que no había borrado. Nos peleamos y acabamos negociando. Fue entonces cuando me dijo que, si era yo la que venía a pedirte amablemente que te olvidaras de él, dejaría de contestar a tus llamadas. Yo accedí. Como ya había hecho antes. ¿Podemos dar entonces por terminada la relación?

Kelly frunció el ceño y se echó a reír a carcajadas. ¿Mensajes con voz sensual? ¿Ella?

—Señora Brazzi, me temo que se ha dirigido usted a la chica equivocada. ¡Soy incapaz de dejar un mensaje con voz sensual ni a él ni a nadie!

¡Y el Luca que ella conocía era más capaz de explotar como una bomba que gimotearle una confesión a su esposa y rogarle que le ayudara a poner fin a una relación de la que solo había un rastro telefónico! Además, Kelly estaba lo suficientemente paranoica como para no haber dejado nunca ningún texto sugerente ni ningún mensaje de voz. Sabía que Luca tenía un montón de asistentes.

Había creído la explicación que él le había dado sobre que ambos tenían un acuerdo y que su divorcio estaba en fase de negociación. Por otro lado, los mensajes que podía haber visto en su teléfono, del tipo: *Estaré en la oficina del restaurante a las cinco. Quiero verte*, ¿no podían haber sido enviados a cualquier chef con el que quisiera hablar, o a un compañero, o a Durant, o a Phillip?

¿Cabía la posibilidad de que Olivia estuviera un poco mal de la cabeza?

Sinceramente le sorprendía que Luca siguiera pretendiéndola. La mayoría de hombres con el atractivo, el dinero y la influencia de Luca Brazzi la habrían dejado a un lado para buscarse a otra mujer más dispuesta que ella a dejarse arrastrar a la aventura que Olivia estaba convencida de que tenían.

Resultaba irrelevante que Kelly lo deseara, que adorase a aquel hombre o que se creyera enamorada de él. Se las había arreglado para mantenerlo a distancia porque estaba casado. Y porque carecía por completo de experiencia con los hombres.

—Creo que tiene que hablar de todo esto con Luciano —le dijo, moviendo la cabeza—. No estoy segura de lo que está pasando aquí.

—Si es ese el caso, querida, espero que no te sorprenda si no consigues ponerte en contacto con él.

—Señora Brazzi, si su marido es un mujeriego, si le es infiel, tiene hijos con sus amantes y no le importa arrastrar su buen nombre por el fango, ¿cómo es que sigue a su lado?

—Es una buena pregunta. Nosotros nos casamos para toda la vida, tenemos una familia grande, somos socios, y partir una empresa internacional tan grande como la nuestra sería complicadísimo. Además, no te quepa duda de que mi nombre aparece en todos los documentos clave. Y aparte de todo eso, dejando a un lado sus defectos, lo quiero. Es un genio, un hombre dotado y complicado que perdería el norte sin mí. Tiene la costumbre de decirle a sus conquistas que no hay nada entre nosotros, pero por supuesto no es cierto porque dormimos juntos todas las noches. Somos marido y mujer, querida. En fin… voy a resumirte lo que va a ocurrir a partir de ahora: me ha dado su palabra de que no volverá a ponerse en contacto contigo. Vuestro romance se disuelve aquí y ahora y ya puedes buscarte a otro. Gracias por tu tiempo.

Se dio la vuelta y antes de que Kelly pudiese contestar, la mano de Olivia estaba en el pomo de la puerta.

Kelly dio rienda suelta a lo que de verdad pensaba:

—¡No puedo imaginarme a mí misma espantándole las novias al hombre que amo! ¿Por qué lo hace usted?

Olivia se volvió y le dedicó una sonrisa cargada de paciencia.

—Confía en mí, tengo mis razones. Millones de razones, de hecho. Buenas noches, señorita Matlock.

Kelly volvió a la cocina y la encontró caliente, llena de vapor y de vida, con el griterío y el caos típico de las siete y media de la tarde. Como en una especie de trance, se quitó la chaqueta blanca y la cambió por la que tenía unas salpicaduras antes de ponerse el delantal. Claro que cabía la posibilidad que Luca le hubiera mentido; era posible que solo pretendiera consumar la aventura que había despertado las sospechas de Olivia antes de que existiera.

O bien Olivia podía estar mintiendo sobre que su marido la había enviado para poner punto final a lo suyo.

En cualquier caso no iba a despejar sus dudas en aquel momento, así que se zambulló en el tráfico de la cocina y comenzó a revisar comandas, a mover platos en la zona de camareros sin quitarle el ojo a los ayudantes de cocina para intervenir cada vez que se necesitaba de su asistencia.

Luca era propietario de muchos restaurantes y accionista mayoritario en otro buen montón de ellos repartidos por todo el mundo, tenía una línea comercial de alimentos y aparecía con regularidad en un programa televisivo de ámbito nacional, pero a pesar de todo ello no era sorprendente que ella lo conociera. Su debilidad era la cocina francoamericana, y se había asociado con Durant para abrir La Touche hacía ya unos cuantos años. Una de sus residencias familiares estaba en la zona de la bahía y por eso visitaba con frecuencia su local, y mientras su esposa y las amigas de ella se sentaban en el comedor a cenar, para Luca la cocina seguía siendo lo más importante, no los programas de televisión ni sus otros negocios, lo cual era su mayor encanto. Y a Kelly le encantaba cuando estaba entre los fogones del restaurante: todo el mundo mantenía una respetuosa distancia, y la cocina entera quedaba bajo control como con nadie más, seguramente porque Durant, listo como un zorro y capaz de reconocer a sus superiores, se comportaba como un profesional cuando Luca aparecía en la cocina.

Ella lo había adorado nada más conocerlo, pero nunca se había imaginado que él pudiera devolverle el sentimiento. Hacía bastante poco que le había prometido un puesto de chef de cuisine, mucho antes de que le hablara de sus sentimientos.

Intentó no darle importancia al hecho de que Durant y Phillip estuviesen hablando junto al frigorífico. ¿Desde cuándo charlaban esos dos, si se pasaban la vida discutiendo a cara de perro por el control del restaurante? Seguramente estarían hablando de ella.

Esa sensación de inestabilidad volvió a presentarse, pero la desechó. Con un grito anunció que el salmón estaba preparado, que la crème brûlée estaba lista para el soplete y que el filet iba retrasado.

Le estaba costando algo de trabajo respirar y el corazón se le aceleró. De pronto sintió una especie de quemazón en el pecho.

«Esto debe pasarle a cualquiera cuando la mujer de un hombre viene a decirle que se olvide de la aventura que tiene con él cuando en realidad no tiene nada de nada», pensó. «¡Y seguramente me lo merezco! Siempre he sabido que debía haberle dicho que hablaríamos cuando hubiera firmado el divorcio».

Pero el dolor más intenso le llegó cuando se imaginó a Luca vendiéndola así, admitiendo ante su mujer que estaban muy unidos, quizás demasiado, para luego enviarla a ella a hacer el trabajo sucio.

Empezó a jadear. El aire no le llegaba a los pulmones. Se echó mano al pecho. Parecía ardor de estómago, solo que ella nunca tenía ardor de estómago. Empezó a sudar.

La sonrisa cruel de Durant apareció ante su cara, lo cual no tenía nada de raro porque ambos medían lo mismo.

—¿Te has acostado con Luca Brazzi, pedazo de idiota?

Kelly puso los ojos en blanco y cayó redonda al suelo.

Cuando se despertó, un hombre con una camiseta azul le sonrió. La estaban trasladando en una camilla hacia un vehículo en cuyo techo brillaban unas luces rojas y azules. Llevaba una máscara que le tapaba la nariz y la boca. Sintió un fuerte zarandeo cuando la subieron al interior de la ambulancia.

—Hola —le dijo el hombre después de cerrar las puertas—. ¿Se encuentra mejor?

Kelly se quitó la máscara.

—¿Dónde... pero qué...?

—Se ha desmayado y se ha hecho un pequeño corte en la cabeza. En el electro no se ve nada pero tiene que estudiarlo el cardiólogo. Tiene la tensión un poco alta y el desmayo le ha durado algo.

A continuación, le preguntó:

—¿Cómo se llama el presidente? ¿En qué año estamos? ¿Dónde trabaja?

Después de responderle, le auscultó el corazón y volvió a tomarle la tensión. Ella levantó un brazo y se vio una vía.

—Se la hemos puesto por si necesitábamos administrarle algún medicamento. ¿Padece asma? ¿Es alérgica a algo?

Por puro instinto hizo ademán de incorporarse.

—No, estoy bien. Es que...

—Enseguida llegamos, señorita Matlock— le dijo él, empujándola suavemente por el hombro para que permaneciera tumbada—. Tiene que verla el médico —vio que manipulaba la vía que le salía de la mano y que le introducía algo con una jeringa. Luego le vio sonreír con cierta incomodidad—. Esa cocina... creo que nunca volveré a comer fuera.

—¿Eh?

—En serio. Estábamos todos allí dentro y ellos seguían gritando no sé qué de las espinacas y pasando de un lado al otro por encima de nosotros. ¿Es que no paran ni siquiera cuando a un chef le puede estar dando un ataque al corazón?

Ella se llevó la mano al pecho y lo miró asustada.

—¿He tenido un infarto?

—No lo creo. Ahora está estable, pero tenía algunos síntomas. Uno de los cocineros dijo que le vio agarrarse el pecho y que le costaba respirar, así que tiene que examinarla el médico. Pero le juro que esa cocina parecía un manicomio.

Kelly volvió a tumbarse. Se sentía muy cansada.

—Sí, ya lo sé.

—¿Siempre tienen tanto estrés?

Ella asintió. «Dejando a un lado lo de la mujer de Luca, ha sido una noche como tantas otras».

Él se sonrió.

—Increíble. He tenido que desalojar la cocina...

—¿Eh?

—He tenido que pedirles que apagasen los fogones y que salieran zumbando de allí si no querían que llamase a la policía. Sé que mucha gente tiene trabajos muy estresantes: cirujanos, agentes de bolsa, pilotos... pero yo jamás trabajaría en esa cocina.

—¿No le gusta cocinar? —le preguntó con voz cansina.

—Me encanta. Soy el que mejor cocina del parque —sonrió—. Es que también trabajo en el parque de bomberos. Y, claro, también este trabajo tiene su estrés, pero noté la diferencia nada más poner el pie en esa cocina. Nosotros trabajamos en equipo. Podemos contar los unos con los otros.

Kelly se sentía cada vez más lejos de allí. Apenas era capaz de mantener los ojos abiertos.

—¿Me ha dado algo?

—Un valium. Lo ha ordenado el médico de urgencias. Así se calmará un poco. Tiene mucha ansiedad, que podría ser la responsable del pulso acelerado y la tensión alta.

—Nosotros también trabajamos en equipo. Tenemos que hacerlo para poder estar en una cocina de cinco estrellas...

—Sí, pero en su equipo apartan al herido a patadas, y eso puede pasar factura a su sistema nervioso.

—Ya... pues el valium ese está arreglándolo.

Sonrió.

—Échese una siesta, que ya queda poco.

—¿Tengo mi bolso? —preguntó—. ¿Podría usar el móvil?

—Primero que la vean los médicos. Luego le busco el teléfono. De todos modos ahora está demasiado grogui para poder usarlo.

Al parecer no las iba a palmar. Al menos por ahora. Y tampoco tenía móvil. Debía habérsele caído del bolso cuando la llevaban a la ambulancia.

Después de cinco horas en urgencias, le dieron el alta. Le entregaron un volante para que la viera el cardiólogo en consulta, otro para hacer una prueba de esfuerzo y otro más con un internista para que se ocupara de bajarle la tensión, que seguramente había subido por el estrés. En los análisis que le hicieron vieron que también tenía anemia, pero afortunadamente el golpe del desmayo no le había provocado conmoción alguna.

Lo primero que hizo a la mañana siguiente fue ir al restaurante a ver si encontraba su móvil. No hubo suerte, y decidió llamar a Phillip a su casa aunque lo despertara.

—¿Quién le dio mi bolso a los de la ambulancia? —le preguntó.

—Yo —contestó él con un bostezo de cansancio—. Yo soy la única persona que puede abrir todas las taquillas. Pensé que necesitarías el carné y la tarjeta sanitaria.

—Pero el móvil no estaba y en casa no tengo línea fija. Además todos los números, la agenda, el calendario con todas las citas... están en ese teléfono.

—Miraré cuando abramos, pero no lo vi al cerrar.

—Yo estoy en el restaurante ahora; conozco el código de la alarma.

—A ver —dijo con la voz algo dormida aún—, tienes que tomarte un par de días para averiguar por qué narices te desmayaste, lo que por cierto nos ha costado una pasta. ¿Qué te dijeron en el hospital?

—Que no era nada. Me pondré bien. Aun así me voy a tomar esos días para acudir a las citas que me han concertado. Me tomaré unas vitaminas o algo por el estilo y tendré que ir a comprarme otro teléfono si se ha perdido el mío.

—Mira debajo del equipo, de las taquillas y demás. A lo mejor alguien le dio una patada sin querer al salir.

Kelly suspiró.

—Ya lo he hecho.

—Pues lo siento —contestó él y colgó.

Pero ella siguió hablándole al aire.

—Gracias, Phillip. Ya estoy mucho mejor. Qué amable eres ofreciéndome tu ayuda para lo que necesite...

Colgó y de un golpe puso el teléfono en su sitio.

Lo cierto era que no se encontraba tan bien. Aún estaba algo grogui por los efectos del Valium. El médico de urgencias le había dicho que no solo tenía la tensión alta, sino que los molares estaban desgastándose porque apretaba los dientes dormida. La sensación de mareo y las palpitaciones debían de ser debidas a un ataque de ansiedad, algo que intentarían verificar si fuera posible. Estrés más anemia más agotamiento habían dado lugar al desmayo.

—¿Esto va a matarme? –le había preguntado al médico de urgencias. A lo mejor, si no era grave, podía saltarse las siguientes citas.

El hombre se había encogido de hombros.

—Es posible. De lo que no cabe duda es de que afectará a su calidad de vida. Debería considerar muy en serio la posibilidad de tomarse las cosas más calma, si es que puede.

Aparte quedaba el pequeño detalle de que le habían roto el corazón: eso sí que era una herida mortal a su calidad de vida.

Por suerte, se acordaba de los números más importantes que tenía almacenados en el teléfono perdido: el de su hermana Jillian y el de Luca. Y para su vergüenza más absoluta, el primero que marcó fue el de Luca. Saltó el buzón de voz y le dejó un mensaje que decía:

—He perdido el móvil y tengo un número nuevo. Debería quedársete grabado con esta llamada, pero, si no es así, es el 555.76.04, con el mismo prefijo que antes. Llámame por favor. Me he llevado una buena sorpresa. Si no recibo noticias tuyas, tendré que pensar que tu mujer me estaba diciendo la verdad: que la habías enviado tú para que hablase conmigo y me informara de que no podemos seguir teniendo amistad de ninguna clase: ni personal, ni profesional.

Acto seguido, le envió el mismo mensaje escrito. Luego intentó hacerlo también vía correo electrónico, pero antes tenía que crearse una cuenta. Perder el teléfono en el que llevaba toda la información y las direcciones de correo estaba resultando ser una tremenda complicación.

El día acabó sin saber una palabra de Luca. Qué frustración.

Una vez pasó consulta con el cardiólogo y el internista llamó a la secretaria de Luca, Shannon.

—Hola, Shannon, soy Kelly Matlock, sous chef de La Touche. He perdido mi móvil y tengo un número y una cuenta de correo nuevos. Estoy intentando contactar con Luca porque tengo una cuestión de trabajo que hablar con él. ¿Te importaría pasarle mi número nuevo y la dirección de correo y pedirle que me llame o que se ponga en contacto conmigo?

—Claro que no, señorita Matlock. Vendrá por el despacho en una hora.

Pero su nuevo móvil siguió sin sonar.

Llamó entonces a su hermana a Virgin River, pero lo único que le dijo fue que había perdido el móvil y que quería darle el número del nuevo. Ya le contaría lo ocurrido cuando los médicos confirmaran el diagnóstico y la crisis hubiera pasado. No quería preocuparla. Además, Jillian había pasado también una etapa difícil y acababa de volver con su hombre, así que se limitó a enclaustrarse en casa y a esperar a que el dichoso móvil nuevo sonara. Traicionó su propio orgullo llamando un par de veces más al móvil de Luca, pero al menos su voz sonó tan profesional como siempre en los mensajes que le dejó.

El segundo día le trajo los resultados de las pruebas, que afortunadamente resultaron no ser tan catastróficos. Tuvo que comprarse en la farmacia medicación para la tensión y algunos ansiolíticos suaves, además de unas vitaminas con hierro. Iba a ponerse bien. Los médicos le recomendaron que cambiara su dieta —¿mejor que la de un cocinero de cinco estrellas?—, que descansara más y que redujera el estrés.

«Sí, ya», se dijo, riéndose para sus adentros.

Cerró las persianas y se tumbó con intención de descansar, pero el sueño se le resistía. La verdad era que detestaba aquel apartamento, un pequeño piso de dos habitaciones que costaba una fortuna por estar en el centro y que había alquilado por estar tan cerca del restaurante que apenas tenía que usar el coche.

Le encantaba la ciudad pero detestaba su piso, aunque pasaba en él bastante poco tiempo. Durante tres años, su vida se había desarrollado en torno al restaurante. Tenía amigos, buenos amigos, a los que apenas veía. Pocas veces disponía de tiempo para charlar y relajarse en su compañía. No recordaba la última vez que había ido al cine. Trabajo, trabajo y más trabajo... y en gran parte solo para mantener su puesto, no porque disfrutase con él. Incluso su vida amorosa parecía empezar y terminar en La Touche.

Volvió después de haberse tomado dos días de descanso. Un par de ayudantes de cocina habían llegado antes que ella y estaban troceando y cortando en dados. No le preguntaron cómo estaba. Kelly se puso de inmediato a trabajar y comenzó por hacer inventario del contenido de la cámara frigorífica mientras la cocina iba llenándose de empleados poco a poco. Oyó discutir y reconoció las voces de Phillip y uno de los cocineros pero se resistió al deseo de mirar. Ojalá Phillip se limitara a ocuparse del comedor y dejara tranquilo su territorio, pero tenía por costumbre meterse constantemente en los asuntos de los demás. Al poco tiempo, Durant empezó a soltar improperios contra los cocineros. Oyó que llamaba «inútil» a Phillip y le decía que era un idiota que debería mantenerse alejado de su cocina.

Pronto no quedó un solo espacio vacío en la cocina, creció el ruido, la temperatura y la tensión. Cada uno tenía su territorio: vegetales, pasta, carne, pescado o dulces. Durant vio algo que no le gustó y vació el contenido de una sartén en el fregadero mientras llamaba a una cocinera «estúpida» e «incompetente». Era una joven ayudante de cocina con la que le gustaba meterse porque podía hacerla llorar.

—¡Matlock! —gritó—. ¿Estás viendo esto, o andas jugando?

Kelly no le hizo caso y sacó los filetes y el salmón de la nevera.

Durant era una máquina de criticar. Todo le parecía mal. Kelly sintió que el pulso se le aceleraba y que la frente se le humedecía de sudor. Dios, esperaba no volver a desmayarse. No podía permitirse otro viajecito en ambulancia.

El móvil que ahora llevaba en el bolsillo del pantalón sonó

brevemente. Había entrado un mensaje de texto. A pesar de los pesares deseó que fuese Luca y que le dijera que todo lo que su mujer había dicho era mentira y que la quería. No podía ser cierto, pero aun así lo deseó. En aquella abarrotada y perversa cocina se sentía tan sola... tanto que lo que deseaba de verdad era echarse a llorar.

Era curioso... no había llorado en las cuarenta y ocho horas que habían pasado desde que la mujer de Luca le había hecho pedacitos y los había arrojado a la calle. ¿No debería haber sido un mar de lágrimas?

En el mensaje había una foto. Un montón de calabazas con sus ramas. Era de Jillian. El mensaje decía: *¡Las hojas de los árboles cambian de color ante nuestros mismos ojos! Las calabazas y los melones están maduros y siguen creciendo. Estamos sentados en el porche de atrás bebiendo limonada y empapándonos de todo esto. Nunca había visto tanta belleza. Ojalá estuvieras aquí.*

—¡Matlock! —gritó Durant—. ¡Nada de teléfonos en la cocina! Guárdalo o te lo tiraré donde no llegue la luz del sol.

Ella sonrió y agrandó la foto de las calabazas. Nunca había visto tanta belleza. Ojalá estuvieras aquí.

—¡Matlock, vaca estúpida, he dicho que...

Fue en aquel instante cuando de pronto se dio cuenta de que se le había agotado la paciencia. Había terminado allí.

Se guardó el teléfono en el bolsillo y le dio la espalda a Durant. Con cuidado guardó sus cuchillos en su funda de cuero y fue a su taquilla. Nunca solía tener muchas cosas en ella. Metió en la bolsa de lona el par de chaquetas limpias que siempre guardaba, un par de pantalones de cocina, su segundo par de zuecos, copias del horario y del menú... El monedero le entró por los pelos en la bolsa de lona.

«No tengo nada aquí», pensó. «Nada ni a nadie. Luca no va a ponerme un restaurante y Durant no va a permitirme ascender. Cada día va a consistir en esto. ¿Calidad de vida? ¡Ja! Lo único que tengo es la tensión alta, las muelas planas, ataques de ansiedad y a nadie».

Se la colgó del hombro y atravesó la cocina en dirección a la puerta de atrás.

—¡Matlock, si sales por esa puerta, me aseguraré de que no vuelvas a trabajar en esta ciudad!

Ella sonrió.

—¿Me lo prometes?

Y salió.

Aplausos y vítores acompañaron su salida, junto con los gritos de Durant y sus insultos. Era imposible saber si los ayudantes de cocina la vitoreaban porque se iba y su puesto quedaba libre o porque admiraban su valor.

Daba igual. Se fue al apartamento que odiaba para empaquetar su vida.

CAPÍTULO 2

Lo que Kelly quería en realidad era sentirse menos sola, relajarse lo suficiente para dejar de apretar los dientes por la noche y alejarse de ese infierno que era la cocina de La Touche. Contempló la foto de las calabazas unas veinte veces antes de pasarla al ordenador para poder verla mejor y en un tamaño mayor. Se imaginó a sí misma sentada en el porche viendo cambiar de color las hojas.

Por supuesto, siendo chef, se imaginó también sopas calientes, pan recién hecho y un horno de leña que acompañase a los colores del otoño.

Su hermana Jillian se había hecho rica durante sus diez años de vida en pareja con un fabricante de software, lo cual le había permitido comprarse una gran casa victoriana en cuatro hectáreas de tierra en Virgin River, pero los sous chefs que no tenían su propio restaurante, ni su propia marca de comida, ni su propio programa de televisión solo ganaban un salario decente. Tenía poco ahorrado, aunque tampoco estaba sin blanca, pero mientras se recuperaba de Durant y compañía sabía que Jill le ofrecería gustosa una cama. Ya buscaría en Internet y entre sus contactos algún puesto de chef menos asfixiante. En un momento como aquel, dinero y prestigio eran mucho menos importantes que un poco de tranquilidad.

Sin decirle una palabra a Jill sobre lo que había pasado, recogió cuanto tenía en su casa y apiló las cajas junto a la entrada. No tenía mucho, y tampoco tardó mucho. En el coche metió algo de ropa, sus especias, recetas y cuchillos y, puesto que su hermana no era particularmente aficionada a la cocina, sus sartenes y sus manteles favoritos. Le dejó la llave al vecino para que los de la mudanza pudieran entrar a recoger lo que dejaba, llamó a su casera para decirle que aquel iba a ser su último mes de alquiler y se puso en camino. Solía haber una larga lista de espera para apartamentos como aquel, en el centro de San Francisco, así que su casera no tendría problemas para reemplazarla.

Cuando ya llevaba recorrido parte del camino hasta Virgin River, empezó a preparar la explicación de por qué se presentaba sin avisar, sin pedir permiso, sin haberle hablado a su hermana de sus circunstancias. Sintió la presión crecer a medida que se acercaba. De las dos hermanas, Jill siempre había sido la más impetuosa mientras que ella solía ser más práctica y hacer planes a más largo plazo. Jill se había lanzado a un trabajo para el que no se había formado solo porque despertaba su interés y se había enamorado de un hombre al que apenas conocía, mientras que ella siempre había sido mucho más sólida, más centrada. Su hermana era brillante en relaciones públicas, marketing y negocios, de eso no cabía duda, y además siempre estaba dispuesta a correr riesgos. Ella, no.

Y al final resultaba que era ella la que había acabado trabajando para un chef lunático y maltratador, se había enamorado de un hombre más casado que separado y había terminado por salir huyendo a un pueblo para evitar un colapso total de sus nervios. Ella, que había ayudado a su hermana a enfrentarse a todas las pruebas de su vida, desde su primer periodo hasta su primer año en la facultad, había terminado comportándose como una cobarde. No sabía si Jill la compadecería o se reiría de ella, la verdad.

Había calculado que llegaría a Virgin River hacia las seis, y se le ocurrió que no sería mala idea pasarse por el bar que había en el centro del pueblo, Jack's, e infundirse ánimos con una copa de vino antes de continuar hasta casa de su hermana. Llevaba dos días casi sin dormir y no había comido. ¿Cómo iba a comer ni dormir con lo que le había ocurrido?

Lief Holbrook entró en Jack's y se sentó a la barra. Siendo octubre, y plena temporada de caza, el local estaba lleno de hombres vestidos con camisa caqui, chaleco rojo y sombrero que disfrutaban de una cerveza para rematar la jornada. Todos iban en grupos. Él era el único sentado solo.

No era la primera vez que se daba cuenta de que encajaba allí mucho mejor que en Los Ángeles, e infinitamente mejor que en Hollywood. Se había criado en una granja en Idaho, así que lo suyo era ir de vaqueros, botas y camisa informal, más que con pantalones de traje y zapatos italianos.

Y es que al final él era escritor y no actor. La mayoría de su trabajo se hacía desde casa y a veces detrás de la cámara, nunca delante.

También era hombre de espacios abiertos: cazador y pescador. Precisamente mientras realizaba esas actividades, cazar, pescar o trabajar con las manos, era cuando se le ocurrían las historias. De hecho últimamente había dedicado más tiempo a la pesca que a la escritura, más a la introspección que a la producción. Su hijastra, Courtney, requería un montón de energía mental. Acababa de cumplir catorce años, y era una adolescente atribulada que había perdido a su madre hacía dos años. Desde entonces parecía estar en caída libre. Había tenido que sacarla de Los Ángeles y llevarla a un lugar más tranquilo, un lugar en el que pudieran volver a establecer lazos.

Nada más lejos de lo que estaba ocurriendo aquella tarde.

—¿Cerveza? —le preguntó Jack.

—Sí, gracias.

—¿Dónde está tu chica? —le preguntó mientras le servía.

Lief se sonrió. Sabía que Jack se refería a Courtney, la única chica con la que había salido en los dos últimos años.

—Hemos tenido una pequeña diferencia de opinión y necesitábamos darnos espacio.

—¿Y eso? —le puso la cerveza delante sobre una servilleta—. ¿Qué diferencias de opinión pueden tener un hombre de cuarenta con una cría flacucha de catorce?

—La elección de guardarropa. Las preferencias televisivas. Sitios de Internet. Participación en las tareas del hogar. Aspecto físico. Dieta. Y forma de hablar, en particular cuando está enfadada. Y se enfada con asiduidad.

—¿Has ido a ver al consejero del que te hablé?

—Tenemos una cita para la semana que viene, pero, si quieres que te diga la verdad, siento lástima por ese tío. No sabe lo que se le viene encima. Menuda boquita tiene.

—Conozco a Jerry Powell y puedo decirte que es más duro de lo que parece. Trató a mi amigo Rick, que entonces tenía veinte años, acababa de volver de Irak con una pierna menos y estaba hecho polvo, te lo aseguro. La verdad es que yo no tenía mucha esperanza en que pudiera salir de aquello, pero al final lo consiguió, y según él todo gracias a Jerry —pasó el trapo por la barra—. Por su consulta pasan montones de críos enfadados y amargados, así que supongo que sabe lo que se hace —Jack se inclinó hacia él—. ¿Tú crees que es por lo de su madre?

Lief asintió.

—Eso, tener catorce años y ser nueva en el colegio.

—Yo no tengo demasiada experiencia en todo eso. Rick era como un hijo para mí y cuando tenía esa edad era un crío encantador. Irak le destrozó durante un tiempo, pero ahora está recuperado, aun con la pierna ortopédica y todo. Se ha casado, cuida de su abuela y está terminando la carrera. Quiere ser arquitecto. ¿Qué te parece?

—Buena elección. Yo estuve construyendo decorados de película en Los Ángeles durante años. Me gustaba construir. Podía pensar mientras hacía algo productivo.

—¿En serio? Buen trabajo ese. Seguro que conociste a un montón de...

Jack se interrumpió al ver entrar en el bar a Kelly Matlock. De hecho todo el bar se quedó prácticamente en silencio. Cuando una rubia guapa entraba en un establecimiento lleno de hombres al final de una jornada de caza solía ocurrir.

—Guau… —murmuró Lief.

Kelly se quitó la chaqueta, la colgó en la percha que había junto a la puerta y se encaminó al único sitio libre que había junto a la barra. Al lado de Lief. Antes de darse cuenta de lo que hacía, se levantó antes de que ella se hubiera sentado.

—Vaya, vaya —dijo el dueño del establecimiento—. No esperaba volver a verte tan pronto.

—Ni yo. ¿Cómo estás, Jack?

—Estupendamente. Te presento a un nuevo vecino, Kelly: Lief Holbrook. Lief, ella es Kelly Matlock, chef en la zona de la bahía. Su hermana vive aquí.

Kelly le ofreció la mano.

—Un placer.

—¿Qué te sirvo, Kelly?

—No tendrás un buen vodka al que puedas ponerle un palillo con cuatro olivas, ¿verdad?

—¿Te vale Ketel One?

—Perfecto.

Solo entonces Kelly miró a su alrededor.

—He estado un par de veces aquí y nunca lo había visto tan lleno —comentó.

—Estamos en temporada de caza —explicó Lief—. Creo que les has impresionado. No se esperaban que pudiera aparecer aquí una mujer guapa como tú. ¿Vienes a visitar a tu hermana?

—Sí. ¿Y tú llevas poco tiempo viviendo aquí?

—Así es. Apenas un mes.

Jack volvió con la copa de Kelly.

—Pruébalo y dime si vale lo que pago por él.

Levantó la copa, tomó un delicado sorbo y cerró los ojos. Luego sonrió.

—Eres brillante.

Jack se echó a reír y colocó un cuenco de frutos secos y otro con galletitas.

—Me encanta que flirtees conmigo, Kelly.

Y se alejó a ocuparse de otro cliente.

—Bueno... así que eres chef.

Tomó otro sorbo.

—Bueno, ese es el problema. Sigo siendo chef, pero hace un par de días que abandoné el restaurante con el chef de cuisine gritándome a la espalda que nunca volvería a trabajar en San Francisco. Por eso se me ha ocurrido parar aquí para armarme de valor antes de contarle a mi hermana que me he quedado sin trabajo y sin casa.

Lief enarcó las cejas.

—Deduzco que no se espera que tu visita vaya a ser... larga.

—Ni larga ni corta. No le he dicho que venía. Ha sido una decisión impulsiva. ¿Alguna vez has estado en la cocina de un restaurante grande?

Él negó con la cabeza.

—Pues no, la verdad.

—Pues es brutal. No puedes tener miedo. Yo siempre he sido buena cocinera, pero me costó años desarrollar el tipo de valor necesario para devolver los gritos o esquivar lo que sea que se le ocurra lanzarte al chef de cuisine cuando se enfada. Y al parecer esa audacia no me salía de forma natural. Soy más una cocinera que un pandillero.

Él apoyó el codo en la barra y se volvió por completo hacia ella.

—¿Y lo sabes porque...

—Porque creía llevarlo bien hasta que acabé el otro día en las urgencias del hospital por culpa del estrés.

—¿Y por eso decidiste dejar el trabajo? —preguntó aunque la respuesta fuese obvia.

Ella se quedó callada. Tomó un sorbo de vodka, pescó una oliva y se la comió.

—La cosa no ha sido tan sencilla. Tenía un amigo muy querido, mi mentor... admito que la relación estaba profundizándose, pero es que él me había dicho que estaba separado de su mujer, que estaban a punto de firmar los papeles del divorcio. Hace unos días su mujer se presentó a verme en el trabajo. ¿Te he dicho que mi mentor es socio en el restaurante? También es dueño de muchos otros. Me dijo que su marido la enviaba para deshacerse de mí sin ruido. Hubo una escena en la cocina y en cinco minutos todo el mundo supo de qué me había acusado —tomó otro sorbo—. Aun así, lo peor fue que, cuando lo llamé para preguntarle por qué demonios me había enviado a su mujer, ni siquiera se dignó contestarme —miró a Lief con sus enormes ojos azules—. Yo que esperaba que fuera un cuento de su mujer...

Lief le apretó brevemente una mano.

—Así que, encima de todo lo demás, te han partido el corazón.

—Eso creo —admitió—. Debería haber sido más lista. Y ahora ¿cómo le digo a mi hermana que mi novio no era mi novio? ¿Que la carrera en la que me he estado matando ha estado a punto de matarme, y que me he invitado a su casa sin preguntar para quedarme con ellos indefinidamente?

No pudo evitar sonreír.

—Menuda historia. Seguro que se compadecerá de ti.

—Seguro, pero se va a llevar una buena sorpresa. Se supone que Jillian es la impulsiva. Yo soy la estable.

—¿Sabes qué? Has abandonado una situación mala para ti, y a mí eso me parece una decisión inteligente. Ahora solo necesitas un poco de tiempo para recuperarte.

—¿Has oído ese dicho de más vale que te largues de la cocina si no aguantas el calor? Pues lo he interpretado a pies juntillas. ¿Y tú, qué haces aquí, en Virgin River?

—¿Yo? Solo buscaba un sitio más tranquilo. Y además me gusta cazar y pescar. Este sitio me va que ni pintado.

Jack se plantó ante ellos.

—¿Cómo os va?

—¡Pues de maravilla! —respondió Kelly—. Esto era precisamente lo que necesitaba: un reconstituyente y un poco de conversación. Es increíble lo bien que sienta.

—¿Estás bien, entonces?

—Me tomaré otro vodka dentro de un momento. Y tráele a mi amigo Lief una cerveza de mi parte. Sabe escuchar.

—Claro. ¿Queréis cenar?

—Yo no. Pero sí me gustaría que me pusieras más frutos secos. Gracias —cuando Jack se alejó, volvió a mirar a Lief—. ¿Más tranquilo que qué?

—Que Los Ángeles. Mi esposa murió hace dos años y mi hija todavía lo lleva mal. Necesitaba un sitio donde comenzar de nuevo a un ritmo más lento. Y yo también.

—¡Vaya, cuánto lo siento! Algo así pone las cosas en su sitio. Y aquí estoy yo, lamentándome por el que ni siquiera era mi novio y un chef perverso y...

Él se echó a reír.

—Tampoco han sido tantos lamentos. La verdad es que tu historia parece sacada de una peli: broncas, escándalos y abusos de poder.

—¿Eres actor?

—No. Durante años me dediqué a construir escenarios de película y ahora escribo. No necesito pasar mucho tiempo en los estudios, pero cuando voy todo es una locura y siempre pienso lo mucho que me alegro de no tener que estar todos los días.

Sus bebidas llegaron.

—¿Cómo te las arreglas para trabajar en semejante entorno, si no te molesta que te lo pregunte?

—Tapones en los oídos. Resulta muy útil. Yo no puedo participar en esa locura.

—¿Cómo haces para no necesitar un trabajo a jornada completa?

—Es que sí que lo tengo. Escribo guiones. Los productores y los directores suelen querer que se vuelvan a escribir, para lo cual contratan a sus propios escritores, y son ellos los que tienen que soportar los rodajes. Yo suelo ser un mero consultor y trabajo solo en casa.

—Creía que los guiones los escribía un equipo.

—No todos. Los originales suelen estar escritos por un solo escritor.

—¡Vaya! Ya me gustaría a mí encontrar el modo de trabajar como chef «consultor» en lugar de en la cocina de algún lunático. Cuéntame cómo es trabajar solo y en casa.

Él respiró hondo.

—Bueno, el mejor término que se me ocurre para describirlo es cómodo. Soy una persona introvertida, pero puedo entretenerme con mucha facilidad. Las cosas que más me gustan pueden hacerse sin compañía: pescar… me gusta pescar con mosca. Construir cosas… ahora mismo no tengo nada que construir, pero sí tengo que cortar la leña para el invierno. Llevo escribiendo desde el instituto, pero me costó años vender mi primer guion. Nunca he sido bueno en actividades en las que todo el mundo te mira. Prefiero quedarme en casa. Los mejores momentos de mi vida son los que dedico a la pesca y a estar en casa —hizo una pausa y sonrió—. Claro que mi hija detesta el pescado, pero tiene catorce años… es decir, que detesta hasta el aire que respira.

—Qué barbaridad. ¿Y qué tal es ella?

—Rebelde, contestona, antisocial e irreverente —se sonrió incómodo—. Debajo de todo eso hay una adolescente que echa de menos a su madre y que solo me tiene a mí. Es una niña preciosa con un elevado cociente intelectual y un problema de confianza. Yo intento ayudarla, pero por ahora no he conseguido nada. La semana que viene iremos a un consejero que está especializado en adolescentes problemáticos. ¡Le ruego a Dios que funcione!

—¡Te deseo fuerte!

«¿Fuerte?» Lief frunció el ceño y miró la copa de Kelly. Medio vacía. Era una bebida con bastantes grados, pero aun así… no debería estar borracha. ¿Seria su imaginación?

—¿Te está afectando el vodka?

—Claro que no —respondió, pero se le empezaron a cerrar los párpados. Rápidamente volvió a abrirlos.

—¿Cómo vas a llegar hasta casa de tu hermana?

—Condufiendo. Conduciendo. Todas mis posesiones están en el coche excepto mi sofá y mi sillón.

—Kelly —se acercó a ella y le habló en voz baja—. ¿Sabes lo que me has contado antes del estrés? No estarás medicándote, ¿verdad?

—Mm. Una pastillita para la tensión y otra para la ansiedad. Pero las que me dieron para dormir no me las tomo porque si me duermo tengo pesadillas.

—Pues menos mal —respondió, empujando suavemente la segunda copa que se había pedido.

—¡Eh!

—Seguro que en el prospecto de esas pastillas dice que no debe consumirse alcohol mientras se está con el tratamiento. Estás un poco achispada.

Ella se irguió indignada.

—¡De efo nada!

Sonrió.

—Borracha.

—Qué eftupidez.

Lief volvió a reír y con un gesto de la mano llamó a Jack. Mientras lo hacía, Kelly apoyó la cabeza en la barra. KO.

Jack los miró perplejo.

—Resulta que Kelly se está medicando y seguramente no debería haberse tomado esas copas —explicó—. Va a necesitar que alguien la lleve a casa de su hermana.

Jack miró a su alrededor.

—Vaya por Dios. Tengo el bar lleno.

—No te preocupes, la llevo yo. De todo modos tenía que irme a casa por ver si Courtney la ha quemado hasta los cimientos, pero yo creo que deberías llamar a su hermana y decirle que Kelly va... de visita. Y que está hecha polvo.

—¿Qué se está tomando?

Lief se encogió de hombros.

—Para la tensión y la ansiedad. Me parece que no está acostumbrada a tomar medicación porque ni siquiera se le ocurrió que pudiera afectarle. Tú díselo a su hermana.

—¿Y su coche?

—Mejor aparcado aquí que en la carretera con ella al volante.

—Cierto —corroboró, y le tocó suavemente la cabeza para despertarla—. ¿Kelly? ¡Kelly!

—¿Um?

—Lief va a llevarte a casa, ¿de acuerdo?

Ella levantó un poco la cabeza.

—¿Quién?

Y la dejó caer de nuevo.

—De acuerdo. Mira, así es como se va a casa de su hermana —arrancó una hoja de un cuaderno y le anotó la dirección y el modo de llegar—. Llamaré a Jillian y le diré que vas para allá.

Lief recogió la chaqueta de Kelly, la incorporó y le metió las mangas.

—Voy a llevarte a casa de Jillian, Kelly —le dijo cuando la vio abrir los ojos—. Es que estás... cansada.

—Um... gracias.

Se colgó su bolso del brazo y a Kelly le entró la risa al verlo.

—Ponlo todo en mi cuenta —le dijo a Jack—. Hasta luego.

—Ten cuidado con el coche.

Rodeándola con fuerza por la cintura, la levantó del taburete y salieron así del bar, pero al llegar al porche las piernas dejaron de sostenerla y tuvo que tomarla en brazos para bajar las escaleras.

—Vaya, creo que nunca me habían llevado en brazos —dijo con voz pastosa—. A lo mejor el de la ambulancia... eres divertido —le dijo, dándole unas palmadas en el pecho—. Me alegro de haberte conocido. Esto... ¿cómo te llamabas?

—Lief. Lief Holbrook.

—Qué bonito —farfulló, apoyando la cabeza en su pecho.

Tuvo que dejarla de pie un instante para abrir la puerta de su camioneta.

—Necesito que intentes ayudarme a subirte a la furgoneta, Kelly. Es alta. Si tú te agarras y tiras, yo te empujo.

—¡Sus órdenes!

Lief le colocó el pie derecho en el estribo y empujándola por el trasero la izó hasta que llegó al asiento.

—Bien —dijo—. Bajarte no me costará tanto.

La cabeza le iba de un lado para otro durante el trayecto hasta casa de Jillian, y en el estado de semiinconsciencia en el que se encontraba no dejaba de hablar. Quería a Luca. Se la habían llevado en ambulancia... ¡pero nadie la había acompañado al hospital! Se avergonzaba demasiado por lo estúpida que había sido por no haberse atrevido a llamar a su hermana y confesárselo todo.

«Ay, Dios», pensó él. «Una mujer con la mochila tan cargada como la mía».

Lief a veces no se enteraba de nada.

Courtney tenía todos sus productos de belleza, por no llamarlos de otro modo, extendidos en el baño: espuma para el pelo, lápiz de ojos y de labios y un barniz para uñas negro.

Lief. Antes lo llamaba «papá». De hecho, cuando se casó con su madre ella tenía solo ocho años, y fue entonces cuando le preguntó si le parecía bien que lo llamase «papá». Él le contestó que le encantaría.

Claro que eso significaba que iba a tener dos padres, pero, puesto que nunca estaban los dos al mismo tiempo en la misma habitación, no le planteaba un gran problema. Y la verdad era que, después de la boda de su madre con Lief, a su padre verdadero empezó a verlo aún menos que antes, lo cual para él debió ser un verdadero alivio. Y no digamos para la bruja de su mujer. Stu fue el primero en volver a casarse después del divorcio. Ella tenía solo dos años. Tenía días de visita fijados para pasarlos con él y con su madrastra, Sherry, a la que nunca se ofreció a llamar «mamá». Su padre y ella tuvieron dos hijos: Aaron, que nació cuando Courtney tenía cuatro años y Conner, que vino al mundo cuando ella tenía siete. Sus visitas, a partir de entonces, se fueron distanciando.

A ella no le importaba demasiado. Stu y Sherry discutían mucho, algo que no pasaba con su madre y con Lief. Y los niños eran unos mocosos malcriados que gritaban, lanzaban cosas, le tiraban del pelo y lo revolvían todo. Con Lief y con su madre era feliz. Con su madre y con su padre.

Pero, de pronto, justo al final de sexto, su madre falleció. ¡Así, sin más! Algo que no sabían que tenía le explotó en la cabeza estando trabajando, y cayó muerta en aquel mismo instante. A ella le dolió tanto que deseó morirse también.

Luego hubo una serie de cambios que apenas recordaba, excepto su maleta, que siempre parecía estar hecha. Se fue a vivir con Stu, donde ni siquiera tenía habitación propia. Utilizaba la de invitados a menos que la madre de Sherry fuera de visita; entonces quedaba relegada a la habitación de los juguetes o al sofá cama del salón. Visitaba a Lief al menos un par de fines de semana al mes. Luego, después de seis meses de aquel arreglo, volvió a vivir con Lief y a visitar a Stu. Al poco, después de que decidiera teñirse el pelo de varios colores distintos, de que se pintara las uñas de negro y los labios de ese mismo color, Stu le dijo a Lief que podía quedársela todo el tiempo, que no tenía por qué ir de visita. Lo dijo con palabras más explícitas y peores, pero para ella fue un alivio. Oyó que su madrastra la llamaba «ese monstruito».

Lief se puso furioso al saber que su padre no solo no quería hacerse cargo de ella, sino que ni siquiera deseaba que fuera de visita, y ella lo entendió todo a la perfección: nadie la quería. Sí, Lief, decía que sí, pero sabía que no era cierto. De serlo se habría alegrado de que su padre se la devolviera, pero no fue así. Hubo una pelea muy fuerte en la que sus dos padres se gritaron a pleno pulmón y estuvieron a punto de pegarse. Ojalá se hubieran dado una paliza de muerte.

No volvió a saber de su padre después de aquello. Ya habían

transcurrido meses. Lo de ir y venir acabó cuando ya estaba en séptimo curso. Y fue entonces cuando empezó a llamarle Lief.

Se sopló las uñas y las revisó. Estaban secas. Se aplicó carmín negro y brillo.

Dejó de crecer entonces. Siempre había sido una niña regordeta pero ahora era una cría delgaducha y bajita con un par de bultos en el pecho que tenían que pasar por tetas. Su estética gótica y de motera dejaba claro que no quería que esperasen dulzura de ella.

En Internet empezó a entrar en clubes de suicidas hasta que Lief la pilló y la llevó a un psicólogo que le dijo que estaba enfadada. Difícil de deducir, ¿eh? Todas las semanas tenía que aguantar su verborrea y encima una sesión de terapia a la que solo asistían adultos. Lief casi volvió a caerle bien cuando le oyó decir que el psicólogo era un imbécil y que un grupo de terapia para adultos no era sitio para ella. En ese momento incluso le gustó.

Seguirían viviendo en Los Ángeles, el lugar donde nació y se crio hasta noveno curso, de no haberse metido en un lío, y no se habría metido en ese lío si sus amigos no la hubieran dejado colgada. Primero porque no podían soportar que se compadeciera tanto de sí misma, y segundo porque con su ropa negra y sus pelos raros ya no tenía nada en común con ellos, así que se buscó un grupo nuevo de amigos que tenían por costumbre hurgar en el botiquín de su casa, fumarse algún canuto, quitar pasta a sus padres del monedero —para la maría, claro—, y lo único que a ella le parecía divertido, escaparse de casa cuando sus padres estaban durmiendo. En realidad no hacían nada de particular: salir por donde nadie les molestara, fumar a veces, despotricar contra las normas. A Courtney no le iba ni lo de las pastillas ni lo de los canutos; solo quería experimentar un poco. Ya se sentía bastante mal por sí sola, y no le gustaba la idea de no saber lo que iba a sentir así que, básicamente, fingía. Tenía que hacerlo. No podía soportar la idea de volver a quedarse sola. Si los niños buenos la dejaban colgada y los malos también, ¿quién le quedaría?

—Esto no funciona. Esta ciudad —dijo Lief un día—. Para ti hay demasiados problemas y yo estoy harto del ruido y del tráfico. Así no vamos a ninguna parte. Voy a buscar un sitio mejor para vivir, más sano para los dos. Me gustaría que al menos pudiéramos volver a ser amigos como éramos antes. Y a ti te vendría bien tener la oportunidad de volver a empezar, a ser posible del lado bueno de la ley.

Pero ella no quería mudarse. Y punto. Aunque hubiera perdido a sus amigos de siempre y no le gustasen los nuevos. Había algo que no le gustaba en lo de meter su vida en cajas y cargarlo todo en un camión que la alejaría de donde había estado con su madre; le daba miedo, aunque sabía perfectamente que su madre nunca iba a volver.

Le gustaba la idea de que Lief y ella volvieran a ser amigos, aunque no estaba convencida de que lo dijera en serio. Seguramente se refería únicamente a que recuperase su aspecto anterior. Pero eso no iba a funcionar porque, en lugar de estar pensando en tener un único color de pelo, estaba planteándose hacerse unos cuantos piercings y tatuajes.

¿Cuánto tiempo tardaría él en rendirse? ¿Cuánto tiempo en decirle a la policía que en realidad no era hija suya y en buscar un sitio donde dejarla? Porque seguro que cargaba con ella solo por alguna promesa que le había hecho a su madre, y llegaría un momento en que cambiaría la cerradura de su casa o algo así. Cada vez que la miraba parecía encogerse. Detestaba su pelo de colores, el corte de punta, la ropa negra y, por alguna razón que ella no podía comprender, eran incapaces de intercambiar más de diez palabras sin discutir.

Se miró en el espejo: pelo despeinado y loco, mirada siniestra. Perfecto.

Habían vuelto a discutir, en aquella ocasión por los deberes. Ella le había dicho que ya los había hecho. Él le había pedido que se los enseñara, y ella le había contestado que no.

—Tienes un suspenso en Matemáticas e Inglés y un coeficiente de inteligencia alto. Tengo que ver esos deberes.

Courtney le dijo que tenía que confiar en ella y él, riéndose, le contestó que la confianza había que ganársela, a lo que ella replico que preferiría romperlos antes que enseñárselos. Bla, bla, bla. Al final él, mordiéndose la lengua, le dijo que iba a darse una vuelta con el coche, a soltar vapor, a tranquilizarse, y que cuando volviera en un par de horas a lo mejor había cambiado de opinión y estaba dispuesta a enseñarle los deberes.

¡Ja! Ni de coña.

Cuando decía un par de horas se refería a tres o cuatro. Así le daría tiempo suficiente a ella de hacer de verdad los deberes y a sí mismo para poder tolerarla de nuevo. Se había marchado a las cinco y media. No volvería por lo menos hasta las nueve.

No había hecho amigos de verdad, pero un par de tíos que llevaban unas pintas muy parecidas a las suyas se habían acercado a ella y los había aceptado, aunque fuera solo por tener compañía. Cuando Lief salió, llamó por teléfono a B.A., diminutivo de Bruce Arnold o Bad Ass. Estaba en primero de Bachillerato cuando debería estar en el último curso. Tenía diecisiete años.

—Eh... hola. Mi padre ha salido —le dijo. Lo llamaba Lief a la cara, pero en el colegio era su padre porque no quería tener que dar explicaciones—. ¿Quieres venir un rato?

—¿Para qué?

—Para nada. Para pasar el rato.

—Podría...

—¿Te podrías traer cerveza? Mi padre no tiene en casa.

—Puedo llevar algunas latas. El mío no se dará cuenta. ¿Cómo llego hasta tu casa?

Le dio la dirección y tardó en presentarse unos veinte minutos. Cuando entró, miró boquiabierto su elegante interior, silbó y soltó:

—¡Menuda choza!

CAPÍTULO 3

Mientras Lief conducía hasta la casa victoriana en que vivía su hermana, Kelly estuvo semiinconsciente, pero no dejó de murmurar ni un momento.

Había comprendido todo lo que le había estado contando hasta que dejó caer la cabeza sobre la barra del bar. Parecía haber tenido un pequeño romance con un hombre que ella creía divorciado, pero que al final había resultado estar pero que muy casado. ¡Qué historia tan habitual! Por qué los hombres seguían casados con mujeres a las que no dejaban de engañar era algo que no comprendía. Hasta que conoció a Lana él nunca había tenido una relación seria. Salía con mujeres, pasaban juntos buenos ratos, pero nunca se había comprometido y mucho menos casado. Cuando la conoció, supo de inmediato dos cosas: que era ella, y que nunca querría a otra. De hecho llevaba más de dos años viudo y no había sentido esa tentación ni una sola vez. Claro, que tenía a Courtney. Complicado pensar en otra cosa que no fuera llegar al día siguiente.

Pero la encantadora Kelly había llamado su atención desde el momento mismo en que entró en el bar. Había sentido una especie de chispa al mirarla. Era bonita, fresca y atractiva, y no se parecía en nada a Lana, lo cual era un alivio porque había creído que no volvería a experimentar nada ni remotamente parecido por ninguna mujer después de perder a la suya. Lana era menuda, de cabello y ojos oscuros. Kelly era rubia, de ojos azules y tenía una figura de formas redondeadas que le había hecho preguntarse nada más verla cómo sería acariciarla, abrazar contra su cuerpo aquel tan suave y lujurioso. No se parecía a esos cuerpos de Hollywood, demasiado delgados y con unos pechos falsos y demasiado grandes. Tenía el cuerpo de una mujer de verdad, un cuerpo al que agarrarse. Y esa boca... con unos labios sonrosados y carnosos. Había sido verlos y lamerse los suyos.

Entonces había recuperado de golpe la cordura y había estado escuchándola un rato. Desde luego estaba hecha polvo, física y mentalmente.

La luz del porche estaba encendida y había dos personas allí de pie, esperando, sin duda en respuesta a la llamada de Jack. Debían de ser Jillian y Colin, su novio. Detuvo la camioneta y Jillian bajó como una exhalación. La reconoció nada más verla. Hasta recordó que había visto a las dos hermanas juntas el verano anterior al venir a ver cómo iba la compra de su casa.

—¿Qué ha pasado? —preguntó.

—Creo que tu hermana ha sido la primera sorprendida —le dijo—. Habíamos estado charlando y en un momento dado me comentó que había estado en el médico hace poco. Cuando me di cuenta de que empezaba a hablar con torpeza, le pregunté si estaba tomando algún medicamento y me dijo que sí, pero yo creo que no se le ocurrió pensar que...

—¿En el médico? ¿Es que está enferma?

—Yo creo que no. Mira, no quiero alarmarte porque lo más probable es que haya sido el alcohol lo que la ha hecho hablar, pero no sé si lo que ha dicho es cierto o no. Que ella te cuente por qué ha venido sin avisar.

—¿Colin?

Pero Colin ya estaba abriendo la puerta del pasajero y tenía a Kelly en brazos. Lief sintió un pinchazo de rabia. Le habría gustado llevarla él.

—Voy a subirla al dormitorio, Jilly —dijo—. Tú lleva el bolso y lo que haya.

—Solo he traído el bolso —explicó Lief sacándolo de detrás—. Su coche se ha quedado en el bar.

—¿Debería llamar al médico?

Lief se encogió de hombros.

—Respira bien, y ha venido hablando todo el camino. A lo mejor deberías mirar en su bolso por si lleva ahí los medicamentos y ver si la medicación interfiere con el par de vodkas que se ha tomado. A lo mejor te lo dicen también en la farmacia. Eso no se me ha ocurrido hacerlo a mí.

—¿Vodkas? ¿Vodkas de verdad?

—Sí, sí. Un vodka de los buenos con cuatro grandes olivas.

—¡Ay, Dios! Eso no es propio de ella.

—Me dijo que no la esperabas y que tenía muchas cosas que explicarte.

—Desde luego que sí.

—Y seguro que lo hará, pero mañana por la mañana.

—¿Puedo ofrecerte un... café o algo?

—Gracias, te lo agradezco mucho pero tengo que volver a casa. Si no te parece mal, me pasaré mañana por ver cómo está. Bueno, cómo estáis todos. Tiene el coche lleno de cosas y me parece que piensa quedarse una temporada.

—No hay problema. Eso está bien, pero...

—Supongo que llevará las llaves en el bolso.

—Gracias. No sé cómo pagarte el favor...

—No ha sido nada. Jack la habría traído, pero como el bar estaba abarrotado me ofrecí yo a traerla —miró a su alrededor y silbó—. Tenéis un sitio precioso.

Ella sonrió.

—Estamos levantando un huerto orgánico. Cuando todo esté bajo control, te invitaré a conocerlo. Podrás llevarte de lo último que estamos cultivando: melones y bayas.

—¿En serio? —le preguntó con una sonrisa—. ¿Y como es que yo no conocía este sitio?

—Llevamos aquí desde la primavera pasada. Este verano hemos probado con varios cultivos a ver qué se daba bien y para la temporada que viene tendremos lista más tierra. A lo mejor te lo puedo enseñar mañana cuando vengas —y tras una pausa breve, añadió—: espero que Kelly esté bien...

—Ve a verla. Llama al doctor Michaels si no lo ves claro. Yo os dejo.

—Gracias de nuevo —contestó y, mientras él daba la vuelta a la camioneta, ella desapareció en el interior de la casa.

Miró el cuadro del coche al enfilar la carretera. Las ocho en punto. Parecía mucho más tarde. Esperaba haberle dado a Courtney tiempo suficiente para serenarse y hacer los deberes.

¿Habría tomado una buena decisión llevándola allí, a aquel lugar perdido de la mano de Dios que por comparación hacía que una aldea pareciese una metrópoli? Una niña vestida de gótica no parecía tan fuera de lugar en una gran ciudad.

La parte rural de Idaho había sido la otra opción que había barajado. Allí sus padres tenían aún su granja, aunque ya estaban jubilados. Vivían también sus dos hermanos y una hermana, todos mayores que él, casados y con hijos, establecidos cerca de la granja. Pero la verdad, eso le había dado miedo. Courtney estaba tan loca a veces que no quería exponer a su familia, a sus sobrinos más pequeños, a sus rarezas. En el fondo lo que no quería era que su familia pudiera ver lo mal que estaba manejando la situación.

En una ocasión su hermana le había dicho:

—¡Lief, no te metas en ese berenjenal! Envíasela a su padre y que él se las arregle.

Pero no podía hacer eso. ¡Pobre Court! Había visto el dolor en su mirada cada vez que tenía que salir de la casa que había habitado con su madre para vivir en un lugar donde no se deseaba su presencia. Verlo le partía el alma.

Cuando tomó el camino de acceso a su casa vio que todas las luces estaban encendidas y que había un viejo todoterreno aparcado delante de la puerta. Incluso antes de parar el motor le llegó el estruendo del acid rock.

Se aferró a la absurda esperanza de encontrarse a Courtney

sentada a la mesa de la cocina junto a una adolescente de aspecto normal y mejillas sonrosadas haciendo los deberes, a pesar de que el volumen de la música era ensordecedor.

Entró en la cocina desde el garaje. Había una botella sobre la barra que separaba el salón de la cocina. Una Corona a medio beber. En el salón había un chaval alto vestido con vaqueros rotos metiendo en su mochila DVD de los que guardaba junto al equipo. Courtney no estaba por allí. El chaval se estaba guardando los DVD en la mochila a un ritmo tan frenético que casi parecía un ladrón profesional, pero sabía que no era así.

Se acercó a la mesa y con el mando a distancia apagó la música. El muchacho dio un respingo y el pelo lacio se le apartó de la cara. En aquel momento mismo Courtney apareció en la puerta que daba a los dormitorios y los baños con su botella de Corona en la mano.

—¡Lief! —exclamó.

El chaval esprintó hasta la puerta.

—¡B.A.! ¡Bruce! —lo llamó ella.

Lief se limitó a no moverse, a presenciar el pánico, la huida, la cerveza, la mochila abandonada, la puerta que se abría y se cerraba de un golpe. Cuando volvió a reinar el silencio, Courtney fue la primera en hablar.

—Supongo que vuelvo a estar castigada.

—¿Y para qué, Court? El año pasado no has debido pasarte un solo día sin estar castigada —se acercó a la mochila y la abrió—. Devuélvele esto a tu amigo mañana en el colegio, si es que va a clase, claro —empezó a sacar lo que era suyo—. Sin las películas, por supuesto.

—No tenía ni idea de que estuviera haciendo eso —le dijo—. Había ido al baño.

—¿Conoces bien a ese tío? —le preguntó. Llevaba unos treinta DVD en la mochila.

—Del colegio. Íbamos a escuchar música.

—Y a beber cerveza.

Dejó la mochila y se levantó para mirarla.

—Seguro que tú también bebías cerveza con mi edad.

—¿Con catorce años? Ni de coña.

Él, a esa edad, tenía tareas que atender en la granja. Además jugaba al fútbol, aunque era algo pequeño para su edad. Precisamente por eso las palizas eran tremendas en los entrenamientos—. Por Dios, Courtney, ¿de verdad quieres ponerme contra las cuerdas?

—¡Te he dicho que no sabía lo que estaba haciendo!

—A lo mejor deberías buscarte unos amigos más dignos de confianza.

—¿Pero todavía no te has enterado? —espetó, acercándose—. ¡No le gusto a nadie!

Lief se quedó callado un momento. Luego dio también unos pasos hasta llegar a ella y le quitó la cerveza de la mano.

—¿Y crees que les gustarás más si dejas que nos roben?

—Yo no he dejado que nos roben. Solo he ido al baño —respondió con un ligero temblor en la voz.

—¿Cuánto ha bebido tu amigo?

—¿Por qué?

—Porque está conduciendo. Porque ha salido de aquí como un loco y, aunque me gustaría ajustarle las cuentas, tampoco quiero que se mate por ahí.

Courtney se encogió de hombros.

—Llegó hace poco, y traía solo dos cervezas.

—Bien.

Fue a la cocina y vació el contenido de las dos botellas. Luego volvió al salón.

—Me voy a mi habitación a leer. Dejaré conectada la alarma. No estoy de humor para castigarte a estas horas, Courtney. Nos vemos mañana. Más te vale no tener resaca.

—No pienso escaparme —le dijo ella cuando ya se alejaba.

—Me alegro —respondió, y siguió hasta su habitación.

A veces no podía decidir si Courtney le cabreaba más o le hería más. Le había dado todo cuanto tenía. ¿Por qué entonces no podía tener con él algún pequeño gesto como decir «por favor», o «gracias», o incluso hacer los deberes? No tenía ni siquiera que hacerlos perfectos, aunque sabía que era extremadamente inteligente. Bastaba con que los terminase.

¿Cuánto tiempo iba a poder seguir alimentando el dolor que llevaba por dentro y que tan desagradable la hacía por fuera?

La casa volvió a quedar en silencio y Lief se tumbó en su cama vacía con un libro entre las manos. La imagen de Courtney con sus catorce años pero con aspecto de tener doce, con una mueca de desprecio y la cerveza en la mano no dejaba de oscurecerle las páginas. Iba a tener que ir a ver a ese psicólogo y tratar de encontrar ayuda para los dos, aunque no era optimista: si en Los Ángeles no había conseguido encontrar un buen terapeuta, ¿qué posibilidades tenía de encontrarlo allí?

Por la mañana lo primero que hizo fue dirigirse al dormitorio de Courtney para asegurarse de que seguía allí. Afortunadamente no tuvo que llegar hasta la puerta porque desde fuera se oía el agua de la ducha. Al pasar por el salón reparó en que los DVD estaban recogidos. Recogidos o quizás metidos de nuevo en la mochila del chorizo. Desconectó la alarma, puso la cafetera en marcha y fue a ducharse. Por una vez estaría bien que no llegase tarde al colegio. No tendría que costarle mucho alborotar su pelo multicolor.

Cuando volvió a la cocina se encontró con los deberes y una nota sobre la mesa.

He hecho una copia de mis deberes para que la veas, pero hoy me voy al colegio en autobús. ¿Me recogerás a la salida? Por favor.

Genial.

Los primeros rayos de sol que entraban por la ventana despertaron a Kelly. Se incorporó y tardó un instante en darse cuenta de dónde estaba: en la habitación de invitados de su hermana. Y allí, tumbada boca abajo a su lado, dormida, Jillian.

—Eh —la llamó, zarandeándola suavemente.

Jill volvió la cara y la miró a través de la maraña de su pelo.

—Uf... ya te has despertado.

—Lo último que recuerdo es que estaba charlando en un bar con un tío muy majo y con una copa en la mano que me sentó como un tiro.

—Pues a ti no te mató ese tiro, pero a mí estuvo a punto —replicó, apartándose el pelo de la cara.

—¿Eh?

Jill se incorporó.

—¿Te das cuenta de lo que has hecho?

Kelly cerró unos segundos los ojos.

—¿Provocarme un horrible dolor de cabeza?

—He buscado en tu bolso y me he encontrado medicamentos para la tensión y antidepresivos. En ambos casos dice que el alcohol aumenta su efecto.

—Ahora lo sé.

—He tenido que contar las pastillas para asegurarme de que no te habías pasado con la dosis, y luego me tuve que quedar despierta a tu lado hasta que a eso de las tres de la madrugada empezaste a roncar como una posesa. ¡Chica, qué forma de bramar la tuya! Creo que no he dormido ni diez minutos seguidos.

—Ay, por Dios...—se frotó las sienes—. ¿Quién iba a imaginárselo?

—Pues tú tenías que haberlo hecho, porque una cosa es tomarse una copita de vino, pero ¿un vodka?

—Necesitaba reunir valor antes de presentarme aquí y echar a perder tu nuevo romance con Colin. Y en cuanto a las pastillas, las de la tensión sí me las tengo que tomar todos los días, pero los ansiolíticos solo cuando los necesite, y como viniendo hacia aquí me sentía bastante ansiosa, me tomé uno. Y como unas cuantas horas después seguía sintiéndome igual, me tomé otro.

—Pues te garantizo que cuando llegaste no estabas precisamente ansiosa.

—¡Ay, Dios, no sé cómo he sido capaz de conducir en ese estado!

—Es que no conducías tú. Tu coche está aún en el bar. El tío con el que estuviste hablando fue quien te trajo. Colin te subió a la habitación.

—¡Dime que te lo estás inventando!

—No me estoy inventando nada. ¿Quieres contarme qué es lo que te ha provocado tanta ansiedad?

—Han pasado muchas cosas esta semana. ¿Podemos tomar un café? Y una aspirina no estaría mal. Te lo contaré todo, pero en resumen es que la he fastidiado pero bien.

Lief llamó por teléfono al consejero que Jack le había recomendado y concertó una cita con él. Luego iría al instituto a recoger a Courtney. De camino a Grace Valley decidió pasarse por casa de Jillian a ver qué tal estaba Kelly. No tuvo que preguntar porque la encontró sentada en el porche de atrás, las piernas encogidas y un chal sobre los hombros.

Se bajó de la camioneta sonriendo.

—Bueno... parece que no estás tan mal como me esperaba.

—Ay Dios... —gimió—. Supongo que era demasiado pedir no volver a verte nunca.

—Me partes el corazón. ¡Y yo que creía que teníamos algo!

—Esa es una de las razones por las que lo esperaba.

—Me alegro de que te hayas recuperado. Solo quería ver qué tal estabas. Tienes buena cara.

—Ya. Lo malo es que ni siquiera recuerdo cómo te llamas. De mi nombre sí me acuerdo, menos mal. Eso quiere decir que no me he cargado demasiadas neuronas.

Lief se echó a reír y se apoyó en la barandilla del porche.

—Crearás nuevas, aunque tardarán un poco. Podrías ser más tonta que un nabo durante un par de semanas.

Kelly tuvo que reírse.

—Lo soportaré.

—¿Cómo te sientes?

—Tonta como un nabo. Me habían recetado esas pastillas para la ansiedad y, como me pareció que no funcionaban todo lo rápido que deberían, me tomé una ración de más. Y luego el vodka...

—Casi dos vodkas, para ser exactos.

—¿Y tú eras?

—Lief Holbrook. Y tú, Kelly. Y deduzco que no tienes experiencia con esa clase de medicación.

—Hasta ahora solo era adicta a la comida y al amor.

—Ah, sí... el casanova-mentor —recordó.

—¿Tanto te conté?

—Lo suficiente para poderte decir que no necesito conocer más detalles. Un tío te hizo daño diciéndote que estaba libre cuando no lo estaba. Al menos legalmente.

—¡Pero si te lo he contado todo!

—Eso significa que te hizo mucho daño —respondió, compadeciéndola—. Lo siento de verdad, Kelly.

Y vio que sus ojazos azules comenzaban a empañarse. Era curioso que una mujer tan rubia pudiera tener unas pestañas tan largas y negras.

—Sí, bueno... soy una idiota. A lo mejor maté todas esas neuronas hace unos meses y no ayer.

—Se te pasará. Ya lo verás.

Se secó los ojos con gesto impaciente.

—Lo sé. Bueno... ¿Y tú tienes experiencia con esos medicamentos?

—Tomé antidepresivos durante un tiempo corto y tuve una experiencia similar a la tuya. Una noche me tomé un par de cervezas y caí casi en coma. Me desperté temiendo que la casa hubiera podido arder y pensando que ni siquiera me habría despertado. Estar un poco deprimido era más seguro.

De repente recordó.

—Ah... habías perdido a tu mujer.

—Hace algo más de dos años. Estuve un tiempo tomando

esas pastillas, pero en realidad creo que no me sirvieron de mucho porque me seguía sintiendo igual: destrozado y patético. No he vuelto a tomarlas.

—¿Te has recuperado?

—¿Me preguntas si ya no estoy destrozado ni soy patético? Uf, espero que no. De la depresión creo que sí me he librado, pero no de echar de menos a mi mujer. Supongo que a medida que pase el tiempo iré encontrándome mejor.

—Lo siento.

—Gracias. Ya me lo dijiste anoche.

—Debió de ser antes de mi impresionante salida. ¿Puedo invitarte a un té?

—Gracias, pero tengo una cita. Lo que sí que me gustaría es echarle un vistazo a todo esto: la casa, el terreno... tu hermana me dijo que me enseñaría sus últimos cultivos.

Kelly se levantó por fin, arrebujándose en el chal.

—Jilly Farms lo llama. Frutas y hortalizas orgánicas. Está por ahí, liada trabajando, y Colin está arriba, pintando. Es artista, entre otras cosas. Renovaron la casa antes de que la compraran... es enorme y muy interesante. Si te apetece volver cuando tengas tiempo, seguro que le encantará enseñarte el huerto, la casa y yo... —carraspeó—. Cuando no me duela la cabeza, me gustaría tener ocasión de cocinar para ti. Es... lo que hago.

—Sí que me gustaría —sonrió—. Dentro de unos días os llamo.

—Le diré a Jill que tenemos una cita.

Kelly se quedó viendo cómo Lief retrocedía por el camino y se pasó una mano por el pelo. ¿Por qué tenía que seguir siendo un desastre su vida? Un tío guapo se pasaba a ver cómo estaba, y ella ni siquiera se había peinado. Y tampoco estaba vestida.

Tan mal no estaría si se había dado cuenta de que se daba un aire a Robert Redford en el pelo, la mandíbula cuadrada y ojos castaños y risueños que se arrugaban un poquito al sonreír. Era uno de esos rubios que se bronceaban bien. De eso también se había dado cuenta. Le gustaban sus antebrazos en particular. Llevaba algo arremangada la camisa y el vello dorado de sus brazos brillaba al sol.

Había algo más en él que no había identificado aún. Vestía como todos los demás hombres de Virgin River, pero tenía la capacidad de conseguir que unos vaqueros y unas botas parecieran prendas con clase. A lo mejor era su modo de hablar, bien educado y preciso. Hasta cuando maldecía parecía un profesor universitario.

Sonrió. Viudo, ¿eh? A lo mejor estaba preparado ya para seguir adelante con su vida. Movió la cabeza y se rio. A lo mejor, si se encontraban por tercera vez, conseguía humillarse de algún modo insospechado, por si acaso necesitaba convencerlo aún de que ella era un caso perdido.

Pero él era un tipo impresionante.

La casa sencilla ante la que paró el coche en Grace Valley era la del consejero, y a Lief no le gusto demasiado. Había estado en sitios mucho mejores sin que le hubiera servido absolutamente de nada. Y luego el terapeuta en sí... un tipo muy muy alto, flaco... no. Huesudo. Con el pelo lacio y casi blanco, las orejas enormes y los pies más grandes que Lief había visto en su vida. Solo esperaba que a Courtney no le diera por reírse de él en su cara.

—Hola, señor Holbrook —lo saludó alegremente, ofreciéndole una mano—. Soy Jerry Powell. ¿Qué tal?

—Bien —contestó, estrechándole la mano—. Bueno, no tan bien. En fin, que no sé que se le dice a un consejero en la primera visita. ¿Que estás bien o que necesitas ayuda desesperadamente?

Jerry se echó a reír.

—Pase al despacho, por favor, y dígame en qué puedo ayudarle.

Se sentaron, Jerry detrás de la mesa y Lief al otro lado.

—Verá... —se lanzó sin más preámbulos—, mi esposa murió hace un par de años y mi hijastra no lo lleva bien. Su padre biológico y su mujer no la han aceptado, ni han intentado integrarla en su familia, y ella está deprimida y...

Jerry alzó una mano para que parara.

—Bien, un momento. Discúlpeme. Debería haber sido yo quien dirigiera esta conversación. Veo que está usted aquí en nombre de su hijastra y que los dos tienen dificultades. Déjeme decirle un par de cosas antes de que nos lancemos a analizarlas en profundidad.

»En primer lugar, quiero decirle que trabajo para el distrito escolar cuando los tribunales requieren la intervención de un consejero en casos relacionados con jóvenes. Lo que esto significa es que en muchas ocasiones solo sé lo que han hecho para tener que ser castigados sin tener conocimiento previo de sus vidas, de lo que puede haberles motivado a actuar de ese modo. A veces hay abusos en la familia, una muerte o un divorcio, pero no hay nadie que me cuente cómo se siente excepto el implicado. Y he de dejar que sea el adolescente quien me explique cómo ha llegado a tener el comportamiento que ha causado esos problemas. Es increíble lo bien que puede llegar a funcionar. Es decir, que quiero que me dé solo hechos básicos, incidentes o comportamientos que crea que son pertinentes al caso, y luego que pase a hablarme de usted. De sus sentimientos y no de los de ella. Hablaremos primero usted y yo. Luego Courtney me hablará de sí misma.

—Me temo que no lo hará —vaticinó.

—Soy implacable —respondió con una sonrisa—. Además, los adolescentes no son capaces de identificar muchos de sus sentimientos, y su comportamiento no obedece a que sean testarudos, sino a que necesitan adquirir esa habilidad. Están creciendo y esa es una de las cosas que tienen que aprender.

—De acuerdo. Mi esposa murió —comenzó de nuevo—, hace poco más de dos años. Al principio mi hijastra... aunque yo pienso en ella como mi hija... Courtney estuvo sufriendo mucho durante un tiempo y luego adoptó un comportamiento raro y antisocial. Ahora ha adoptado la estética gótica y se ha integrado en un grupo de amigos que mienten, roban y la animan a salir de casa a deshoras. Anoche la pillé en casa con un chico mayor que me estaba robando los DVD mientras ella había ido al baño. Estaban bebiendo cerveza. Mi hija tiene catorce años, pero parece que tuviera nueve.

—¿Nueve?

—Bueno, puede que nueve no, pero es muy pequeña. Una niña haciéndose la mayor. Una de las cosas que va a notar de ella es que es brillante; tiene un coeficiente intelectual muy alto. Siempre ha estado en los programas más acelerados de su colegio, pero ahora está a punto de suspender. Es una niña intelectualmente muy avanzada, pero emocionalmente... —se encogió de hombros— es inmadura, diría yo. O está herida... no sé.

—¿Y cómo se siente usted con todo esto, señor Holbrook?

—Llámeme Lief, por favor. Pues me siento como un idiota. Un fracasado. Temo perderla en algún desastre como las drogas, el robo o el suicidio.

—¿Cree de verdad que corre peligro de suicidarse? Me gustaría que me hablara de eso.

—Pues es difícil de decir. En el ordenador he visto que ha consultado algunas páginas de las que juegan con la idea del suicidio y estuve a punto de volverme loco. Le pregunté por ello y me contestó que todo el mundo piensa en el suicidio alguna vez, pero que no iba a hacerlo. ¿Cómo distinguir si se trata de mera curiosidad o de un peligro inminente?

—Lo veremos. Dirigiré la conversación para intentar conseguir más información.

—Casi no come. Yo no creo que padezca anorexia porque come lo suficiente pero es que está tan delgada y nunca tiene hambre... yo soy un chico de campo porque me crié en una granja y créame, es algo que me molesta una barbaridad. Hay quien piensa que sé de las cosas que pasan en su grupo de edad, de lo que les preocupa a los adolescentes porque escribí un par de guiones sobre la gente joven en crisis, ¡pero no me basé en ellos sino en mí! Mi crisis ocurrió hace mucho, muchísimo tiempo, y tuvo que ver con un caballo muerto, no con la muerte de mi madre.

Jerry se incorporó un poco.

—¿Qué películas son esas?

—*Deerstalker* y *Moonwalker*. Y un par de cosas más.

—Dios mío, es usted ese Lief Holbrook… ¡ganó un Óscar y un Emma! —parecía que iba a estallar de entusiasmo—. Ahora entiendo lo que me dice. Esos guiones suyos son brillantes. Tengo las dos películas.

Lief bajó la mirada.

—Gracias.

Jerry se apoyó en la mesa.

—Y dígame, Lief: su mujer murió y su hijastra le está dando muchos quebraderos de cabeza. Aparte de la frustración que le provoca su comportamiento y su aspecto, ¿cómo se encuentra en general?

Lief clavó la mirada en los ojos glaucos del consejero.

—Solo. A veces muy triste. Y en cuanto a Courtney, un fracasado total. Y el miedo a perderla me paraliza.

—Lo entiendo perfectamente. Vamos a organizar sus citas lo primero y luego dispondremos de unos cuarenta minutos para charlar antes de que tenga que marcharse.

—¿Mis citas?

—Haré cuanto pueda por Courtney, por supuesto. En mi caso sí que es mi especialidad. Pero, desde luego, Lief, usted necesita un amigo como comer. Y si no le parece demasiado atrevido por mi parte, creo que debería probar a hacerse amigo mío. He estudiado a fondo estas situaciones.

—¿Y es bueno resolviéndolos?

—Lo soy —respondió con una tímida sonrisa.

CAPÍTULO 4

Courtney no vio a Bad Ass Hopper hasta última hora. Había ido todo el día cargando con su mochila con la esperanza de verlo, pero estaba dispuesta a acarrearla también al día siguiente, o toda la semana, o todo el mes si era necesario y no aparecía por el colegio.

A juzgar por la cara que se le quedó cuando lo acorraló en la taquilla, estaba pensando seriamente en escapar de ella.

—No te enfades —le dijo—. Toma tu mochila. Mi padre sacó los DVD que nos querías mangar. No vuelvas jamás por mi casa —se dio la vuelta, pero le dijo aún—: Eres idiota, chaval. Deberías avergonzarte. Has tenido suerte de que haya podido convencer a mi padre para que no te denuncie a la policía.

Había recorrido ya medio pasillo antes de que oyera su voz chillona por los nervios:

—¿Ah, sí? ¡Pues mejor que ser un elfo adorador del diablo!

Courtney se sonrió. Desde luego no tenía imaginación.

La última clase del día tenía que ser precisamente Psicología. Le daba la impresión de que el profesor la miraba pensando que no le vendría mal una cita con un psicólogo. La verdad era que encontraba su clase interesante, pero no estaba dispuesta a que él lo supiera.

Se sentó como siempre en la esquina izquierda del fondo, tan lejos de los demás como le era posible. En aquella ocasión

Amber Hawkins decidió sentarse a su lado. Qué asco de mesas para dos.

—Hola, Courtney —le dijo en voz baja.

—Hola.

—Me han dicho que le has echado una buena bronca a B.A.

—¿Ah, sí?

Amber sonrió.

—Eres la caña, ¿sabes?

—¿La caña?

Su compañera se rio.

Courtney sabía que Amber no era de las chicas más populares de la clase, pero desde luego encajaba mejor que ella. Provenía de una granja o algo así. No era animadora, ni estaba en el grupo de baile, vestía de modo sencillo y un poco pasado de moda, no llevaba maquillaje y no parecía ir tras los chicos como hacían las más populares.

—Estamos juntas en Álgebra.

—¿Ah, sí?

Lo sabía, pero decidió fingir que no se había fijado.

—Quería preguntarte... ¿tú lo entiendes? Quiero decir... ¿entiendes de verdad el Álgebra? Porque yo estoy perdida. Peor que perdida. Creo que estoy muerta.

Courtney suspiró.

—No es tan difícil.

—¿Sacas buenas notas?

—Bueno... no, pero no porque no lo entienda, sino porque no hago los deberes. ¡Y como se te ocurra decírselo a mi padre te chupo la sangre mordiéndote en el cuello!

Amber volvió a reír.

—Vale. No se lo diré. ¿Podrías ayudarme entonces?

—¿Y cómo quieres que lo haga?

—Pues... podrías venirte en el autobús conmigo y luego te lleva mi padre a tu casa.

Courtney se dio la vuelta para mirarla de frente.

—Tú vivías en una granja o algo así, ¿no?

Amber pareció soliviantarse un poco.

—¿Es que eres alérgica a los animales? Porque, si es así, yo podría ir a tu casa. O podríamos quedarnos aquí en la biblioteca y luego mi padre nos llevaría a las dos. Sería capaz de cualquier cosa con tal de que mejorase en Matemáticas.

—¿Por qué es tan importante para él?

Se encogió de hombros.

—Mi familia es propietaria de la granja y unos viñedos, además de otros negocios de construcción y más cosas. Tengo hermanos mayores, todos muy listos: un ingeniero, un economista, otro que está estudiando un máster...

—Pues debes de tener una granja enorme.

—Es solo una granja corriente.

—Estoy segura de que tus padres se llevarían un susto de muerte conmigo...

Amber volvió a reír.

—¡Déjate de risitas!

Amber se paró en seco. Incluso se quedó un poco pálida.

—Perdona.

—Lo que quería decir es que te estoy hablando en serio. No creo que encajara en tu casa, ¿entiendes?

—No pasa nada. Es el rollo ese de Hollywood, pero mis padres no se lo tomarían en serio. ¡Mi cate en Matemáticas sí que se lo están tomando en serio! ¡Tengo que hacer algo!

—¿Se lo has preguntado al profesor?

—Sí, y no se explica mejor en clases particulares que en clase.

Aquella vez fue Courtney la que se rio.

—Señoritas —dijo el profesor de Psicología—, ¿hay algo que les gustaría compartir con el resto de la clase?

Courtney se levantó.

—Sí, señor Culmer; va a tener que contratar usted a un consejero para la sección de... corbatas. Creo que la señora Culmer se está pasando. La de hoy ya es... demasiado.

La clase entera rompió a reír mientras el señor Culmer enrojecía hasta las cejas. Cuando por fin la clase dejó de reír y Courtney estuvo sentada, el profesor dijo:

—Y eso me lo dice una adolescente de catorce años con el pelo rosa y rojo. Muchas gracias.

—De nada —respondió sonriendo de oreja a oreja.

Courtney había estado en muchas granjas. Los padres de Lief vivían en una, aunque ya no estuviera operativa. También tenía tíos y primos con granjas en Idaho, principalmente de patatas, y nunca había mostrado demasiado interés en visitar ninguna de ellas hasta que se encontró dando trompicones en el autobús amarillo con Amber, de camino a la suya. Estaba entusiasmada, pero por supuesto no lo dejó ver.

Resultaba curioso, la verdad, que cuando iba de visita a las granjas de Idaho nunca se hubiera preocupado por si desentonaba o no, pero es que en Virgin River llamaba mucho la atención. Además, cuando su madre vivía, no llevaba el pelo de colores, ni pintadas las uñas de negro, ni ropa negra y retro.

Habían planeado hacer los deberes juntas cuando llegaran a casa de Amber; Courtney se quedaría a cenar e incluso continuarían estudiando o jugando un rato hasta que su padre llegara a recogerla. El padre de Amber se había ofrecido a llevarla a casa, pero Lief había insistido en ir a por ella, seguramente para conocer a los padres de su amiga y asegurarse de que no eran satánicos o asesinos en serie.

Sus padres resultaron ser mucho mayores de lo que Courtney se imaginaba. En realidad eran abuelos. Debería habérselo imaginado, ya que Amber le había contado que sus hermanos mayores habían acabado todos la universidad y trabajaban en el negocio familiar. Y para tratarse de gente mayor, su aspecto ni siquiera les hizo parpadear cuando su hija se la presentó.

Primero conoció a su madre, que la saludó en la cocina, inundada de buenos olores. Llevaba unos vaqueros anchos metidos por dentro de unas botas de goma y su pelo ya gris le tapaba a trozos la cara.

—Encantada —dijo—. Me llamo Sinette. Eres muy amable por ayudar a Amber con las Matemáticas. Es que Hawk y yo ya no nos las arreglamos con esos métodos nuevos, y sus hermanos están ocupados con sus propios hijos.

—No me importa —respondió Courtney.

—¿Estás segura de que a tu padre no le gustaría cenar con nosotros? Porque siempre hay más de lo que podemos comer. La verdad es que lo hago a propósito porque siempre puede aparecer alguien inesperadamente a comer y a Hawk le gusta poder calentarse algo en cualquier momento, así que siempre hay sobras.

Ah. Eso explicaba por qué Amber estaba más bien gordita.

—Sí. Tenía algo que hacer.

Y en aquel momento un crío en silla de ruedas entró como una exhalación en la cocina. Amber se lo presentó como su sobrino Rory. Solo tenía ocho años, llevaba unas gafas con cristales gruesos y maniobraba la silla como si fuera un Corvette.

—Estoy listo para deletrear —anunció—. Amber, ¿quieres preguntarme tú?

—No puedo, Rory. Tengo que hacer los deberes con Courtney. Ha venido a casa a ayudarme con las mates.

—¿Cuánto tardáis en hacerlo?

—Un cuarto de hora —contestó Amber encogiéndose de hombros—. Lo pilla todo enseguida.

—Entonces, hazlo.

Courtney apenas se reconocía. «Pero es que está en silla de ruedas», se dijo. ¿Y ni siquiera así podía escaquearse de los deberes?

Poco después se enteró de que Rory tenía distrofia muscular.

—Aún no tiene cura —le informó Amber cuando le preguntó si tendría que estar aún mucho tiempo en la silla.

Cuando acabaron los deberes, salieron al granero donde tenían una vaca y dos caballos. También había unas cuantas gallinas, un par de cabras y algunos perros. Una perra se movía muy despacio.

—Está a punto de parir —le explicó—. Hemos hecho una porra en la familia. ¿Quieres participar? La última camada fue de siete.

Courtney apostó por nueve.

Hawk, el padre de Amber, era un hombre muy flaco y ya con cierta edad. Lo encontraron pasando el tractor por el espacioso huerto familiar. Era difícil de decir si su nombre era la abreviatura de su apellido o si lo llamaban así, «halcón», por su nariz ganchuda. Iba un poco encorvado pero se lo veía fuerte, como si llevase muchos años trabajando duro. Cuando su hija le presentó a Courtney, resultó ser también un poco torpe.

—¡Hombre! Ya tenía yo ganas de conocerte —la saludó, ofreciéndole la mano—. Quería ver a la chica del pelo de colores.

—¡Papá! —lo regañó su hija, avergonzada.

—¿Qué pasa? Es la verdad. Ese pelo debe darte mucho trabajo, ¿eh?

Courtney se rio.

—Pues sí.

—Courtney, lo siento... me había prometido que no se metería contigo.

—¡Y no lo he hecho! —protestó su padre—. Solo quería peguntar. ¿Puedo tocarlo?

—Es pelo —contestó Courtney, acercándose.

—Cierto. ¿Y qué dijo tu padre cuando te vio?

—Le di un susto de muerte —le dijo casi orgullosa.

Y Hawk sonrió.

—Ya sabía yo que tenías que tener una buena razón.

Cuando se le presentó esa oportunidad, la de que Courtney se fuera a hacer deberes con una compañera del colegio, Lief decidió volver a la casa victoriana con la excusa de conocer el huerto y llevarse algunas hortalizas gratis. Solo habían pasado un par de días, pero su hija no le daba muchas oportunidades y a él no se le había ocurrido pedirle a Kelly el teléfono.

El recorrido por el huerto era una excusa, aunque a decir verdad encontraba la propiedad interesante y sorprendente, pero lo que le atraía de verdad era aquella rubia con el corazón roto y una boca deliciosa. Y casi se alegraba de que aún se estuviera recuperando de su amor perdido porque así él dispondría de algo más de tiempo. Aunque no podía dejar de pensar en ella, había tantas complicaciones en su vida a las que debía atender... en primer lugar, no era probable que el comportamiento de Courtney fuese a mejorar si introducía a una mujer nueva en su ya tormentosa relación. Y a cualquier mujer que entrase en su vida le horrorizaría el vocabulario de Courtney, por no hablar de su estilo. Además, hacía años que no se había sentido atraído por una mujer que no fuera su esposa y no sabía por dónde empezar. Las mujeres se le habían dado siempre bien y no había tenido problemas para ligar... ojalá fuese como montar en bici.

Courtney y él tendrían que pasar años en terapia antes de que fuera capaz de reunir el valor suficiente para arriesgarse a besar a Kelly.

Pero cuando pensaba en ella, soñaba con alguien cuya belleza y pasión le hacían desear abrazarla, hundirse en ella, poseerla. Había dulzura en ella, tenía un aura que le hacía sentir que perdía la voluntad. En cuanto la había visto entrar en Jack's lo había sentido, y para sorpresa suya siguió sintiéndolo tiempo después de estar allí.

Pero ese pensamiento acarreó consigo otro no tan cómodo: el sexo. Sexo urgente. Era la chica más sexy que había visto en mucho tiempo, y tenía la impresión de que podía renacer en sus brazos.

Llegó a la casa, bajó del coche y llamó al timbre. Acudió a abrirle como si acabara de pelear a brazo partido en una fábrica de harina: mechones de pelo se le habían escapado del pañuelo con el que se había recogido la melena, el delantal estaba manchado de rosa aquí y allí, y se secaba las manos con un paño.

—¡Lief! —exclamó—. ¡Eres la última persona a la que esperaba ver!

—Eso es porque dije que llamaría, pero resulta que no tenía tu número de teléfono. Si me lo das, me vuelvo al pueblo, te llamo desde allí y vengo de nuevo. Así no dará la impresión de que... —olfateó el aire—. ¿qué huele tan bien?

Ella sonrió y Lief se dio cuenta de que era muy fácil engatusar a un chef: bastaba con oler su comida y caía en la red.

—Estoy haciendo una tarta. Los ruibarbos están maduros y al parecer soy la única persona en kilómetros a la redonda que sabe hacer una buena tarta de ruibarbo. Y he estado haciendo mermelada también —se encogió de hombros—. Iban a ponerse malos si no.

Los aromas que flotaban en el aire eran magníficos.

—Gracias a Dios que has venido a parar aquí.

—Pasa —lo invitó, riendo—. Estoy recogiendo la cocina. Voy a ver si Jill tiene un rato para enseñarte la casa y la finca. Y luego, si te portas bien, te daré un pedazo de tarta.

—¿Estás segura? Lo digo porque de verdad pretendía haber llamado antes de venir y que me dijeras tú cuándo podía...

—Ya te he dicho cuándo —cortó, tirando de su mano—. Pasa. Aún no he terminado en la cocina y estoy deseando darme una ducha, pero puede que Jill esté libre. Vamos a ver.

Entró detrás de ella y reparó en que no había mobiliario alguno hasta llegar a la cocina. Allí, tal como le había dicho, todo estaba patas arriba. Pero sobre la larga mesa de madera había por lo menos diez tartas. Y detectó algunos olores más. Miró hacia atrás y comenzó a olfatear.

Ella se dio cuenta enseguida.

—Estoy asando una pierna de cordero para cenar. ¿Quieres quedarte?

—¿Cómo voy a quedarme así, sin avisar ni...

—¿Pretendes decirle eso a un chef? Para mí es un insulto que no aceptes.

Él sonrió. A lo mejor aquel viejo dicho de que el camino más fácil para llegar al corazón de un hombre es a través de su estómago era cierto porque de pronto la deseaba todavía más. Increíble... ¡y él que se creía lejos ya de esa clase de ardor! Aquel deseo era monumental, y decidió disfrutar de él.

—Me quedo. Mi hija está haciendo los deberes en casa de un amiga y cenará allí.

—Ah, es verdad, que tienes una hija. Perdona, pero se me había olvidado. La próxima vez os invitaré a los dos.

Él se rio. Sería buena idea.

—Courtney es en realidad mi hijastra, pero lleva mi apellido. Es algo complicado, ya te lo explicaré. ¿Qué vas a hacer con todas esas tartas?

—No lo sé. Me vendría bien un congelador grande, pero en la casa no hay por ahora más que el equipamiento básico. Supongo que las regalaré. Unas cuantas para el pastor, que me ha dicho que lleva años intentando hacer una tarta decente de ruibarbo. Es increíble la cantidad de cosas que tiene Jill que están empezando a pasarse. Mañana tengo que ponerme con las moras. Tiene amigos y vecinos que estuvieron recolectando casi un mes y aún quedan un montón con las que hay que hacer algo: conservas, mermeladas, rellenos para tarta... vine aquí para buscar un trabajo en la red y resulta que ya estoy trabajando como una mula. Espera un momento, que voy a salir a preguntarle a mi hermana si tiene tiempo de darte una vuelta en el coche del huerto.

—¿El coche del huerto?

—Así es cómo se desplaza entre las distintas partes del huerto. Siéntate, que tardo un minuto.

Mientras Kelly salía apresuradamente por la puerta de atrás, Lief no se movió de donde estaba. A continuación, sacó un taburete de debajo de la isla de trabajo y miró a su alrededor. Por alguna extraña razón, todos aquellos cacharros, cacerolas, cuencos y demás utensilios de cocina extendidos por todas las superficies practicables le hacían sentirse en paz. Cuando era pequeño, en su casa siempre había un montón de niños y de empleados y una gran cocina siempre en marcha emanando buenos olores, algo que siempre le había hecho sentirse protegido. La imagen de aquellas diez tartas sobre la mesa también le resultaba familiar. Su madre siempre que hacía dulces los hacía a lo grande para compartir después con la familia, los amigos, los vecinos, con quien fuera.

Kelly volvió enseguida.

—Jill estaba en los bancales de calabazas y melones. Te espera afuera. Mientras dais una vuelta, yo recojo.

—Si me esperas te ayudo. Soy un buen limpiador de cocinas.

—A lo mejor tienes ocasión en otro momento. Sal, que te está esperando.

Aunque Lief estaba más interesado en el chef que en el paisaje, se dejó llevar por Jill. Las tierras que rodeaban la casa habían sido preparadas para cultivos orgánicos. De hecho ya había algunos de invierno. También estaba secando semillas de sus propias frutas y hortalizas para la siguiente primavera, y había empezado a construir muros de contención para preparar terrazas en la ladera de la colina y optimizar el espacio de plantación.

La cosecha otoñal de calabazas, melones y calabacines era increíble. Algunas de las calabazas habrían podido servir de carroza a Cenicienta.

—Estoy guardando las más grandes para que los niños del pueblo vengan a buscarlas. A Kelly le encanta hacer sopa de calabaza, así que le doy las pequeñas. Y estos calabacines de invierno son más bien experimentales. Ven, vamos a ver qué está pintando Colin. Esta mañana estaba trabajando en una manada de elefantes. Acaba de venir de un safari fotográfico en el Serengeti.

El solárium de la segunda planta de la casa ocupaba todo el

ancho del edificio por encima del porche trasero. Era el lugar en el que a Colin le gustaba pintar porque la luz era estupenda. Sus cuadros, cuya temática solía ser los grandes espacios salvajes o los animales más grandes de África, eran increíbles. En aquella habitación, había también un equipo de sonido y una tele de pantalla plana… su salón, o una versión poco convencional del mismo.

A Lief le fascinaba la creatividad que reinaba en aquella casa. Jillian desarrollaba su imaginación en el huerto, Colin pintaba animales de todo el globo y Kelly cocinaba. Aquella mañana habían sido tartas, pero al día siguiente podía ser algún plato que solo pudiera degustarse en un restaurante de cinco estrellas de San Francisco.

—Vamos a tomarnos una cerveza, Lief —le dijo Colin—. En el porche se está muy bien. Jilly tiene que regar y Kelly está empeñada en que mi barriga sea la de papá Noel, así que tú y yo estamos solos.

—Yo debería ayudar en algo. Me he presentado sin avisar y encima me han invitado a cenar y a tomar una cerveza. A lo mejor podría ayudar a regar el huerto o las macetas.

Colin se echó a reír.

—Como experto en la materia, te diré que estas chicas van a hacer exactamente lo que les venga en gana, y lo mejor que tú puedes hacer es quitarte de en medio —bajaron a la cocina, Colin abrió la nevera y examinó el contenido—. Tenemos cerveza sin alcohol y cerveza de verdad. ¿Qué prefieres?

—La de verdad, por supuesto. ¿Cómo has acabado viviendo en este nirvana?

Sentados los dos en el porche trasero en un perfecto día del mes de octubre, Lief escuchó cómo Colin llegó a Virgin River después de haberse retirado del Ejército, y encontró allí un lugar en el que poder recuperarse tras haber sufrido un accidente de helicóptero; Jillian había escapado de un trabajo corporativo en una empresa de Silicon Valley. Se conocieron por accidente, pero en un pueblo de apenas seiscientos habitantes estaba claro que se habrían acabado encontrando. Cómo habían terminado enamorándose era lo extraordinario.

—No soy muy joven —explicó Colin—, y no creo que Jilly se ofendiera si me oyera decir que he conocido a unas cuantas mujeres... bastantes, la verdad. Mi vida era provisional, la vida de un militar, y nunca había sentido la tentación de instalarme en un lugar. Pero apareció Jilly... y deseé hundir mis raíces cuanto más hondo, mejor.

—Parece serio —respondió Lief.

—Es que con ella lo es, pero por ahora hemos decidido ir con calma, día a día. ¿Y tú? ¿Cómo has venido a parar a un sitio como este?

Le contó la historia: esposa muerta, hija con dificultades que quizás podría solventar en una ciudad más pequeña que Los Ángeles, tramo de su existencia que quería dejar atrás para poder empezar de nuevo. La pregunta de a qué se dedicaba mientras vivía en Los Ángeles llegó más tarde, cuando estaban ya todos sentados a la mesa de la cocina.

—Soy escritor.

—¿Trabajas en prensa? —preguntó Kelly.

Al parecer estaba a salvo de cualquier notoriedad.

—No, escribo guiones.

—¿En serio? —preguntó Jillian—. ¿Para televisión?

—Para el cine.

—Qué interesante —comentó Kelly—. Hace años que no veo una película. Bueno, excepto algunas que ponen en la tele por cable. Llevo secuestrada en la cocina desde que tenía dieciocho años.

—Y yo en una fábrica de software —intervino Jill.

—Yo he estado en Afganistán o en el hospital. No escribirás películas de guerra, ¿verdad? Son las que veo.

Lief sonrió.

—Qué va. Solo cosas para todos los públicos —estaba a salvo. Aunque hubiesen oído hablar de sus películas nunca habrían oído hablar de él, lo cual era perfecto—. No he comido un cordero tan rico como este en mi vida. Y las patatas... deliciosas. Me crié en una granja de patatas en Idaho y nunca las había comido tan buenas.

—Gracias. Me faltaban un par de ingredientes, pero han salido bien.

—Ten cuidado, Lief —advirtió Colin—. Tienen la mala costumbre de quedarse en la cintura.

—Si no te atiborras, no —respondió Kelly.

—Entonces, no las hagas tan buenas.

Kelly iba a recoger la cocina y Lief se había ofrecido a ayudarla, pero Jill y Colin los echaron. Con una taza de café en la mano salieron al porche de atrás a disfrutar del cálido atardecer. El cielo estaba claro y salpicado ya de un millón de estrellas. No soplaba viento alguno, pero la temperatura había caído significativamente.

Durante un buen rato, permanecieron en silencio disfrutando del aire limpio y de las tazas de café caliente que tenían en las manos. Al final fue Lief quien dijo:

—Esta casa es maravillosa. Está llena de arte: cultivar, pintar, crear en la cocina...

—Es un lugar muy hermoso.

—¿Te quedarás un tiempo?

Ella se encogió de hombros.

—Jill y Colin llevan poco tiempo juntos. Desde el verano. No quiero estropear sus comienzos.

—Piensas que necesitan intimidad.

—Todas las parejas recientes necesitan intimidad.

—No sé qué piensa Jill, pero Colin parece encantado de tenerte en su cocina.

—Ninguno de los dos me ha dado a entender en ningún momento que quieren que me vaya, no me interpretes mal; pero tengo treinta y tres años y no quiero vivir con mi hermana el resto de mi vida. Necesito un poco de tiempo para superarlo...

Se quedó pensativa un momento. Superar ¿el qué? ¿La Touche? ¿San Francisco? ¿Luca? ¿Su desastrosa rutina?

—Creo que necesito unas cortas vacaciones. Luego lo retomaré todo.

—Bueno... espero que no sean demasiado breves. No me importaría tener la oportunidad de conocerte mejor.

Ella sonrió.

—Uy... eso se ha parecido a un flirteo... ¿tipo Disney?

Se movió para mirarla de frente.

—¿Es lo que te parezco?

—¿No es lo que has dicho antes? Que te dedicas a las pelis para todos los públicos. Cuando lo has dicho, he pensado en Disney.

Lief sonrió de medio lado.

—¿Y tú? ¿La Colette de *Ratatouille*?

—¡Ay, no! —se rio—. Pero lo he pillado. No debo hacer juicios sin base. Estaré aquí un par de semanas, siempre que consiga encontrar fácilmente un trabajo.

—Después de la cena de esta noche, sin hablar de la tarta, estoy seguro de que lo vas a encontrar en un santiamén —tomó otro sorbo de café y consultó el reloj—. Es hora de irse. Tengo que recoger a Courtney antes de que la familia de su amiga acabe echándola. Es su primera visita.

—Se diría que no puedes confiar del todo en ella.

—Y es que no puedo. Como te he dicho, lo ha pasado mal desde que murió su madre —se levantó—. Pero saldremos adelante de un modo u otro. Y tener una amiga de una familia normalita la podría ayudar mucho.

Kelly también se levantó.

—¿Es esta su primera amiga normal?

—Se llama Amber. He hablado con sus padres para asegurarme de que la invitación a cenar les parecía bien. Son granjeros y tienen tres hijos mayores ya casados y con hijos, así que parece que Amber fue un descuido. Courtney la describe como un poco rarita, pero maja. Hace un par de noches la dejé en casa sola dos horas y cuando volví me encontré con un chaval de diecisiete años que había llevado cerveza y que estaba llevándose algunas pelis de mi colección mientras Courtney estaba en el baño —inició una sonrisa—. Amber la rarita me parece un sueño hecho realidad.

—¡Dios del cielo!

—Sí, va de mal en peor —se lamentó—. Pero imagínate perder a tu madre con once años.

—Yo perdí a los míos muy pronto también y sé que puede ser muy duro. Pero tengo que admitir que no sé nada de niños, y menos de adolescentes.

—¿Has pensado alguna vez en si te gustaría tener familia?

Kelly se encogió de hombros.

—En realidad, no. Siempre he pensado que ya me lo plantearía cuando conociera al hombre adecuado.

—Y creías haberlo conocido, ¿no?

—Pues sí… pero tenía cincuenta años y cinco hijos ya creciditos. La posibilidad de no llegar nunca a tener hijos propios no me molestaba. Ser madre nunca ha sido para mí una necesidad —sonrió—. Lo que yo quería era tener un restaurante.

Él sonrió también.

—Seguro que no son tan contestones.

—¡Eso lo dices porque no conoces el mundo de los restaurantes!

—Ha sido un detalle que me invitaras a cenar viniendo como he venido sin avisar. He pasado un buen rato. Y la cena… —elevó los ojos al cielo—. A mí me gusta cocinar, pero sentiría vergüenza de hacerlo delante de ti.

—Haremos que la superes. Llévale una tarta a la familia de Amber la rarita como agradecimiento. A lo mejor así vuelven a invitar a Courtney y tú puedes hacer un bis.

—Te tomo la palabra. Admito que con mi hija necesito toda la ayuda posible.

Pasaron por la cocina antes de salir, y cuando estaba sacando una tarta de la nevera para llevarla a casa de los padres de Amber le pidió una para él. Se despidió de Jill y Colin, y Kelly y él salieron, cada uno con una tarta en la mano, a la puerta. Lief abrió la camioneta y sugirió que las dejasen en el suelo del vehículo, el lugar más seguro. Luego cerró y se volvió hacia ella, que le tendió la mano para despedirse.

Lief la tomó, pero tiró suavemente de ella para abrazarla, girar y apoyarla en la puerta de la camioneta durante un momento maravilloso.

—Dios... —murmuró, sintiendo todo lo que había imaginado que podría sentir si llegaba a abrazarla. Suave, dulce, erótica. Puso un dedo bajo su barbilla para levantarla y la besó... apenas un roce de los labios. Tenía los ojos muy abiertos, clavados en los suyos, y decidió lanzarse y cubrir su boca con un beso apasionado, penetrante. La animó a abrir los labios y... ah, qué delicia. Cuando sintió que ella lo abrazaba, que los brazos de aquella mujer con el corazón roto lo retenían, saboreó la victoria. Su deseo creció y sofocó todo su ser.

—Sabes todavía mejor que tus tartas.

—Guau... no veo en ti nada Disney.

Lief acarició su pelo y tiró suavemente de él para que echase la cabeza hacia atrás y poder tomar de nuevo su boca. Con qué naturalidad se adaptaba a él.

—Es lo que esperaba demostrar. ¿Te parece demasiado pronto mañana para volver a vernos?

Ella negó con la cabeza. Aún tenía los ojos muy abiertos.

—Bien.

La besó aún otra vez.

—Estoy trabajando con las bayas —le dijo con la voz entrecortada.

—Mañana nos vemos —respondió con una sonrisa—. Tú tampoco te pareces nada a Colette.

Kelly sonrió.

—Ya te lo decía yo.

La cena en casa de los Hawkins fue algo completamente distinto a las cenas que compartía con su padre. El hermano mayor de Amber, el padre de Rory, también fue a cenar con varios de sus hijos porque su mujer estaba trabajando, de modo que la gran mesa de la cocina se llenó. La comida resultó ser más de pueblo que la que consumían en su casa: costillas de cerdo, puré de patata con salsa de carne y verduras. En su casa nunca se tomaban esas salsas... su padre cocinaba con el mínimo de grasas.

Courtney estaba sentada al lado de Hawk y no la dejó en paz ni un momento. Cuando por ejemplo se sirvió salsa sobre el puré, él se le acercó para decirle:

—Te has dejado un poco de puré sin cubrir.

Cuando le pasó la fuente de las verduras, le dijo:

—Deberías probarlas.

—¿Por qué? ¿Porque son verduras?

—No. Qué va. Lo de las vitaminas es cosa tuya. Es porque no las hay en el mundo como las que prepara Sinette —le puso una cucharada en el plato—. En primer lugar, son de su propia huerta. Luego, es que las cocina con grasa de bacon y ajo. Pruébalas y, si no te gustan, te sirves más patatas.

Lo miró sorprendida. No le había dicho eso de, si no comes verdura, te quedas sin postre. Y encima las verduras estaban deliciosas.

—¿Lo ves? ¿Entiendes ahora lo que te decía?

Después de la cena y el postre, Amber y Courtney terminaron con los deberes que tenían de otras asignaturas. Era la primera vez, desde que había empezado el colegio a últimos de agosto, que Courtney lo acababa todo, y bien hecho además.

Lief llegó con un regalo.

—Una amiga mía ha hecho hoy diez tartas de ruibarbo y me ha regalado un par de ellas. Esta es para usted —le dijo a Sinette entregándosela—. Ella, mi amiga, me ha dicho que la probara y que, si su receta es mejor y no le importa, le gustaría que le dejase compartirla.

Sinette se rio.

—¡Pues más le vale que sea buena, porque mi receta me la dio mi abuela!

Lief les preguntó qué tal les había ido a las chicas con los deberes, pero en opinión de su hija lo que de verdad quería saber era qué tal le había ido a la familia con ella.

—Creo que los han terminado todos, y Amber me ha dicho que le ha venido de perlas la ayuda. Ese dichoso Álgebra la trae de cabeza.

De vuelta a casa, ya en el coche, Courtney le preguntó:

—¿Y quién es esa amiga tuya?

—¿Eh?

—La amiga que ha hecho las diez tartas.

—Ah. Se llama Kelly y es una chef que trabajaba en la zona de la bahía. Está de visita en casa de su hermana y me ha invitado a cenar —la miró y sonrió—. Y como yo tenía un hueco en mi apretada agenda me quedé, y me regaló una tarta por las molestias.

—Ah. ¿Sales con ella?

—Aún no. ¿Crees que la vida podría ser tan generosa conmigo?

—¿Quieres decir con eso que te gustaría salir con alguna mujer?

—¿Por qué no me preguntas lo que de verdad quieres preguntarme, Courtney, y te dejas de andarte por las ramas?

—Si eres tan listo, dime tú lo que quiero preguntarte.

Él suspiró.

—No, aún no he superado lo de tu madre. La echo de menos cada día. Y sí, me gustaría poder tener otra relación en mi vida porque me siento solo. Y no, nadie será nunca más importante para mí que tu madre. O que tú. Te prometo que no dejaré de ser tu padre si llego a tener la suerte de tener novia.

Se quedó pensativa un momento. ¿Cómo era capaz de contestar a cada pregunta que ella no sabía cómo formular?

—A mí qué más me da eso —murmuró.

CAPÍTULO 5

Kelly llevaba poco tiempo en casa de su hermana; no obstante, las cosas habían comenzado a cambiar para ella casi nada más llegar, poquito a poco, pero de un modo significativo. Todo empezó con un programa de cocina. Había colocado una diminuta tele portátil sobre la encimera para poder verla mientras cocinaba. El primer programa que sintonizó fue, por supuesto, *Luciano Brazzi Dining In* y, mientras pelaba y cortaba manzanas para ponerlas en conserva, Luca fue preparando sus famosos *rollatini* de berenjena. Su rostro seguía siendo tan encantador como ella lo recordaba, su forma de dirigirse a la gente tan abierta y agradable mientras sumergía en huevo las lonchas de berenjena, sazonaba el pan rallado, luego añadía el parmesano... bromeaba con la ayudante de cocina tan mona que se había buscado, movía las manos con seguridad y delicadeza, sus dientes tan blancos contra el bronceado de su piel, su risa honda tan seductora... se sentía cómodo, seguro, tranquilo. Estaba claro que nadie le había roto el corazón.

Empezó a llorar entonces y para cuando los *rollatini* entraban en el horno sollozaba a mares. ¡Estaba perfectamente! Quedaba claro que no tenía una sola preocupación en el mundo. No se sentía solo, ni deprimido, ni sufría por su pérdida. Si había algo que superar, ya lo había hecho.

Le vio abrir uno de los tarros que llevaban su cara en la etiqueta, Brazzi Spaghetti Sauce, la calentó y la extendió sobre lo que acababa de sacar del horno.

—Eres un cerdo —le dijo a la televisión—. ¡Me conquistaste, me hiciste promesas que no pensabas cumplir y luego me enviaste a tu mujer para que lidiara conmigo! Como si yo fuera una vulgar buscona de la que ya te habías cansado —se limpió la nariz—. ¡Pues se acabó!

A lo que la tele respondió:

—Y estos son mis *rollatini* de berenjena. ¡*Brava*! ¡*Ciao, bellas*!

—*Ciao*, cabrón.

Y apagó la televisión.

A partir de ese momento las cosas empezaron a mejorar, aunque no a marchas forzadas. No estaba sometida a presión ninguna. No había una cocina enloquecida a la que volver y ese alivio resultaba maravilloso. Y aunque vivían tres personas en la misma casa, cada una de ellas tenía su propio espacio. Jill se pasaba casi todo el tiempo fuera o frente al ordenador en su estudio mientras Colin caminaba por las montañas con la cámara en ristre, o pintaba en el solárium de arriba. Era la primera vez que Kelly recordaba haber tenido tanta libertad. En sus visitas anteriores o durante las vacaciones, siempre estaba pensando en volver a la cocina y le preocupaban cosas del trabajo.

Casi todas las comidas y todas las cenas las preparó ella para aquellos comensales entregados y muy especiales. El ayudante de Jill en la huerta, Denny, solía quedarse a comer y a veces a cenar. Era un joven guapo de veinticinco años, siempre alegre y con ganas de bromear.

—Yo ya creía haber encontrado el trabajo perfecto aquí antes de que tú llegaras, Kelly —dijo—. ¡Ahora tengo el trabajo y el restaurante perfectos! Nunca había comido tan bien. ¡Kelly, no solo eres un genio, sino que eres preciosa!

Kelly contempló por un instante su mandíbula cuadrada, los hoyuelos que se le hacían en la mejillas, unos ojos brillantes y un físico fuerte de más de metro ochenta y dijo:

—¡Ay, Denny, qué pena que no te haya conocido hace diez años!

—Bueno, hace diez años habría tenido solo quince, pero siempre me han gustado las mujeres mayores —respondió con una sonrisa pícara.

¿Las mujeres mayores? Kelly frunció el ceño.

—¿Quieres comer, listillo?

En lugar de dormir apenas unas horas o del sueño nervioso que provocaba el agotamiento, dormía tranquilamente sus ocho horas o más. Tenía la mente despejada. No tenía que enfrentarse a diario con nadie.

Llevaba solo una semana en casa de su hermana cuando Jill le dijo:

—Cuando los de la mudanza vacíen tu casa, que te traigan todo aquí. Puedes ocupar el tercer piso: ponerte el sofá, tu silla favorita, la tele, el escritorio... es más espacioso de lo que era tu piso. Tendrás toda la intimidad que quieras y si quieres compañía siempre sabrás dónde encontrarnos.

—No pensaba quedarme tanto tiempo como para...

—Mira, Kelly, podrías vivir en esta casa durante un año sin tropezarte con nadie si eso es lo que quieres. Pero déjame que te diga lo que yo quiero: quiero que te tomes el tiempo necesario para que recuperes del todo la salud, para que vuelvas a ver la vida con alegría y que tu corazón se cure del todo. Lo primero que tienes que hacer es ir a que el doctor Michaels te haga una pequeña revisión y que se asegure de que la medicación que estás tomando para la tensión funciona. Yo diría que una vez que lleves un tiempo fuera del manicomio ese en el que estabas, ni siquiera la vas a necesitar.

Kelly se había pasado la mayor parte de su vida adulta evitando a los médicos y no había vuelto a sentirse mal ni a tener incidente alguno desde que se había mudado a casa de su hermana, pero ciertamente era buena idea que fuese a ver al médico local.

Y en cuanto al estado de su corazón... estaba trabajando en ello. Las cosas empezaban a cobrar su debida perspectiva: sus fantasías sobre una vida con Luca habían sido irreales y debería haberse dado cuenta.

Dejarse besar por un hombre sexy no iba a hacerle ningún daño. Hubiera lo que hubiese con Lief, no un romance pero sí algo más que una simple amistad, la hacía sentirse mejor. Cuando estaba cerca, no podía dejar de mirarlo: ese pelo rubio y espeso, sus ojos castaños y expresivos, un conjunto que le hacía resultar tan guapo... pero su forma de llevar los vaqueros era lo que le tenía nublado el sentido.

Se pasaba todos los días por su casa. Decidido a no molestar, se había atribuido la tarea de cortar leña e ir apilándola donde Jillian pudiera usarla en invierno. Se presentaba por la mañana y cortaba leña durante un rato antes de sentarse a la isla de trabajo mientras Kelly trabajaba. El problema para ella consistía en lo difícil que le resultaba concentrarse en lo que estuviera haciendo viéndole a él levantar el hacha por encima de la cabeza. La tensión que cobraban sus hombros, la espalda y los brazos podía ponerla en una especie de trance erótico.

Y para colmo él casi siempre la pillaba cuando miraba por la ventana de la cocina. Automáticamente le dedicaba una de sus maravillosas sonrisas y volvía al trabajo.

Pero nunca lo mencionaba después. Una vez había acabado de cortar la leña, se contentaba con sentarse a charlar.

—Cuéntame cómo es el proceso de escribir una película —le pidió.

—Pues imagino que muy parecido al modo en que se crea una receta. Tú experimentas con el gusto y yo experimento con palabras, sentimientos y escenarios. Cuando tengo una imagen en la cabeza, intento ponerla en papel. El guion es... como si fuera el dibujo que hace un arquitecto con todas las indicaciones y detalles para construir una película.

—¿Cuántos has llegado a vender?

—Media docena —contestó, encogiéndose de hombros—.

Lo más importante no es venderlos, sino rodarlos y distribuirlos después. Muchos de los guiones quedan como si dijéramos reservados durante un periodo de tiempo. Luego, cuando se empieza a rodar propiamente, es cuando se venden de manera oficial. Pero en ese momento queda aún mucho camino antes de que el público llegue a verlo.

—¿Y cuándo escribes? ¿Por la noche?

—Es que últimamente no he escrito mucho. He estado centrado en preparar la casa, en espiar a Courtney, pescar, cortar leña, pensar e intentar que las cosas estén bajo control. Como estaban antes.

—Supongo que quieres decir cuando la madre de Courtney vivía.

Asintió.

—Lana trabajaba en el diseño de vestuario de una productora, y estaba ya divorciada cuando yo la conocí. Le iba bien. Llevábamos cuatro años casados cuando falleció. Fue algo inesperado. Un aneurisma mientras trabajaba. Courtney y yo no fuimos capaces de reaccionar, pero como yo adoro mi trabajo comencé a escribir intentando encontrar el modo de salir del dolor. No me di cuenta de que la vida de Courtney se estaba desmoronando. Iba y venía entre la familia de su padre, que se había casado en segundas nupcias, y yo, sin saber adónde pertenecía en realidad. Su aspecto y su forma de comportarse cambiaron… creo que fue cambiando gradualmente, pero yo tuve la sensación de que fue de repente: un buen día me encontré frente a aquella criatura gótica con tendencias delictivas.

—¿Y fue entonces cuando decidiste venir aquí?

—No con la suficiente rapidez. Antes pedí consejo a todo el que conocía: a mis amigos, a mi familia… y me fueron dando nombres de psicólogos, expertos en niños de todo pelaje… me sentía perdido y Courtney empezó a meterse en líos. Venir aquí fue un intento a la desesperada por mi parte para ayudarla. A ella y a mí mismo.

Kelly apoyó los antebrazos en la encimera.

—¿Y a ti quién te ayudó?

—Ah, bueno, yo me las arreglaba bien. Tenía un grupo de apoyo de la iglesia Unitaria y un par de buenos amigos que estuvieron a mi lado a pesar de que mi compañía era totalmente deprimente, estoy seguro.

Ella sonrió.

—A pesar de haber pasado por un momento muy duro, ahora no eres deprimente, te lo aseguro.

—Gracias, Kelly. Estoy preparado para la siguiente fase de mi vida, pero tengo muchas cosas de las que ocuparme antes de que eso llegue a ser mi principal prioridad.

A veces daban un paseo por la finca. Iban junto al bancal de las calabazas cuando de pronto él preguntó:

—¿Qué pasó de verdad en el restaurante que te obligó a salir huyendo?

Ella respiró hondo.

—Puedo ofrecerte la versión corta y la larga. En la larga hay años de estudios y cocina con la intención de llegar a ser chef de cuisine en uno de los mejores restaurantes, y luego llegar a ser socia de alguno de los de cinco estrellas. Todos los institutos en los que he estudiado o cocinas en las que he trabajado eran una auténtica locura. La competitividad es brutal, las relaciones personales son siempre complejas y muchas veces destructivas o disfuncionales...

—Hollywood también puede ser así.

—Imagino que sí. Deberíamos comparar nuestras notas.

—Primero las tuyas. Vamos, sigue.

—Bueno, pues hace falta tener una personalidad específica para soportar esa clase de vida: se ha de ser una persona con nervios de acero, confianza inmune a las críticas constantes, decidida a alcanzar sus metas, una profunda convicción de que no solo vas a sobrevivir, sino a ganar la guerra... porque eso es lo que es: una guerra. Además tienes que tener un equipo que te apoye incondicionalmente y que te guarde las espaldas. Se trata de un negocio en el que abundan los celos y nadie confía en nadie. Todo el mundo quiere llegar a la cima. Pero yo no me di cuenta de que empezaba a pasarme factura hasta que me desmayé en el trabajo y me tuvieron que llevar al hospital. Me llevé un susto de muerte —se había detenido en mitad del bancal de calabazas y dijo—: soy un gran chef.

—Lo sé. Doy fe —sonrió.

—Soy tan organizada que te asustaría. Tengo buen instinto con los ingredientes y creo con sinceridad que podría llevar una cocina grande sin toda esa locura. De hecho, si tuviese la oportunidad y pudiera contratar al director, sería capaz de llevar todo el restaurante sin tanta paranoia.

—Te creo.

—Pero me parece que me estoy engañando. No creo que se me vaya a presentar la oportunidad. La mejor posibilidad que he tenido pasaba por Luca. Una de las primeras cosas que me gustó de él era que no estaba loco. Cuando él aparecía en la cocina, todo cobraba orden. Nadie se atrevía a alzar la voz o a discutirle nada. Era más que un mentor, un modelo a seguir. Me prometió que me daría la oportunidad de llevar uno de sus restaurantes de cinco estrellas, pero ya sabes lo que ocurrió.

—Esa no tenía por qué ser tu única posibilidad de alcanzar el éxito, Kelly.

—Podría ser, pero ahora mismo la situación económica es mala y los restaurantes más importantes se las ven y se las desean. El próximo trabajo que encuentre no va a tener tanta clase como tenía La Touche.

—Yo he comido allí, ¿sabes?

—¡No me digas!

—Sí, pero puede que fuera antes de que trabajases tú allí.

—¿Recuerdas qué te pareció?

—Me pareció un sitio un poco esnob. La gente que a lo mejor había reservado con semanas o meses de antelación tenía que esperar dos horas para poder sentarse a la mesa. No sé. Me pareció que le daban más importancia a la fanfarria de alrededor que a la comida en sí. Los mejores restaurantes confían en su comida. Recuerdo que me gustó lo que comí, pero no volví.

—Eso es exactamente lo que yo pienso. Estoy convencida de que no recuerdas la comida por lo mal que te trataron.

—Entonces, resumiendo: ¿dónde dirías tú que residía tu problema?

—En que no tenía calidad de vida. Después de catorce años de dejarme la piel en la cocina no estaba más cerca de alcanzar mi objetivo, no tenía amigos, ni un novio, ni había podido hacer mi mejor trabajo en la cocina. ¿Qué otra cosa podía decir que tenía aparte de la tensión arterial alta? ¡Jillian al menos tiene sus calabazas gigantes! Así que lo dejé. Sin más. Yo suelo planear mi vida con años de antelación, pero en aquel momento di media vuelta y me marché.

Él sonrió.

—Chica lista. Bueno, dime, ¿qué hacemos aquí? —le preguntó mirando a su alrededor.

—Voy a recoger algunas calabazas bellota. Hago con ellas una crema que te chupas los dedos. También preparo una crema de tomate que está deliciosa. Me gusta servirla con un queso a la plancha acompañado de pimientos rojos asados.

—Suena perfecto. Courtney ha quedado el jueves con Amber para hacer los deberes —contestó, abrazándola.

—¿Por qué tengo la sensación de estar haciendo novillos?

—¡Porque es exactamente lo que estás haciendo! —respondió él, riéndose—. Si consigo que mi hija vuelva a sentar la cabeza, tendré más libertad de movimientos. Pero de momento me contentaré con lo que vaya saliendo, así que estoy encantado de que se vaya a hacer los deberes con su amiga.

Su siguiente cita transcurrió junto al río en una hermosa tarde de octubre. Aunque él se había llevado todas sus cosas de pescar, se limitaron a extender una manta sobre la hierba para sentarse a charlar junto al agua.

—Cuento con que tú me digas cuándo has pasado página de tu relación con Luca. Seguramente es demasiado pronto para iniciar otra.

—No sé si he pasado página o no. Me doy cuenta de que

fui yo la que alimentó un montón de fantasías porque su importancia en el mundo de la gastronomía es tal que resulta sexy e impresionante para alguien como yo. Es un hombre guapo e influyente y creo que fue su poder lo que me atrajo de él. Aparte de su intento de seducción, claro.

Lief enarcó las cejas.

—¿Intento?

—Yo estaba coladita, por supuesto. Lo adoraba. Pero debía haber perdido un poco la cabeza porque no solo es el chef más importante y que ha alcanzado un mayor éxito, sino que también tiene una familia numerosa. Si todas mis fantasías se hubieran hecho realidad y hubiera acabado siendo su segunda esposa, me habrían torturado. De hecho ahora ni siquiera puedo hacerle llegar un mensaje. ¿Te imaginas lo que habría sido?

Con una sonrisa en los labios, él deslizó una mano por su brazo y entrelazó su mano con la de ella.

—Estabas enamorada de él, Kelly. No lo olvides.

—No sé, Lief... a veces pienso que estaba enamorada de la idea que yo me había hecho de él. Tenemos mucho en común, empezando por nuestra profesión. En mis fantasías me veía trabajando con él, siendo su inspiración y dejándome llevar por él al siguiente nivel.

Lief permaneció callado un instante.

—Tengo una pregunta: ¿cuánto duró?

—¿Qué parte? ¿El contrato entre chefs, la amistad, su apoyo como mentor, su atención o su flirteo?

—Yo me refería al sexo..

Ella lo miró sorprendida y se echó a reír.

—¡Pero si no hubo sexo! No me acosté con él.

—Entonces, ¿por qué fue a verte su mujer?

Kelly se tumbó boca arriba y miró al cielo.

—Esa es la parte que me tuvo confusa durante un tiempo, pero al final resultó ser totalmente irrelevante. Los restaurantes de cinco estrellas pueden conformar por sí solos una ciudad, y en mi mundo no solo Luciano Brazzi era el rey, sino que su esposa era la reina. No solo se creía que estaba teniendo una aventura con él, sino que, cinco minutos después de haberlo filtrado, todo el mundo en el trabajo se lo había creído. Y todo el mundo con el que alguna vez habría podido trabajar se lo creyó en veinticuatro horas —miró a Lief a los ojos—. Me dijo que me adoraba, que creía estarse enamorando de mí, que quería poner fin a la farsa de su matrimonio e iniciar algo serio conmigo, a lo que yo le dije que primero tendría que ser un hombre divorciado y que luego volviera a decírmelo. Hablamos mucho de ello pero al final no ocurrió —su sonrisa era triste—. Me besó, eso sí. Y fue increíble.

Lief estaba atónito. Por lo que ella le había contado se había imaginado una tórrida y larga aventura. Algo que sería difícil de olvidar.

—¿Un beso?

Ella asintió.

—Como una tormenta que estallase en el cielo. El potencial era tremendo.

Tardó un momento en reaccionar y luego la besó.

—¿Mejor que esto?

—Uf, mucho mejor.

Volvió a intentarlo y aquella vez le lamió los labios para que los separara. ¡Cómo le gustó la sensación de terciopelo de su boca! Sabía como a una especie de ambrosía a la que se iba a hacer adicto fácilmente. No se habían besado en muchas ocasiones, ya que llevaban menos de dos semanas desde aquella fatídica noche en que tuvo que llevarla a su casa, pero por Dios que no podría renunciar a su boca.

—¿Mejor ahora?

—Un poco.

—Olvídale —y se lanzó a besarla a fondo.

Ella por fin le rodeó el cuello con los brazos y le devolvió el juego con la lengua. Ambas bocas ardían, húmedas, abiertas, y se apretó contra su cuerpo menudo y dulce. Cómo le gustaban sus curvas, redondas en sus caderas y sus pechos. Se enardecía solo con verla.

Con la rodilla la animó a separar las piernas y apretó con suavidad, a lo que ella respondió con un gemido que fue música para él, y decidió arriesgarse a deslizar una mano bajo su jersey y llegar hasta sus senos. Sintió que el pezón se le endurecía bajo el sujetador, bajo su mano, y deseó desesperadamente poder llevárselo a la boca.

—¿Mejor que este? —le preguntó casi sin aliento.

—No mucho —respondió ella, agitada.

—Uno de estos días vamos a tener que dar un paso más —le anunció—. Llevo deseándote desde el momento en que te vi.

—Creo que deberías saber que…

—¿Qué? ¿Qué tengo que saber? —preguntó mientras le besaba las mejillas y el cuello.

—No he tenido muchas relaciones.

—Oye, que yo solo he tenido una en los últimos siete años y ninguna en los últimos dos. No es un problema, créeme.

—La cosa es que no he tenido mucho… verás, es que estaba tan ocupada con la comida que solo he tenido algunos flirteos. No he tenido mucho…

Prestó más atención.

—Sé que al final acabarás alguna de las frases.

—Sexo, no he tenido mucho sexo.

—No pasa nada, cariño. De hecho resulta muy dulce.

—Y en lo que respecta al buen sexo, al sexo satisfactorio que te hace ver el mundo con otros ojos… —dejó la frase sin terminar, pero él esperó. Y esperó.

Kelly respiró hondo.

—Nada.

Lief siguió callado.

—¿Dices que… nada?

Ella asintió.

—¿Y sexo dulce y sin complicaciones?

—La verdad es que no. Tuve unas cuantas relaciones cortas con tíos del trabajo y eso... que terminaron pronto. Y en todas acabé preguntándome por qué habría perdido el tiempo.

—Entiendo —dijo, y le apartó un mechón de la frente—. Mira, si alguna vez decides cambiar de carrera... a lo mejor podrías impartir seminarios a mujeres sobre cómo plantearles retos a los hombres. Tienes talento para eso.

—No te culparía si llegaras a la conclusión de que no vale la pena.

Seguían estando pegados el uno al otro y, mirándola a los ojos, sonrió. Luego volvió a su boca, la encandiló, le exigió, la obligó a abrirse y esperó a que fuese ella quien iniciara el juego con la lengua antes de buscar más, de dejarse llevar. La besó con todo su cuerpo y ella lo sintió. Cuando notó su respiración entrecortada, se separó un poco.

—Pues te garantizo que esta vez no vas a tener esa suerte, preciosa. No vas a acabar preguntándote por qué te habrás molestado. Confía en mí.

—Bésame un poco más —le pidió—. Se te da bien. Al menos cuando te aplicas a ello.

«Esta sí que va a ser buena», se dijo Courtney al entrar en la sala de espera del psicólogo.

El hombre llevaba una camisa de manga corta a cuadros de la que se había abrochado hasta el último botón, y el de arriba apretaba su largo y delgado cuello. Parecía una garza.

—¡Hola, Courtney! —la saludó alegremente—. Soy Jerry.

—Hola.

—Pasa —se hizo a un lado y la dejó pasar primero. Courtney ocupó la silla frente a la mesa y él la del otro lado—. Algo me dice que ya has hecho esto otras veces.

—No me diga que lo ha notado... —ironizó, alzando una ceja delgada y negra.

—Si es el caso, ¿de qué crees que deberíamos hablar?

Courtney apoyó la espalda en el respaldo.

—Imagino que querrá hablar del hecho de que mi madre esté muerta.

El psicólogo no pareció sobresaltarse lo más mínimo. Se limitó a ladear la cabeza y decir:

—Yo empezaría más bien por preguntarte si te gusta vivir aquí. Ha debido de ser un cambio importante para ti.

—Bastante —se limitó a decir. Sabía que tenía varias opciones: podía hacer que aquellos encuentros fuesen un desafío, que fuesen cómodos, interesantes u horribles—. Es un poco más rural de a lo que yo estoy acostumbrada.

Se decidió por interesante.

—¿Ya has conocido gente? ¿Tienes amigos?

—Tengo una amiga, pero en realidad se trata de que necesita ayuda con los deberes, así que una vez pille el hilo puede que deje de serlo.

—Ese pensamiento es inquietante. ¿No crees que puede haber encontrado a alguien que le gusta para que la ayude en lugar de alguien a quien simplemente utilizar?

Consideró la posibilidad de pasarse a horrible, pero curiosamente aquel hombre parecía hablar su lenguaje.

—Supongo que le caigo bien, a su modo.

—¿Y a ti ella te cae bien? A tu modo, quiero decir.

Ella se encogió de hombros.

—Supongo.

—Empecemos por ahí. ¿Qué te gusta de ella?

Courtney entornó los ojos.

—Su falta de seguridad no me molesta del todo.

Jerry sonrió.

—¿Qué más?

Decidió compadecerse de él. Estaba claro que era un friqui.

—Me gusta estar en su casa, en la granja. Su familia es maja. Su padre es divertido y un poco tonto, y es bastante mayor. Cuando me quedo a cenar ponen esas cosas grasientas y que engordan tanto en lugar de la porquería saludable que prepara mi padre.

—Lo cual está de maravilla. Yo me temo que estoy abusando de la comida basura también.

—¿Ah, sí? Y tiene un sobrinito que va en silla de ruedas. Es el hijo de su hermano mayor.

—Ah.

—Distrofia muscular. Tiene ocho años. Es posible que en algún momento esté menos enfermo que en otros, pero no se va a poner bien. Empeorará hasta que acabe muriendo. No son muchos los que llegan a la edad adulta si tienen esa enfermedad de niños.

—¿Eso te lo ha contado tu amiga?

—No. Lo he buscado en la red. Por los síntomas que ella me contó he averiguado que se trata de DMD, Distrofia Muscular de Duchenne. Dicen que no tiene cura y que no va a mejorar, y ya está en silla de ruedas. El niño es una monada, con esas gafas que lleva que se le escurren constantemente por la nariz. Me recuerda al niño que sale en *Jerry Maguire*. Y es tela de listo: tiene ocho años y está en séptimo en mates y deletreo. Además es muy gracioso. Sus padres le dejan jugar a videojuegos para que mantenga los reflejos en forma, pero no hay nada que puedan hacer con los músculos de su espalda o de las piernas.

—Te gusta. Él y toda su familia.

Courtney pareció asentir pero dijo:

—Cuando ves a un niño así te preguntas si hay Dios.

Jerry se inclinó hacia delante.

—Courtney, todos los genios de los siglos anteriores se han hecho esa misma pregunta. La injusticia y el sufrimiento son dos cosas que desafían la fe ciega.

—¿Por qué me habla como si fuera adulta?

Él la miró sorprendido.

—¿He dicho algo que no hayas entendido?

—No —concedió—. Sí, me gusta esa familia. Me gustan los animales, aunque no tengan muchos. Mi padre creció en una granja de patatas y antes íbamos por allí. Ahora hace tiempo que no.

—¿Qué animales?

—Hay una perra cruce de golden retriever que está a punto de parir y si le tocas la tripa sientes cómo se mueven los cachorros. Seguro que tiene por lo menos nueve. Se han hecho apuestas en la casa. Incluso yo he metido un dólar en la jarra. Hay pollos, cabras, una vaca y dos caballos. Y un montón de gatos, como en la granja de mi padre en Idaho. Así controlan a los ratones.

Jerry sonrió.

—Si te gustan las granjas, vas a hacer un montón de amigos aquí. Muchos chavales viven en granjas.

—Sí, bueno... por ahora tengo una única amiga.

—¿Confías en ella? ¿Te cae bien? ¿Es buena persona?

—Sí. Es un poco parada... y un poco friqui también, pero no sabría cómo ser mala.

—Voy a decirte algo que puede sonar duro, pero tener un par de amigos dignos de confianza y leales es tener mucho. En los últimos cursos de secundaria y en el instituto los chavales se mueven en grupos tan grandes que a veces resulta ridículo pensar que se puede ser feliz teniendo solo un par de amigos de verdad. Pero en serio: un buen amigo de verdad contra una docena de los que no puedes estar segura... no hay color.

Ella permaneció callada un instante.

—Antes de que muriera mi madre tenía un montón de amigos.

Jerry se quedó callado también un momento por respeto a Courtney.

—Siento mucho que la hayas perdido, Courtney. La muerte de un ser querido tan cercano puede cambiar el panorama de todo lo demás en tu vida.

—¿Es este el pie para empezar a hablar de mi madre muerta?

Él sonrió con tranquilidad.

—El pie. Muy teatral. Yo había pensado que charlásemos hoy durante un ratito y que ya abordaríamos los temas más complicados dentro de un tiempo. ¿Te parece bien?

—Sí, me parece bien. La verdad es que estoy cansada. No sé por qué, porque no he tenido que venir andando.

—No te preocupes. Yo creo que hemos empezado con buen pie. Ni siquiera te has reído de mi camisa ni de mi corte de pelo. No siempre me lo ponen tan fácil.

—He preferido no herir sus sentimientos por si acaso...

—Gracias. Un detalle. ¿Quieres volver el lunes después de clase?

Courtney se movió en su silla.

—¿Cuánto tiempo tengo que hacer esto?

—No lo sé. Supongo que los dos lo sabremos cuando hayamos tenido suficiente.

—¿Tendremos que hacerlo hasta que lleve el pelo de un solo color, las uñas pintadas de rosa y me vista en tonos pastel?

El psicólogo sonrió.

—Courtney, mírame. ¿De verdad crees que voy a tener algo que decir sobre el estilo de otra persona?

—¿Tiene usted buenos amigos?

—Unos cuantos, la verdad.

Ella se sonrió.

—¡Genial! Volveré el lunes y hablaremos de ello.

Él sonrió también.

—Hecho. Ahora quiero hablarte de algunas reglas básicas. Para mí, no para ti. De vez en cuando hablaré con tu padre, pero no sobre ti. Podrá hablar de ti conmigo si él quiere, pero yo no le voy a hacer ninguna pregunta sobre tu persona. Y tú puedes también hablar de él, pero no te voy a preguntar nada sobre tu padre, a menos que haya una razón muy poderosa. Si me dijeras por ejemplo que te pega, tendría que indagar. Pero lo más importante que debes saber es que no voy a decirte nunca qué es lo que él me ha dicho o viceversa. Tenemos un acuerdo de confidencialidad, así que no tienes de qué preocuparte. Puedes airear todas tus quejas o preocupaciones aquí.

—¿Espera que me crea que si lo llamo cabrón parásito y chupasangres no me echará la bronca?

Él sonrió.
—Exacto.

Una de las cosas que Lief había tratado con Jerry en sus sesiones era si había encontrado seguridad, confianza y autoestima mientras era pequeño. Daba igual dónde o cómo hubiera crecido, pero esas eran cosas que todos los niños necesitaban. Lief le contestó que lo había encontrado principalmente en dos fuentes: su escritura y sus animales. En la granja había tenido un caballo y un perro que eran solo suyos.

Dado que Courtney nunca había mostrado interés por escribir, Lief se dirigió a la Clínica Veterinaria y Establos Jensen. Antes de ir a echar un vistazo en busca de alguien con quien hablar, vio a un hombre en un corral redondo haciendo trabajar a un potro. Se acercó a la valla y se limitó a mirar.

Un hombre indoamericano evolucionaba con cuidado en torno a un joven caballo árabe, un pura sangre con mucha energía. El animal tiraba de la cuerda, retrocedía, y pateaba la arena y el joven no apartaba la mirada de sus ojos mientras le hablaba con suavidad. Al final el animal se calmó y accedió a que el hombre lo guiara en un círculo dentro del corral. Incluso acabó bajando la cabeza un poco y permitió que le acariciase el cuello. El joven seguía hablándole y tuvo la impresión de que el caballo asentía, aunque claro… eso era absurdo.

Estaba sacando ya al animal del cercado cuando se dio cuenta de la presencia de Lief. Levantó la mano a modo de saludo y dijo:

—Hola. Nos vemos en el granero.

Cuando Lief entró, el animal ya estaba atado y el joven se le acercaba ofreciéndole su mano.

—Encantado. Soy Clay Tahoma.

—Lief Holbrook —se presentó estrechándosela—. Le he estado viendo trabajar con ese potro.

—Cuando trabajo con un caballo, no me doy cuenta de nada ni de nadie.

—Tengo una hija de catorce años y, si eres capaz de suavizar el trato con ella como lo has hecho con ese potro, te pongo en mi testamento.

Clay se echó a reír.

—Sé mucho más de caballos que de jovencitas, amigo. ¿Sabe montar?

—He intentado subirla a un caballo en un par de ocasiones, pero le ha dado miedo. Cuando vivíamos en Los ángeles le ofrecí lecciones de equitación, pero no despertó su interés, y he pensado que podía volver a intentarlo aquí. ¿Puede recomendarme a alguien? Voy a serle sincero: mi hija a veces tiene un trato difícil.

—Lilly, mi esposa, y Annie Jensen dan clases de equitación. Son buenas instructoras. Y mi mujer cuenta historias de su adolescencia que me dejan blanco como la pared. Además algún día nos encantaría tener una hija… ¡a lo mejor es que estamos locos! Tú ya la tienes, y si alguien es capaz de entender y manejar a una adolescente difícil es Lilly. ¿Le gustaría venir con su hija por aquí para que pueda conocer a los caballos y hablar con ellas?

—¿Qué tal cualquier día de estos después del colegio? Siempre y cuando ella esté interesada. He aprendido que no es buena idea forzarla a nada. La batalla no merece la pena. A veces se enfada tanto que…

Clay sonrió.

—Hay un viejo dicho navajo que yo oí un montón de veces mientras crecía: no se puede despertar a una persona que finge dormir. Podría estar utilizando la ira para ocultar sus puntos más vulnerables.

—¿Hay algún otro dicho navajo que me pueda servir?

—Sí —le respondió con una sonrisa—. Haz lo que yo te diga, pero no lo que yo haga. Y un montón de variaciones sobre el tema.

CAPÍTULO 6

El camión con las pocas pertenencias de su piso de San Francisco llegó al final de su segunda semana en Virgin River. Jill y ella fueron abriendo las cajas: las cosas personales al tercer piso y las de cocina, a la cocina. Tardaron menos de una tarde en preparar el dormitorio de Kelly y transformar la amplia habitación de al lado en un cómodo salón con su sofá, su escritorio, una mesa y una tele.

—Ha quedado bien —dijo Jill—. Colin y yo llamaremos a la pared si tenemos que subir por lo que sea a esta planta. La escalera abierta no es que te dé mucha intimidad, pero por lo menos la puerta del dormitorio sí puede cerrarse.

—Ha quedado incluso demasiado bien. Si me hubieras instalado en la bodega, me habría servido de aliciente para buscar trabajo.

Jill se dejó caer en el sofá.

—Yo estaría encantada con que no quisieras marcharte.

—No te lo tomes a mal, pero no quiero vivir para siempre con mi hermana pequeña.

—Lo comprendo. Sí, de verdad. Pero para mí fue mucha presión decidir lo que iba a hacer cuando aterricé aquí, y para mantenerme ocupada mientras pensaba acabé labrando la tierra y plantando cuanto caía en mis manos. Ahora es a eso a lo que me voy a dedicar. ¿No podrías justificar al menos unos meses?

—Ni siquiera estoy pensando en qué quiero hacer, Jill—, se explicó—. Lo único que sé es lo que no quiero hacer. Podría enviar correos a la gente que conozco en el negocio contándoles que estoy disponible, pero luego recuerdo que era un horror trabajar con ellos. Podría enviar mi currículum a varias webs de hostelería, pero me temo que volvería a meterme en una de esas cocinas endiabladas y locas. Necesito algo distinto, y no tengo ni idea de qué puede ser.

Jillian se limitó a sonreír.

—¿Qué? —preguntó Nelly.

—Pues que dentro de unos días nos van a llegar unos cuantos electrodomésticos nuevos. Cuando cerramos la venta, Paul pidió algunas cosas para equipar la cocina porque todo lo que hay aquí era temporal. Hemos comprado un congelador y un frigo nuevos, una cocina de seis fuegos, dos lavavajillas y un triturador de basura. Va a quedar precioso.

Kelly se incorporó.

—¿En serio?

—No ha tenido nada que ver con que vinieras tú —se apresuró a aclarar—. Aunque estaba casi segura de que no iba a usar la mayor parte de esos trastos, pensé que la cocina debía estar bien equipada. El año que viene, si la cosecha es buena, voy a amueblar el salón y el comedor, y contrataré a un decorador que venga para hablar de cómo vestir las ventanas y las zonas en que queramos alfombrar los suelos.

—Eres una diablesa...

—Anda, relájate un poco. Haz lo que sea que hagas para tranquilizarte. Por ejemplo, disfrutar de las atenciones de ese hombre que tanto viene por aquí...

—Durante las horas de colegio —respondió, riendo—. Con Luca no llegué a tener una aventura, pero con él sí que la estoy teniendo.

—Bueno, ¿y qué tal es... ya sabes... en la cama?

Kelly se acercó como quien cuenta un secreto. Miró a derecha e izquierda antes de continuar.

—No lo sé.

—Mierda... entonces, ¿por qué parece que os escondéis?

—Yo no me escondo. Es él. Creo que debería decirle a su hija que estamos saliendo y que deberíamos quedar con ella alguna vez, pero me dice que no sé dónde me estoy metiendo. Dice que Courtney le pondría pegas incluso a un millón de dólares, aunque según parece estos últimos días está mejorando. Tiene una amiga que según Lief le está sentando muy bien, un psicólogo al que no se niega a ir y ahora está intentando convencerla de que acuda a una escuela de hípica local para aprender a montar a caballo. De momento no ha dicho que no. Así al menos tendría algo más en común con su nueva amiga, que al parecer tiene un par de caballos en su casa. Aunque, la verdad, no sé qué pretende con todo eso.

—¿Pero tú sabes algo de adolescentes?

—Una vez yo también lo fui, pero eso es todo.

Lo que a Kelly le gustaba hacer para relajarse, para pensar, era cocinar. Tenía calabacines, moras y manzanas en tal cantidad que se le salían por las orejas. También había una buena producción de tomates tardíos, pimientos y judías. Los tomates no eran suficientes para hacer conservas, pero al fin y al cabo estaban en California, el reino de los tomates, y podía acudir al mercadillo de los propios productores. Buscó en la red cuándo se celebraría y se lo anotó.

Pidió prestada a Jill su camioneta y fue hasta Eureka para comprar algunas cacerolas grandes y varias cajas de botes para conserva. Una de las cosas agradables de los pueblos como aquel era que vendían esa clase de tarros algo anticuados que se usaban para hacer conservas y que en San Francisco serían casi imposibles de encontrar.

En poco más de un fin de semana preparó conserva de salsa de manzana, manzanas en gajos para las tartas, más conserva de moras y relleno para dulces, llenó bolsas para congelados con la receta de su abuela para salsa italiana y crema de calabaza. Es decir, lo suficiente como para abrir su propio puesto en la feria de productores.

—Voy a tener que empezar a regalar —le dijo a su hermana—. Estoy tirando dinero, ¿no te parece?

—No has gastado nada aparte de los tarros. Yo sembré y planté todo esto solo por ver qué se daba bien aquí y la mayoría de la producción la he regalado. Hace nada más que un par de meses que conseguí la licencia comercial, y no tengo ni idea la clase de permisos que pueden hacer falta para vender comida procesada.

—Yo sí que lo sé, y hay que hacer un montón de papeleo. Algunos de los certificados ya los tengo como chef, pero tendrían que aprobar tu cocina, aunque estoy casi segura de que podría ser.

—Bueno, y también podríamos poner unas baldas en la bodega...

—Deberías llamar a Paul Haggerty para que te organizase una buena bodega ahí abajo. Es perfecta para el vino. Yo estoy intentando llenar la despensa. Cuando me vaya, te la voy a dejar bien provista.

—Deberías distribuir lo que has hecho por el pueblo, Kelly. Lleva algo al bar, un par de cajas a la tienda de Connie, que las venderá o las regalará. Porque no hay peligro... ¿verdad?

—¡Que soy chef, Jill!

—Y la abuela no nos mató con sus recetas. ¡Madre mía! ¡Fíjate en esta cocina y en la despensa! ¿Cómo has podido hacer todo esto?

—Bueno... como la hija de Lief no tiene clase los fines de semana, tiene que estar con ella y no nos hemos visto, así que... —sonrió al ver tantos tarros—. Ha sido divertido. Me está encantando esto de estar yo sola en una cocina.

Cuando llegó el lunes, día de colegio, Lief se encontró deseando estar con ella, pero Kelly tenía cosas que hacer.

Había colocado en cajas gran parte de su producción de conservas, salsas y delicatessen, había etiquetado los tarros y calculado su fecha de caducidad. Las salsa de manzana, el relleno de manzana para tartas, las moras y la salsa italiana podían mantenerse durante un año, pero las cremas de tomate y calabaza contenían mantequilla y crema, por lo que su vida útil era mucho más corta: cinco días si se conservaban refrigeradas.

Lief, que aún hacía lo que fuera para agradarla, se mostró encantado de cargar todo aquello en su camioneta e ir al pueblo.

—Si has pensado llevar algo al bar, aprovechamos y te invito a comer. ¿Qué te parece?

—Que estás intentando seducirme.

—No. Lo que intento es ocuparme de tus necesidades. Lo de seducirte vendrá después.

—Me gusta como piensas —sonrió.

De modo que primero fueron al bar. Tendrían que presentarse antes de la hora de las comidas si querían que el cocinero y Jack pudieran dedicarles un poco de tiempo.

Kelly colocó los tarros alineados sobre la barra.

—Todo esto está hecho con productos ecológicos de la huerta de Jill. He dejado parte en la despensa porque la semana que viene pretendo ir a la feria agrícola para comprar productos de fin de temporada y probar con la producción de otros huertos. Estoy casi segura de que la de mi hermana tiene más sabor, pero ¿quién sabe? A lo mejor es cosa del cocinero y no de los ingredientes. Ya veremos.

Colocaron una cuchara para cada tarro y unos pequeños cuencos. Lief pudo participar en la cata. Se parecía a la cata de un vino, de una cerveza o de un café: pequeños bocados de pan entre muestras y cucharas limpias para cada una.

—Me gustaría calentar un poco esta crema —dijo Kelly—. ¿Puedo usar la cocina?

—Toda tuya —contestó el Reverendo, el cocinero.

Las críticas fueron entusiastas y enseguida el Reverendo le preguntó cuánto podía venderle, qué recetas compartiría con él y si podría volver a suministrarle más adelante.

—Te dejo todo esto si quieres servirlo... me gustaría saber lo que piensan tus clientes. Las recetas de mi abuela no las comparto, pero tengo muchas otras que te podría pasar encantada. Voy a preparar sopa de calabaza, semillas tostadas, pastel de calabaza, pan y muffins de calabaza en una jornada de puertas abiertas en casa.

Las mejillas del Reverendo se fueron poniendo más sonrosadas a medida que Kelly enumeraba todas aquellas cosas.

—¡Qué barbaridad! Tendré que pagarte algo por todo esto, Kelly.

—¿Qué tal un par de sándwiches? —sugirió Lief.

—¿Solo eso? ¿Y qué tal una porción de mi tarta de chocolate?

—Perfecto —contestó ella—. Y, si no te importa, me gustaría recuperar los tarros una vez los hayas vaciado. Los esterilizo y los vuelvo a usar.

—Hoy hay pastrami de pavo. Y, si te portas bien, una crema de tomate.

—Nos lo tomaremos tranquilamente para poder quedarnos un rato y ver qué opinan tus clientes.

Y así lo hicieron. Según le explicó Jack más tarde, hubo un detalle que no era corriente en el bar. El Reverendo normalmente servía solo un plato en cada comida. Si alguien especial se lo pedía, podía añadir algo más, pero no disponía de algo tan elaborado como una carta. Solía estar siempre metido en la cocina e iba sirviendo a medida que preparaba los platos y nunca salía a hablar con los clientes.

Pero aquel día fue especial: habló casi con todos los comensales y les fue refiriendo que contaban con la presencia de una chef invitada que estaba ofreciendo algunas de sus especialidades, entre las que se podían degustar la crema de tomate y la de calabaza. Sus raciones eran generosas, como siempre, y los clientes la saludaron entusiasmados, lo cual le ofreció la oportunidad de invitarlos a sus jornadas de puertas abiertas.

Poco después, entró una pareja que se sentó para comer y, cuando la mujer se volvió, Kelly contuvo la respiración. Era Muriel St. Claire, una actriz nominada a los Óscar. En La Touche comían celebridades muy a menudo, así que aquella no era la primera vez que veía a un famoso, pero le sorprendió verla precisamente allí. Esa no fue la única sorpresa. Muriel cruzó su mirada con Lief y exclamó:

—¡Dios mío, pero si eres tú!

—¡Muriel! —exclamó Lief sorprendido, y los dos se abrazaron como viejos amigos.

—¿Qué haces aquí? —preguntó él.

—Es que vivo aquí —contestó riendo—. ¿Y tú?

—Me he comprado una casa aquí. Quería sacar a Courtney de Los Ángeles, y tener una vida más tranquila.

—Pues no siempre es tan tranquila como parece —le advirtió—. ¡En las montañas también nos desmelenamos de vez en cuando! Espera, que te presento a mi pareja. ¡Walt, ven un momento!

Kelly vio a un hombre guapo que debía de rondar los sesenta acercarse a ellos. Lief le estrechó la mano y Muriel se lo presentó como «El niño prodigio», un guionista ganador de un Óscar por una película en la que ella había trabajado y por la que había sido nominada al premio como mejor actriz de reparto.

—¿Cuántos años tenías cuando ocurrió eso, Lief? ¿Doce?

—Treinta y cinco, Muriel —contestó riendo—. Venid que os presento a una amiga —y se volvió hacia Kelly, que se levantó—. Kelly, te presento a Muriel y a Walt. Muriel es una vieja amiga.

«¿Y tú eres un escritor que ha ganado un Óscar?», pensó. «¿No solo escritor, sino escritor famoso?»

—Es un placer —saludó ofreciéndoles la mano.

—Tengo que recomendártelo —le dijo Muriel—. Es una

joya. Si no fuera porque podría ser mi hijo, yo misma le tiraría los tejos.

—No es verdad que pueda ser tu hijo. ¡Es más, en los años que hace que te conozco, has salido con hombres más jóvenes que yo!

—¡Calla! —lo reconvino—. No quiero que Walt se entere de mi oscuro pasado.

—Demasiado tarde ya para eso, querida —respondió el aludido—. Encantado de conoceros.

—Sentaos con nosotros —les invitó Lief—. Quiero que me cuentes todo lo que has estado haciendo.

Kelly escuchó hipnotizada el relato de las películas en que Muriel había trabajado desde la de Lief, en la que ambos estuvieron nominados al Óscar, y su intento de retirarse cerca del lugar en el que nació, un lugar en el que poder tener sus caballos y montar y cazar patos con sus labradores. Walt les habló de su carrera militar y de su familia. Y luego fue él quien preguntó a Lief por su trabajo. ¡Qué poco sabía de él! Había creído a pies juntillas, tal y como él había querido que fuera, que su trabajo era mediocre.

—Empecé a escribir en secundaria, bueno más bien a intentarlo, y al final acabé dedicándome a los guiones, me trasladé a Los Ángeles, empecé a trabajar construyendo escenarios mientras asistía a la universidad de UCLA y escribía un poco.

—Claro... y por casualidad escribiste una peli titulada *Deerslayer* que se llevó seis premios Óscar —se burló Muriel.

«¿*Deerslayer*?», pensó Kelly. Había oído hablar de ella, pero no la había visto. Y a pesar de que solo hacía diez años que se había rodado, era ya todo un clásico.

—Creo que no la conozco —dijo Walt—. Me temo que el Ejército no nos la envió al extranjero...

—Es una brillante revisión del *Deerslayer* de Fenimore Cooper —explicó Muriel—. Un adolescente está enfadado con sus padres porque han tenido que sacrificar a su caballo, se escapa de la granja, milita en un grupo antisistema que tiene problemas con los federales y al final tiene que ser rescatado por su familia, que nunca había dejado de creer en él. El muchacho se encuentra en el ojo del huracán, pero todos los que le rodean acaban en peligro. ¡Es un peliculón!

—Con que películas de tres al cuarto, para todos los públicos, ¿eh? —le dijo casi sin querer. Cuánto desconocía de él. Menos mal que ninguno parecía haberse dado cuenta de su sorpresa.

—Lief, he invitado a Sam a venir a visitarme. Montaremos y cazaremos, y me ha amenazado con aceptar. Voy a llamarlo y le diré que estás aquí. Así a lo mejor consigo que se comprometa a venir.

—Dile que tengo una habitación disponible para él si no te soporta —bromeó.

—¿Sam? —preguntó Kelly.

—Sam Shepard —aclaró Muriel—. Era mi pareja en la peli. Es un escritor brillante y fue más o menos el mentor de Lief.

—Fue más duro conmigo que mi propio padre, pero aún sigue cayéndome bien —le contestó dándole unas palmaditas en la mano—. ¡Aunque no pienso enseñarle nada de lo que tenga escrito! Me he vuelto muy sensible y él puede ser brutal.

Durante casi una hora Kelly estuvo oyéndoles compartir recuerdos. No reconocía la mayoría de nombres de sus amigos o compañeros de trabajo, pero de vez en cuando vibraba con los de celebridades que todo el mundo conocía: Jack Nicholson, Meryl, Diane Keaton…

No toda la conversación giró en torno a Hollywood. Lief les puso al corriente de su familia de Idaho. En un momento dado, Muriel apretó su mano y le preguntó por Courtney.

—No va mal, pero solo eso. No le ha sido fácil hacerse a la idea de que tiene que cargar conmigo.

—Es una chica con suerte.

—Yo no diría lo mismo. La pobre…

«Le he contado a este hombre todo sobre mí sin saber apenas nada de él. Esperaba poder tener una relación especial con él porque yo la deseaba con todo el alma sin pararme a pensar que se trata de un hombre de carne y hueso con una vida llena y complicada».

Le había hecho unas cuantas preguntas y aceptado sus respuestas superficiales sin cuestionarlas.

«Porque estaba preocupada por protegerme a mí misma sin considerar siquiera lo vulnerable que podía ser él».

Mientras charlaban y reían, mientras Muriel y Walt alababan sus cremas y le preguntaban dónde podrían comprarlas, Kelly seguía pensando que había tanto que desconocía de Lief... nadie se dio cuenta de que estaba más callada de lo habitual y, cuando la comida terminó y llegó el momento de seguir con lo planeado, todos se abrazaron y prometieron volver a verse muy pronto, como muy tarde en la jornada de puertas abiertas.

La siguiente parada fue en Corner Store, la tienda que regentaban Connie y Ron justo frente al bar. Connie acogió encantada los productos de Kelly.

—Pero no sé si voy a poder permitirme comprarlos.

—No hay problema. Todo tuyo siempre que pidas a tus clientes que te den su opinión. Me ayudaría mucho, ¿sabes? Sé que las mujeres de la zona son unas fantásticas cocineras, y me gustaría mucho saber si doy la talla.

—Pero tengo que darte algo si se vende.

—Una donación para financiar la compra de tarros nuevos me ayudaría. Y cuando la fecha de caducidad de la sopa se acerque, disfrutadla vosotros o regaládsela al Reverendo. Todos los ingredientes son naturales, no tiene conservantes y por eso no dura mucho. A lo mejor hay algún cazador o pescador que busque algo con lo que calentarse el cuerpo.

—Seguro. Veremos cómo va.

Cuando volvían a la camioneta, Lief le dio la mano.

—Quiero enseñarte dónde vivo —le dijo—. ¿Podemos pasar por mi casa de vuelta a la tuya?

—Lief... tenemos tanto de lo que hablar.
—¿Ah, sí? ¿Por ejemplo?
—De la parte de tu vida que no conozco, por ejemplo.
—La verdad es que me gustaba que no supieras mucho de la parte pública. Ya sabes... el rollo ese de quién sale con quién, quién se está divorciando, para quién será el siguiente Óscar... pero, de mi vida real, te diré todo cuanto quieras saber.
—Entonces vamos a ver la casa en la que vives. Y a tener la conversación que ya deberíamos haber tenido hace un par de semanas.

La casa de Lief resultó ser verdaderamente preciosa. Ahora que Kelly sabía algo más de él, no le sorprendió. Tenía que disponer de buenos ingresos. Era una construcción nueva, espaciosa, de techos altos y abiertos, con una decoración de buen gusto y lo más importante para ella: una magnífica cocina.

Tras un breve paseo de reconocimiento se sentaron a la mesa de la cocina a tomar un café y Kelly le preguntó dónde se había criado.

—¿En una granja pobre donde leías libros de James Fenimore Cooper? —bromeó.

—Fuimos niños de granja, pero con una educación bastante buena —respondió él sonriendo—. Los colegios de la zona estaban bastante bien. Y mis padres eran estrictos. ¿Te acuerdas de Amber, la niña con la que Courtney está saliendo ahora? Su familia me recuerda mucho a la mía. Son gente muy sencilla, que sabe reconocer el valor de un sobresaliente.

—¿Por qué quisiste ser escritor?

—No lo sé. Me gustaban muchas cosas, pero, cuando metía la nariz en un libro o cuando creaba una historia completamente inventada, me perdía. Si nadie me encontraba, era porque estaba en el desván con un libro o un cuaderno. En mi interior me trasladaba a un lugar diferente. A lo mejor mi vida real no era lo suficientemente interesante. Mis hermanos mayores decían que era un friqui y no dejaban de recordármelo. También jugaba al fútbol, hacía las tareas que me correspondían en la granja, montaba, cazaba, pescaba... pero escribía cuando estaba solo porque me sentía bien haciéndolo. Pensé que iba a escribir novelas, pero al final el cine me llamó la atención, creo que sobre todo los diálogos. Me gusta escuchar cómo habla la gente. ¿Y a ti qué te empujó a ser chef?

—Mi bisabuela. Jillian tenía cinco años y yo seis cuando tuvimos un accidente de coche. Mi padre murió y mi madre quedó confinada en una silla de ruedas para el resto de sus días. Mi bisabuela nos acogió a todos, pero nos quedamos en la pobreza. Pero en la pobreza auténtica. Menos mal que mi bisabuela sabía cómo enfrentarse a todo: cultivaba un huerto, hacía conservas, era capaz de transformar una carne dura como un zapato en algo delicioso. Cocinaba maravillosamente. Además, hacía la colada y planchaba para varios vecinos. Lo que fuera con tal de mantener al lobo alejado de la puerta. Además cuidaba de mi madre, pero nosotras ayudábamos cuanto podíamos. Éramos un equipo. Incluso consiguió ahorrar un poco para las emergencias. A Jill le encantaba el jardín y odiaba la cocina. Y yo disfrutaba cocinando.

—¿Y detestas el jardín?

—Me gusta seleccionar los ingredientes. En La Touche teníamos proveedores a los que pedíamos, pero me gustaba ir al mercado central a elegir el pescado, o a los puestos especializados. No me interesa demasiado el cultivo. Me gusta más usar lo que se produce. Puedo cambiar el sabor de casi cualquier cosa con una especia o una hierba.

—Tienes un don.

—Es solo un paladar sensible. Lo sé porque suelo compararlo con el paladar de otras personas. Escucho, experimento... lo que antes era supervivencia ahora es arte.

Lief sonrió.

—En fin —suspiró Kelly—, háblame de *Deerslayer*. Creo que también se trata de supervivencia.

—Bueno... los chicos de campo no suelen tenerlo fácil. Yo mismo me he lamentado de eso hasta que tuve treinta años: que nadie me dio nada gratis. Todo lo obtuve con un esfuerzo tremendo. Me llevaban los demonios cuando pensaba que solo podía jugar al fútbol si usaba el equipo viejo de mi hermano. Era el tercero en utilizar aquel casco, aquellas rodilleras, incluso aquel suspensorio. ¡Y no te haces a la idea de cómo estaba! Mi padre me decía: «Ya que tienes un mal equipo, tendrás que jugar muy bien para tener el mismo resultado que los demás». Yo era un crío flacucho y quería unas pesas. Las pedí Navidad tras Navidad y cumpleaños tras cumpleaños. Y un año me dijo mi padre: «Lief, ya tienes tus pesas. Ven conmigo». Acababan de traer la leña y las pacas de paja. Me dijo que lo colocase todo en el granero. Antes de cenar.

Kelly se echó a reír. ¡Desde luego tenía que ser un gran escritor porque narrar se le daba de maravilla!

—Escribía de estas cosas para mis clases en UCLA. Trabajaba en la construcción, escribía por las noches y asistía a clases de cinematografía, escritura y producción. Escribí sobre cómo fue tener que sacrificar a una perra tras un mal encuentro con un tractor para que el animal no siguiera llorando y llorando, sin poder moverse.

—Uf... ¿la llevaste al veterinario?

Él negó con la cabeza.

—No teníamos ni tiempo ni dinero para veterinarios, a menos que la supervivencia de mi familia dependiera de la vida de ese animal, y mi perra estaba sufriendo. Tuve que hacerlo. Y luego mi caballo... lo tenía desde que cumplí los ocho años y cuando tenía dieciséis se rompió un tendón de la pata y se quedó cojo. Mi padre probó con un montón de remedios caseros e incluso llamó al veterinario, pero no podíamos permitirnos una intervención cara en un animal no productivo. Ya había sido un lujo tenerlo solo para pasear, pero en aquel caso pagó al veterinario para que le pusiera una inyección. Yo estaba tan enfadado que me marché corriendo de casa, pero, cuando me calmé, me sentí perdido y hambriento y di la vuelta. Mi padre me encontró cuando me faltaba solo la mitad del camino. Me había estado buscando, y me dijo:

—Mira, Lief, siento que la vida sea dura. Ojalá no fuera así, pero lo es.

—¿*Deerslayer?* —insistió.

Lief tomó sus manos.

—Empezó siendo una historia breve, como la del equipo de fútbol, el perro o las pesas. Me estaba dando clases un escritor que me había dicho que mis escritos eran buenos, pero algo pintorescos. Me preguntó si quería escribir historias de nuestro país, de la América profunda, porque de ser así mi forma de utilizar el lenguaje podía funcionar. Y que incluso alguien podía querer filmarlo. Pero que sería aún mejor si pudiera hacerlo avanzar, recopilar más experiencia y emociones que condujera la experiencia del muchacho a un nivel superior. Experimenté con varias cosas: probé a que fuese abducido por extraterrestres... me gustaba la idea —se rio—. Luego hice que matase accidentalmente a su hermano. Creo que es que estaba enfadado con uno de mis hermanos por aquella época. Por fin encontré una idea que podría funcionar: una relación inocente pero peligrosa con un grupo antisistema que lo recoge cuando ha huido de su casa, lo manipula para que se vuelva contra sus raíces y luego lo utiliza contra los federales. Pero el chico tiene una familia que quiere recuperarlo, una familia que no está del lado de nadie: ni de los federales ni de los del grupo antisistema. Solo del lado del muchacho —se encogió de hombros—. Y creo que funcionó bien.

Ella se quedó con la boca abierta.

—¿Y de dónde sacaste esa idea?

Se inclinó hacia ella.

—Color local mas una pizca de imaginación. Kelly, ¿dónde te crees que está Ruby Ridge?

—¿Y qué estás haciendo estos días en lugar de escribir?

—Pues últimamente me dedico a ver cómo cocina otra persona —confesó sonriendo—. Y he estado centrándome en Courtney, y en pensar. A veces el trabajo más duro no es precisamente el de escribir. En ocasiones pienso que me gustaría que Courtney tuviera que enfrentarse a algunos de los desafíos que he tenido yo, aunque no tan duros. No querría que tuviera que acabar con la vida de una mascota suya, porque eso fue horrible, pero, quizás, no tener lo mejor de todo la ayudaría de un modo en que yo no puedo hacerlo. No querría ni mucho menos que sufriera como ha tenido que sufrir por perder a su madre.

—Me gustaría que me contaras algo más de ella.

Pero el teléfono sonó en aquel momento y Lief se levantó para contestar.

—Luego, quizás. ¿Diga?

—¡Lief! —era la voz de Courtney, que sonaba casi desesperada—. ¡Tengo que ir a casa de Amber ahora mismo!

—¿Qué ocurre, Courtney? —preguntó frunciendo el ceño.

—Amber ha llamado a casa hace un momento. ¡Van a nacer los cachorros! ¡Tengo que irme con ella a su casa, papá! ¡Me voy en el autobús!

Él se rio.

—Creía que pasaba algo gordo.

—¿Puedes recogerme tú allí hacia las nueve?

—A las ocho.

—¡A las ocho y media, por favor! ¡Haré los deberes, te lo prometo!

—Está bien.

Se volvió a mirar a Kelly.

—Pues parece ser que Courtney va a estar ocupada esta tarde.

A Lief le habría gustado tener un encuentro más íntimo con Kelly, pero tampoco le disgustó lo que al final le tocó. A la cena iban a asistir Jill, Colin, Shelby y Luke, así que Lief quedó incluido sin problemas entre los invitados. Y por suerte Shelby y Luke venían con un bebé, por lo que no les importó cenar pronto. A las ocho, Lief salía de camino a la granja de los Hawkins.

Sinette lo recibió en la puerta.

—Gelda y familia han quedado alojados en el vestíbulo de atrás, Lief —le informó—, justo detrás de la cocina.

—¿Pero qué me has hecho, Sinette? —bromeó.

—¡Si Hawk no opera a esa perra, lo opero yo a él! —exclamó—. Nueve esta vez. ¡Y te juro que son medio lobos!

—Desde luego a Gelda no se le da bien escoger a sus pretendientes. A lo mejor la engañó algún viejo coyote.

—Dudo que fuera necesario el engaño —bromeó, dirigiéndose a la cocina.

Se oían vocecillas en el vestíbulo, susurros de chiquillos, y al plantarse en la puerta vio que Amber, Courtney y Rory estaban sentados en el suelo, acurrucando a los nuevos cachorros. La silla de Rory estaba en un rincón. Los niños miraron hacia arriba al unísono.

Courtney tenía a un cachorrito bajo la barbilla.

—Este es el mío —dijo con vehemencia—. Se llama Spike.

—¿Spike? —repitió, intentando no reírse.

—Se acostumbrará al nombre —respondió, colocándolo de nuevo en la caja—. En serio, es mío.

—Ya hablaremos de eso. Tenemos que irnos Court. ¿Has hecho los deberes?

—Casi todos.

Courtney tomó el cachorro que Rory tenía en los brazos y lo colocó junto a la madre; luego, ante la mirada de sorpresa de Lief, tomó al niño en brazos para llevarlo a la silla, le colocó los pies y le alborotó el pelo. Era casi tan grande como ella. O quizás Courtney era tan pequeña como él.

Sintió que le escocían los ojos. Así era su hija: amable y cariñosa. Generosa. A veces la echaba mucho de menos.

—¿Preparada?

—Voy por mis cosas, las tengo en la habitación de Amber. Enseguida vuelvo.

Lief salió de nuevo hacia el salón, donde encontró a Hawk y al padre de Rory jugando a las cartas junto a la ventana.

Sin alzar la vista de las cartas Hawk dijo:

—Tu hija ha ganado la apuesta que habíamos hecho sobre cuántos cachorros iba a tener la perra.

—¿Ah, sí?¿ Y cuánto ha ganado?

Hawk sonrió de medio lado.

—Ha ganado a los cachorros.

Lief se echó a reír.

—Eres un amigo.

Courtney llegó junto a él con la chaqueta puesta y la mochila colgando de un hombro.

—Ya estoy.

—Buenas noches, Pavo Real —se despidió Hawk sin perder la concentración en el juego.

—Buenas noches, Hawk. Gracias por la cena.

—Siempre es un placer. Cuídate.

CAPÍTULO 7

Jillian y Denny, su ayudante, estaban roturando el terreno de una pequeña parcela al oeste de la casa, preparándola para abonarla y tenerla lista en primavera. Jillian conducía la motoazada mientras Denny iba apartando las piedras más grandes que iban quedando descubiertas a su paso. Hacía fresco aquella mañana del mes de octubre, pero ambos sudaban.

Cuando llegó al final de la parcela y dio la vuelta vio que Colin estaba en la esquina de la parcela. Había un trecho desde la casa hasta allí, de modo que debía de tratarse de algo importante, así que fue hasta él.

—Creía que estabas pintando.

—Y lo estoy. Pero es que está pasando algo raro en la casa. Ya sabes que el apartamento de Kelly está sobre mi taller y se oyen ruidos. En un principio me pareció que estaba cantando en la ducha o algo así, pero luego me ha parecido que estaba llorando.

Jill enarcó las cejas.

—¿Estás seguro de que Lief no está con ella? A lo mejor entre los dos están haciendo esa clase de ruidos…

—No. He mirado fuera por ver si había algún coche, pero nada. ¿Qué hago? ¿Lo ignoro?

—A mí me dijo que tenía algo que hacer esta mañana, pero no me ha dicho qué… pensé que sería en la cocina.

—Fuera lo que fuese la ha hecho llorar y mucho.
—Entonces lo mejor será que vaya a verla. No sé... a lo mejor ha discutido con Lief.
—Es lo mejor. Esperaba que lo hicieras.
—¿Por qué? ¿Estás preocupado?
—No mucho, pero preferiría que fueras a verla. Yo te espero en el porche.

Jillian se sorprendió de verdad al llegar a la escalera que conducía la tercer piso y comprobar que se oían sollozos y gemidos. Su hermana no era propensa al llanto, de modo que se asustó de verdad. Llamó a la pared.

—¿Kell?
—¿Um? —respondió tras sonarse la nariz.
—¿Puedo subir?
—Eh.. sí.

Se encontró a su hermana sentada en el sofá, con una caja de pañuelos al lado y una pequeña montaña de otros usados que había ido dejando sobre la mesita.

—¡Cariño! —exclamó—. Por Dios, ¿qué te pasa?
—La película —dijo, señalando con el pañuelo a la pantalla de televisión—. ¡La película que escribió Lief y por la que le dieron un Óscar! ¡Ay, Dios, es tan triste!

Jillian medio se cayó junto a ella en el sofá.

—¿Lief ha ganado un Óscar?
—Sí. Me enteré ayer. Es que no he tenido tiempo de contártelo... la cocina estaba anoche llena de gente, incluido Lief —volvió a sonarse la nariz—. ¡Fue increíble! Llevamos mis productos al bar para ofrecérselos al Reverendo y no te imaginarás con quién nos encontramos. Una vieja amiga de Lief: Muriel St. Claire, la actriz. ¡Ahora vive aquí! Y dice que ha invitado a otro amigo de los dos, Sam Shepard. ¡Lief es famoso!

Jillian se encogió de hombros.

—Pues yo nunca había oído hablar de él.
—Imagino que de Muriel y Sam sí, ¿no?
—Sí, claro, pero apenas conozco a actores famosos como

para conocer a escritores. De hecho solo puedo nombrarte a un par de directores.

—A mí me pasa lo mismo, pero la película es impresionante. El guion es brillante.

—¿Y se pasaron todo el rato hablando de pelis y gente famosa?

—No, solo un poco. Hablaron sobre todo de perros, de cazar patos, pescar con mosca y qué es lo que hace que Virgin River sea el lugar perfecto. ¿Tú habrías dicho que Muriel St. Claire es aficionada a la caza? Qué pasada.

—¿De qué va la peli?

—No sé cómo explicártelo. Verás, un chaval de dieciséis años se escapa de casa y se encuentra enredado en una organización a la que persigue el FBI. Al final su familia lo rescata. Es una especie de cruce entre *Fiel amigo* y *Único testigo*.

—¿Sale un perro y los amish?

—Un caballo. Y amish no hay, pero sí un grupo de granjeros trabajadores y de buen corazón, valientes y comprometidos con sus familias. Colin y tú podéis verla si queréis. Le pedí una copia a Lief para poder ver de qué estaban hablando.

—¿Y lo has visto?

Una lágrima gorda la resbaló por la mejilla.

—¡Sí, y ahora sé que no tenemos absolutamente nada en común! ¡Él es un escritor brillante que conoce a un montón de gente famosa mientras que yo apenas leo! Hace tanto tiempo que no voy al cine que ni siquiera recuerdo qué película fui a ver la última vez.

—No creo que eso sea necesario.

—Entendía por qué Luca se sentía atraído por mí y viceversa, con lo de la cocina y todo eso, pero no tengo ni idea de qué es lo que ve Lief en mí, y yo no sé nada de lo que él hace.

Jill sonrió.

—Pero has llegado a la conclusión de que lo hace muy bien.

—¿Y?

—¿Qué tenemos en común Colin y yo? Yo cultivo y él

pinta. Pero me encanta verlo pintar. Su capacidad artística me impresiona. Y le veo a él mirándome desde la ventana cada dos por tres, o sentado en el porche esperando que vuelva. Creo que deberías decirle a Lief la verdad: que estás impresionada y un poco intimidada.

—Me dijo en una ocasión que le gusta cocinar, pero que no se atrevería a hacerlo para mí...

—¡Ahí lo tienes!

Kelly se limpió la nariz por última vez.

—Tengo que ir a verlo. Luego me pasaré por la feria agrícola, pero volveré a casa a tiempo de poneros algo de cenar.

Lief no esperaba visita alguna, y menos aún la de Kelly. No había pasado más que un día desde que le había enseñado dónde vivía, pero cuando abrió la puerta se la encontró allí, en el porche, delante de él.

—¡No me habías dicho que fuera tan triste! —espetó nada más verlo. A continuación lo miró de arriba abajo. Iba descalzo, sin camisa, con el pelo mojado y una toalla colgando del cuello. ¡Dios, era guapísimo! Ya se imaginaba que su vello sería rubio y que tenía los hombros anchos, pero ¿esos músculos?—. Ay... ¿te he hecho salir de la ducha?

—Acababa de salir —contestó, abriendo de par en par—. ¿Qué haces aquí?

—Es que esta mañana he visto tu película, y era tan triste que he tenido que venir a hablar contigo. ¡Todos los personajes que me gustan acaban muriendo! ¿Y eso se basa en tu propia niñez?

—Bueno, solo se aproxima.

—¿Te cargaste a tu padre?

—A mi padre no, al del guion. Pasa, Kelly.

—Iba a la feria agrícola, pero tenía que saberlo —respondió mientras entraba, aunque lo que de verdad le interesaba en aquel momento era quitarle los pantalones y descubrir qué había debajo—. ¿Quieres ir a vestirte? —le preguntó, abanicándose la cara con la mano.

Él sonrió.

—Claro. Espera un momento.

No se movió de donde estaba y cuando volvió a aparecer le preguntó:

—¿Qué pensó tu familia de la película?

—A mi madre le pareció una paparrucha, excepto la parte en que Muriel St. Claire interpreta a la madre y Sam Shepard al padre. Pero no le gustó la idea de que se quedase viuda tan joven. A mi padre le encantó. Dijo que esperaba acabar abatido a tiros como Sam en lugar de a los ochenta y cinco de morros en un bancal de patatas.

—¡Me he tirado llorando una hora!

—Pero te ha gustado.

—Pues no lo sé. ¡Me parece que va a pasar una temporadita hasta que me atreva a ver otra de tus películas! O leeré antes un resumen —suspiró—. Creo que tengo estrés postraumático.

Él se rio.

—También fue difícil escribirla.

—¿Lloraste?

—Cuando empecé a sentir ganas de hacerlo, pensé que debía haber dado con algo bueno. Es lo que estaba buscando. ¿Quieres pasar, por favor?

Pero Kelly no se movió.

—¿Fue duro ser tú cuando tenías dieciséis años?

—Creo que para todo el mundo es duro tener esa edad —la abrazó—. ¿Sabes qué? Cuando te tengo así de cerca me siento como si estuviera un poco bebido —dijo, acariciándole la espalda y respiró hondo el olor de su pelo—. Cómo me gusta sentirte. Hueles de maravilla.

—No tenemos nada en común. Absolutamente nada.

—Yo creo que tenemos mucho. Me gusta abrazarte así y a ti te gusta que lo haga. A ti te gusta cocinar y a mí comer. Lo del cine, ¿qué más da? No estás obligada a ver mis películas. Mi madre y tú podéis sentaros en el porche a pelar guisantes o algo así mientras yo las veo con mi padre, al que le gustaría morir acribillado a balazos.

—Creo que voy a tardar un tiempo en superarlo. Me ha dejado muy tocada.

—Salgamos un poco y te sentirás mejor.

—¿Sabes, Lief? Creo que estamos cometiendo un error garrafal. No deberíamos seguir adelante con esto porque no va a llevarnos a ninguna parte. Yo tengo que buscar trabajo y aquí no lo hay. Tú tienes que poner en orden tu vida familiar y escribir más guiones angustiosos por los que te den otro Óscar y que a mí me dejen hecha polvo. No sé nada de adolescentes y tú tienes una hija de esa edad a la que le estás ocultando el secreto de nuestra relación —movió la cabeza—. Esto es un error.

—¿Y si no lo es? ¿Y si es perfecto?

—¿Le estás buscando madre a tu hija? Porque, si es así, te aseguro que yo no soy buena candidata. ¡Y ni siquiera la conozco!

—Hasta que te conocí yo no buscaba nada de nada, pero desde ese día creo que estoy buscando novia —sonrió—. Eso es todo. Pobre Court... me temo que su padre es la única madre que va a tener. He pensado llevarla a ella y a su amiga Amber a tu fiesta de Halloween, así te conocerán.

—No es una fiesta, sino una especie de comida campestre con la calabaza como tema principal.

—Todo el mundo está entusiasmado. Creo que la gente lo considera una fiesta, y yo voy a llevar a las chicas.

—¿Qué posibilidades hay, crees tú, de que Courtney y su amiga me encuentren al menos tolerable?

—Muchísimas. Quería un cachorrito de la camada de la perra de Amber, así que eligió uno y le puso nombre, de modo que todo lo que yo haga durante un par de semanas le va a parecer perfecto, y yo pienso aprovecharme de ello. Anda, vamos —dijo, tirano de ella hasta llegar al salón, donde se sentó en el sofá y la colocó sobre sus piernas—. Vamos a pasar el rato mientras se hace la hora de la feria agrícola.

Kelly le acarició el pelo rubio rojizo de las sienes arrepintiéndose de haberle pedido que se pusiera la camisa.

—Creo que no debería quedarme ni un minuto más en esta casa. Te estás aprovechando de mi vulnerabilidad.

—Espero poder acabar aprovechándome de todo lo tuyo —contestó y se tumbaron en el sofá, donde comenzó a besarla, una tarea en la que había mejorado bastante.— Tengo una idea —dijo deslizando la mano bajo su camisa—. Quiero ver tus pechos.

—¿Vamos a hacer el amor?

—Todavía no —contestó, abriendo el cierre delantero de su sujetador. Primero le acarició los senos con las manos y luego con la boca, y ella curvó la espalda hacia él—. ¿Lo ves? Otra cosa que tenemos en común: a mí me encantan tus pechos y a ti te gusta que a mí me gusten.

—Creía que íbamos a hablar de tu peli y sus implicaciones...

—Ya hablaremos luego de eso. Ahora solo quiero hablar de lo perfectos que son tus pezones y de lo mucho que me gusta tenerlos en la boca...

Había un fallo garrafal en el planteamiento que Kelly se había hecho de cómo decirle a Lief que no había razón en la que basarse para dejar que su relación avanzara, y ese fiasco radicaba en que cuando él la besaba o la acariciaba todo en su interior se derretía, de modo que lo único que deseaba en ese momento era quitarse la ropa. Todavía no se había desnudado del todo con él, pero, si seguía con lo que estaba haciendo, no tardaría ni cinco minutos. Al fin y al cabo aún no había hecho el amor como es debido, y él seguía prometiéndole que a ella no iba a parecerle ni mucho menos una pérdida de tiempo.

Sabía que debía tener las mejillas arreboladas y los labios le temblaban mientras conducía el coche en dirección a la feria que se celebraba en Eureka. Los labios y otras partes del cuerpo...

Desde luego no cabía duda que era bueno en eso, tanto que cuando se suponía que debía estar pensando en lo que iba a comprar en el mercado, en realidad no dejaba de darle vueltas a lo cerca que se había sentido de él tras ver su película, después de hincharse a llorar y recuperarse luego en sus brazos.

De hecho aún le sorprendía haber sido capaz de salir de la casa y que él hubiera tenido la fuerza de voluntad necesaria para dejarla marchar.

Pero, si quería cocinar, tenía que tener con qué hacerlo.

Estaban a mediados de octubre y el mercado no estaba tan abarrotado como seguramente lo estaría en agosto, cuando toda la producción del buen tiempo estaría allí, pero aun así le sorprendió encontrar tanto. Recogió un carro y comenzó a comprar. Dado que el tiempo había sido aún cálido, quedaban melocotones tardíos, peras, ciruelas y montones de limones y limas. Se llevó una buena cantidad de fruta caída de los árboles, que la mantendría muy ocupada haciendo mermeladas y conservas, y miraba aún embelesada los puestos cuando una mujer la abordó.

—Hola —la saludó, ofreciéndole un plato. En él tenía panecillos con crema de queso y una conserva de color verde—. Mermelada de pimientos que hago yo. Pruébela.

Kelly tomó un pequeño bocado, que era su forma de degustar la comida. Un estallido de sabor le inundó la boca.

—¡Um! Maravilloso —exclamó antes de tomar un segundo bocado.

La mujer sonrió. Era poco más o menos de su misma estatura, rubia y rondando los cincuenta. Tenía una encantadora y cálida sonrisa y los ojos castaños.

—Sí, ¿verdad?.

Tomó uno de los frascos para leer la etiqueta: *Laura's Pepper Jelly*.

—¿Cuánto tiempo lleva haciéndola? —le preguntó ya con el segundo panecillo en la mano.

—Un par de años. La vendo dos días por semana y llevo parte de lo que produzco a la cooperativa.

—Ah. ¿La cooperativa de comida ecológica?

—Sí.

—¿Qué lleva?

—Pimientos verdes, jalapeños, azúcar, miel, manzana ácida, vinagre… es muy sencilla la receta. Cuando hice la primera tanda de tarros la gente me preguntó si podría comprármela, así que mi marido me preparó unas etiquetas y me animó a venderla. Y aquí estoy.

—¿Es muy complicado el proceso que hay que seguir para vender comida procesada en este mercado?

—Bueno, se requieren permisos del departamento de Sanidad y cosas de esas. Todo el mundo los solicita para poder tener la autorización de cara al mercado de primavera, así que siempre hay lista de espera. Pero a estas alturas del año tiene que ser más sencillo. El siguiente problema es conseguir sitio.

Kelly le ofreció su mano.

—Soy Kelly.

—Laura —contestó, y acto seguido se echó a reír con un tarro en la mano—. Es obvio, ¿verdad? Me llamo Laura Osika.

—Andaba buscando tomates tardíos pero ecológicos.

—Pues en la cooperativa tenemos un montón de hortalizas ecológicas, algunas locales y otras de más lejos. Pero hay un puesto en la carretera 199 que abre hasta las cinco. Lo lleva un hortelano que se dedica a ello profesionalmente y tiene producción durante todo el año, y todo ecológico. Está entre lo mejor que yo he probado, y te advierto que soy vegetariana y que me considero buena cocinera.

Kelly sonrió.

—Y lo eres, sin duda —del enorme bolso que llevaba sacó una tarjeta—. Yo soy chef y me gusta tu mermelada. Me llevo cinco tarros. No, mejor diez. Y me gustaría poder charlar contigo, cuando tengas un rato, sobre la cooperativa. Últimamente parece que no hago nada más que cocinar.

—¿En serio? ¿Eres chef de cocina? ¿Y quieres comprarme diez tarros de mermelada?

Kelly se rio.

—Antes era sous chef de un restaurante de cinco estrellas llamado La Touche en San Francisco. Búscalo en Google si te apetece. Es bastante conocido. Pero lo dejé porque el estrés era demasiado para mí. Tendré que buscarme otro trabajo, pero por ahora estoy de visita en casa de mi hermana en Virgin River, dedicada a enlatar todo cuando puedo recolectar, comprar o robar —se encogió de hombros—. Es lo que hago para relajarme.

—Sí, yo también.

—Uy —exclamó y le quitó la tarjeta de las manos—. Se me olvidaba que tengo un numero nuevo de teléfono —sacó también del bolso un bolígrafo y le escribió un número en el dorso de la tarjeta—. En las montañas, la cobertura falla bastante, pero puedes dejarme un mensaje y ya te llamaré yo.

Laura estaba tan sorprendida que no le había preparado los diez tarros de mermelada.

—¿Has estudiado en muchos sitios?

—En institutos de cocina en París, Italia, España y EE.UU., y he trabajado con algunos chef magníficos. Pero hace falta tener nervios de acero, y es un mundo muy competitivo y exigente. Daría cualquier cosa por tener un pequeño restaurante que pudiese llevar a mi manera.

—¿Y por qué no lo haces?

Kelly se rio.

—Bueno… básicamente, porque no soy rica.

—¡Vamos, Kelly, no deberías permitir que algo así te lo impidiera!

—¿Por qué entonces no produces tú Laura's Pepper Jelly en grandes cantidades? —le preguntó enarcando las cejas.

Laura se acercó más.

—¿Estás de broma? ¡Pues porque no quiero! Pero si esto es una mina de oro… el secreto mejor guardado del oeste: los mercadillos, ferias y cooperativas. Trabajo tres días a la semana para vender en dos lo que produzco y mi beneficio es casi del cien por cien.

Kelly la miró boquiabierta. Había pagado dos dólares con cincuenta por aquel tarro.

—¿Te ha costado un dólar veinticinco producir esto?

Laura asintió.

—Incluidos el coste del tarro, el transporte, los permisos, las licencias y el puesto.

Kelly asintió.

—Súbelo a dos dólares noventa y nueve. O mejor, a tres noventa y nueve. ¡Lo estás regalando!

—Eso es lo que dice mi marido. Te llamaré esta semana —añadió mientras ponía diez tarros en una bolsa y recogía los veinticinco dólares que Kelly le daba—. Creo que tenemos información que intercambiar.

—¡Y que lo digas! Bueno… ahora me voy a ver los puestos de hortalizas y la cooperativa —le tendió una mano—. ¡Encantada de conocerte!

Lief llevó a Courtney a la Clínica Veterinaria y Establos Jensen, a pesar de que su hija insistía en que no estaba interesada.

—No pasa nada —dijo cerca ya de la clínica—. Solo quiero que eches un vistazo, que conozcas a un par de instructores y de caballos y que puedas ver si te despierta algún interés.

—¿Y se puede saber por qué? —protestó.

—Pues por muchas razones, Court. Tu amiga Amber tiene animales y a ti parece gustarte estar en su casa y, si resulta que sales a montar con ella en algún momento, me gustaría que al menos supieras sostenerte encima de un caballo. He hablado con una de las instructoras y me ha dicho que nada ayuda más a una chica de tu edad a ganar confianza en sí misma que montar y sentirse capaz de controlar a un animal grande. Se llama Lilly Tahoma, y me ha dicho que esa es la razón de que se dedique a dar clases: cuando era una jovencita, fue lo que más la ayudó a desarrollar el sentido de la responsabilidad, la confianza y el compromiso.

—¿Y crees que montar a caballo va a conseguir que haga los deberes a tiempo?

—No. Lo que creo es que, si sigues yendo a casa de Amber, conseguirás hacer los deberes.

Courtney suspiró.

—Amber me cae bien, pero no creo que vayamos a montar. Uno de sus caballos es viejo y el otro es muy problemático. Pero me gustan los perros. Y has dicho que podía quedarme con el cachorro.

—Todavía no lo he dicho —le corrigió—. Y tú imagino que te habrás dado cuenta de que tener un perro en casa va a ser muy distinto de cómo es tenerlo en la granja de los Hawkins.

—¿Diferente en qué sentido?

—Pues que en una granja los perros andan de acá para allá por su cuenta y los grandes cuidan y enseñan a los cachorros dentro de la manada. En nuestra casa no pueden salir solos porque se perderían de inmediato, y un cachorro perdido acaba sirviendo de cena a algún águila o gato salvaje. Tendrías que vigilarlo y entrenarlo.

—¿Entrenarlo para qué?

«Ah», pensó. «Nunca ha tenido mascota». ¿Cómo habían podido pasar por alto Lana y él la importancia de tenerla? Pues porque siempre estaban trabajando y viajando, y las mascotas no encajaban en su estilo de vida.

—Pues a no hacerse pis y a no destrozar la casa. Los cachorros lo mordisquean todo.

—¿Y tú sabes cómo enseñar a un perro a no hacer esas cosas?

—Hace mucho tiempo que lo hice, pero supongo que sería

capaz de recordarlo. Tú no eres consciente del trabajo que te va a dar un cachorro.

—Entonces no creo que me quede mucho tiempo libre para montar.

—Aún no tienes por qué tomar una decisión en ese sentido. Solo se trata de echar un vistazo y charlar un rato con los entrenadores.

—Pues a mí me parece que no tengo mucha elección, teniendo en cuenta que vamos para allá.

—Bien. Veo que lo vas captando.

—Qué pérdida de tiempo —murmuró.

«¿Cómo voy a mantener la cordura?», se preguntó Lief.

—No te cierres en banda, Court.

Cuando llegaron al establo, Lief se alegró de ver a Annie Jensen, la mujer del veterinario, con un par de chicas adolescentes a caballo en uno de los corrales. Estaba de pie sobre la arena, en el centro del círculo, gritando y señalando mientras las muchachas practicaban la doma clásica. Había algunos conos colocados en la arena y maniobraban con sus monturas para evitarlos. Llevaban la espalda recta, la barbilla alta y sostenían las riendas con suavidad. Lief se alegró de ver que iban con vaqueros y no con pantalones de montar. Había un camión con su remolque aparcado justo al lado del corral con la rampa trasera bajada. Las chicas parecían demasiado jóvenes para venir conduciendo, pero quizás el padre de alguna de ellas las hubiera traído junto con sus caballos y estaría en el cobertizo o en la consulta del veterinario.

—Espera un momento por aquí, Courtney. Voy a ver si encuentro a Clay o a Lilly.

—Vale —contestó, recostándose en la valla.

Y mientras se alejaba, pensó: «Ay, Dios, espero no haber cometido un error irreparable».

Mientras Courtney se entretenía viendo cómo montaban aquellas dos chicas tuvo que admitir, aunque solo ante sí misma, que parecía divertido, aunque eran mayores que ella. Debían de tener quince o dieciséis años, y ella los catorce menos desarrollados de toda su clase. Le sería imposible encaramarse a lo alto de aquellos enormes animales. ¡Si incluso podría pasar por debajo de su cabeza sin agacharse!

—Hola. ¿Eres Courtney?

Se volvió. Hacia ella venía una mujer de corta estatura, puede que solo un par de centímetros más alta que ella. Tenía un cuerpo de formas redondeadas y llenas, mientras que ella era flaca y lisa. Además, resultaba muy guapa, con el cabello oscuro, la piel bronceada de los indios y unos inesperados ojos azules. Se quitó un guante grueso y le tendió la mano.

—Soy Lilly Tahoma. Tu padre me dijo que te traería hoy.

—¿Dónde está? —preguntó Courtney mirando a su alrededor.

—Debe de estar en la oficina. Ven conmigo un momento, que quiero enseñarte algo.

Y dio media vuelta esperando que ella la siguiera.

Courtney lo hizo, pero de mala gana, aunque estaba segura de que aquellas personas sabían lo que se hacían y no dejarían que una de aquellas bestias descomunales la matase a pisotones.

Lilly abrió la puerta de un corral y tiró de la brida de una yegua de capa oscura. Courtney se mantuvo a distancia.

—Te presento a Blue, Courtney. Su nombre completo es Blue Rhapsody, pero yo la llamo Blue —Lilly acariciaba su cara y la besó—. No te lo vas a creer, pero me la encontré por casualidad. Iba conduciendo y la vi caminando por el campo. Parecía enferma. Llamé al doctor Jensen y cuidaron de ella, pero la habían abandonado. Yo la adopté.

Courtney retrocedió un poco por si a la yegua le daba por darse la vuelta y regalarle una coz.

—Puedes acercarte un poco más. Blue es la yegua más dulce y buena de todo el establo. Es la que siempre escogemos para los jinetes sin experiencia.

Courtney dio un par de pasos más y miró por encima del hombro por ver si Lief estaba en la puerta del establo, mirándola con los brazos cruzados. No le había dicho que la mera idea de subirse a uno de aquellos enormes animales le aterraba.

—Es muy dócil. Sobre todo aquí, en el corral, y conmigo. Es un entorno controlado en el que nada la puede sobresaltar.

—¿Cuántos años tenías tú cuando aprendiste a montar?

—No estoy segura, la verdad, pero era muy pequeña. Crecí en la reserva Hopi y fue mi abuelo quien me subió a lomos del caballo de un vecino. Nosotros no teníamos, pero aprendí a montar allí. Luego, nos trasladamos y no volví a acercarme a un caballo hasta que tuve veinte años.

—Yo he estado cerca de un caballo en un par de ocasiones, pero nunca he montado.

—¿Te sientes un poco incómoda con ellos?

—Muy incómoda, diría yo.

—Pues eso es un punto a tu favor, y te explico por qué: tú vas a estar mucho más atenta a la seguridad, más que algunas chicas insensatas que piensan que son invulnerables. Y no tendrás malos hábitos que haya que corregir. Aprenderás todo como debe ser desde el principio. Pero lo más importante es que, cuando hayas desarrollado tus habilidades ecuestres, te garantizo que te sentirás como una diosa —sonrió—. Acércate un poco. Ven. Acaríciale el cuello, justo aquí. Y la mandíbula… así. Ay, Blue, eres la reina del establo, ¿eh?

Courtney alargó el brazo sin demasiada convicción y, cuando contactó con el cuello de la yegua, el animal piafó suavemente, moviendo un poco la cabeza hacia ella. Courtney apartó la mano rápidamente y Lilly se sonrió.

—¿Te ha sorprendido? Eso es que le gustas, nada más. Ha sido un sonido afectuoso, como el ronroneo de un gatito —del bolsillo trasero sacó varias zanahorias—. ¿Quieres darle una?

—No. Hazlo tú.

—De acuerdo, mira: la sujeto por la parte gruesa y le ofrezco la parte más delgada. En cuando la agarre con los dientes, la suelto. Si fuera a darle un terrón de azúcar o algo pequeño, lo sostendría en la palma de la mano. ¡Hay que andarse con ojo con esos enormes dientes!

La yegua aceptó la zanahoria encantada.

—Vamos, Courtney. Así estrecharás lazos con ella.

—Mira, es que...

—No te pasará nada. Puedes confiar en mí. Nunca permitiría que te ocurriera algo con mi yegua.

Cuando Blue se terminó la primera zanahoria, Courtney le dio la segunda, que la yegua aceptó encantada y devoró en un instante. Pero Courtney no se dejó impresionar. Seguía temiendo al enorme animal.

Aunque tenía que admitir que era preciosa. Vio que empujaba a Lilly con el morro.

—De nada —le dijo, y luego se volvió a ella y le dio otro suave empujón que la hizo retroceder, más por la sorpresa que por otra cosa. Lilly se rio—. Te acaba de dar las gracias.

—Sí, claro.

—Te sugiero que pases un par de horas conmigo en el establo. Puedes ayudarme a cepillarla, a darle de comer o sacarla a pasear un poco. Podrás hablar con ella y conocerla antes de ensillarla. El siguiente paso será subirte a la silla y que yo la lleve de la rienda. Te sorprenderá lo pronto que te sentirás cómoda. Una vez te sientas bien en la silla, seguiremos avanzando despacio, a tu ritmo.

—Es que no entiendo por qué es tan importante —protestó.

—Bueno, puede que no llegue a gustarte, pero, si resulta lo contrario, ser capaz de manejar a un animal de este tamaño con la presión de una rodilla o el movimiento de una muñeca hará que te sientas enormemente poderosa. Además nos encanta formar grupos de chicos para salir de excursión por el campo. Es un deporte divertido y saludable que promociona el trato respetuoso a los animales y la deportividad. Es una maravilla —sonrió.

—Pero es que yo...

No terminó la frase al oír el sonido de los cascos de un caballo que se acercaba. Las puertas del establo estaban abiertas a un camino que discurría entre pastizales vallados y que parecía extenderse hacia las colinas, y por él avanzaba un hermoso caballo color castaño con las crines doradas. Y a su lomo un chico guapísimo. Venía inclinado hacia delante mientras el caballo galopaba a la velocidad del rayo.

El muchacho se irguió y tiró de las riendas para aminorar la marcha. El caballo se resistió un poco, pero acabó adoptando un trote ligero para llegar a las puertas. El joven bajó de un salto. También era indio, con unos pómulos muy marcados, el color tostado de la piel, una coleta larga y unos dientes tan blancos que cuando sonrió a Courtney ella estuvo a punto de derretirse.

Sabía que lo estaba mirando con los ojos abiertos de par en par. Ojalá no tuviera también la boca abierta.

—Es mi hijastro, Gabe —dijo Lilly—. Gabe, te presento a Courtney. Se está pensando si aprender a montar.

—Genial —contestó el chico, y miró a su madre—. A este caballo hay que buscarle un jinete y un entrenador. En serio. Es increíble.

Y entró con el animal en el establo.

Courtney se separó de Lilly y Blue, y se acercó a Lief, que la esperaba junto a la puerta principal del establo.

—Voy a necesitar unas botas —fue cuanto le dijo.

CAPÍTULO 8

Cuando Kelly llegó con la camioneta de Jill a la parte trasera de la casa, vio a su hermana sentada en una silla, toda sucia y sudorosa después de un día en la huerta, apurando una botella de agua. La saludó con la mano y comenzó a descargar. Traía de la feria cajas de fruta, bolsas de tomates, cebollas y pimientos del puesto de la carretera, varios envases de distintas cremas hechas con ingredientes naturales, salsa de pepinillos, mermeladas y gelatinas de la cooperativa y algunas cosas más del supermercado.

Jillian curioseó el contenido de una de las bolsas que Kelly dejó en el porche a su lado y sacó un tarro de pepinillos dulces.

—Un viaje interesante, por lo que veo —comentó.

—Tienes pimientos tardíos, ¿verdad?

—Sí. De esos rojos oscuros tan bonitos y tan dulces que le gustaba cultivar a la abuela. También los tenemos amarillos, algunos miniatura y otros verdes tan dulces y carnosos que te va a apetecer comértelos como si fueran manzanas.

—¿Tienes jalapeños?

—Unos pocos. ¿Por qué?

—Había pensado preparar algunas conservas, mermeladas y la salsa de la abuela. ¿Y si hiciera un poco de conserva agridulce con los melocotones?

—¡Pues genial!
—Teniendo en cuenta que os he usurpado la cocina, espero que ni a Colin ni a ti os dé por levantaros una mañana y perseguiros desnudos por la casa.

Jillian se echó a reír.

—Denny y el tío de UPS iban a reírse un rato, aparte de todos los demás a los que les gusta dejarse caer por aquí, como por ejemplo el hermano de Colin y su cuñada.

—A lo mejor he encontrado trabajo. O algo parecido.

—¿Aquí? —preguntó su hermana, incorporándose en la silla.

—Podría ser.

—¿Qué clase de trabajo? —preguntó Jill entusiasmada. Kelly buscó en una bolsa uno de los tarros de mermelada de pimiento de Laura. Jillian lo contempló un momento—. ¿Ella te ha dado trabajo?

Kelly negó con la cabeza.

—Le compré algunos botes de mermelada en la feria agrícola. Lo prepara en la cocina de su casa y lo vende en el mercado. Es su especialidad y está deliciosa. Y a partir de ahí he empezado a pensar que... bueno, que me encanta trabajar yo sola en la cocina y que tengo montones de recetas deliciosas que eran de la abuela, y seguro que hay sitios aparte de la feria agrícola en donde podrían estar interesados en mis productos.

—¿Y puedes hacerlo así sin más: cocinar y vender?

—Se necesitan permisos, pero no olvides que he trabajado en la cocina de un gran restaurante. Sé cómo funciona. Solo tengo que saber qué requisitos pide el condado.

—¡Ay, Dios mío, que podrías quedarte! —exclamó casi a gritos.

—Bueno, no te entusiasmes demasiado. Solo busco algo con lo que justificar mi existencia mientas pienso qué voy a hacer en realidad. No estoy pensando en algo permanente, sino el algo que me ayude a pagar el alquiler.

—Aquí no vas a pagar alquiler, Kelly. ¡Eres mi hermana!

—Sí, ya lo sé, y te agradezco el gesto además del amor y tu

lealtad, pero no quiero sentirme como el pobre que anda mendigando. Quiero pagarte un alquiler porque es importante para mí. Tienes que comprenderlo.

—A lo mejor más adelante, pero ahora tienes que dejarme ofrecerte mi casa durante un tiempo. Tú lo habrías hecho por mí si fuera el caso contrario. Por ahora concéntrate en este proyecto y más adelante ya hablaremos del alquiler. Mañana empezaré a recogerte pimientos. Oye... ¿crees de verdad que puedes ganar dinero con esto?

—Laura dice que es su secreto mejor guardado. Que vende todo lo que hace y que tiene un beneficio del cien por cien. El único problema que yo veo es el volumen. No estoy segura de cuánto podré producir o vender. La feria agrícola cierra a finales de noviembre, y para entonces tendré que haber encontrado otros canales de distribución, como pequeños supermercados, tiendas de delicatessen, cooperativas y sitios así —se encogió de hombros—. Va a ser un experimento.

—¡Sería genial que pudieras quedarte!

Le quitó el sombrero de paja y le alborotó el pelo, pero de pronto se quedó quieta.

—Tengo la impresión de que a Lief tampoco le importaría.

—¡Venga ya! Pero si solo hace un par de semanas que nos conocemos —respondió Kelly, pero su piel clara la traicionó mostrando el rubor de sus mejillas.

Jillian sonrió.

—¡Ajá! ¡Mírate! Te gusta.

—¡Es que no me queda otro remedio! Se pasa la vida detrás de mí, e incluso he visto sus películas. Pero él no tiene nada que ver con salsas y conservas. Esto es el modo de evitar volver a una cocina llena de locos con el ego del tamaño de un camión. Pero también tengo que decirte que no quiero volver a cometer un error.

Jill se recostó en su silla.

—Tengo que preguntártelo: ¿qué pasa con Luca? ¿Sigues sintiendo algo por él?

A Kelly le brillaron los ojos.

—Lief tiene un modo peculiar de conseguir que me olvide por completo de Luca. De hecho, me pregunto si tendría alguna neurona operativa cuando me convencí de que me había enamorado de alguien como él. Habría desquiciado mi vida, que ya de por sí era bastante alocada.

—Menudo diagnóstico.

—¿Te parecería razonable decir que me encanta mi trabajo de chef, pero que detestaba lo problemática que puede llegar a ser la vida en el mundo de un chef?

—En esta cocina vas a estar bien, Kell. No vas a tener nadie a tu alrededor que meta la cuchara en tus ollas.

Una semana antes de Halloween, con la ayuda de Denny y Colin, la finca había experimentado un cambio radical. Había pacas de heno, espantapájaros, murciélagos de papel colgando de los árboles... Colin había pedido prestada una escalera a su hermano y había colgado una bruja montada en una escoba en lo alto de un roble que resplandecía rodeada de hojas con los colores del otoño. Había colocado también media docena de calabazas de formas raras en el porche delantero, y había reservado las más perfectas para los críos del pueblo. Con su talento artístico había creado las más fantásticas calabazas iluminadas. También se había adornado el porche con altas y gruesas velas naranjas y negras, y cestas llenas de hojas y flores. Crisantemos en naranja, óxido y rojo oscuro adornaban el camino de entrada. Denny y Jillian habían pedido prestado un viejo carro de heno a la granja Bristol y lo habían llenado de calabazas.

Kelly había preparado una mesa larga justo al pie del porche trasero de la casa y en ella se ofrecía crema de calabaza, muffins, pastel y pan de calabaza, y en la cocina había más de todo. Se habían dispuesto platitos y pequeños vasos de papel para las cremas. Jack y el Reverendo habían llevado sus barbacoas portátiles y unos enormes barriles de cerveza y soda, como hacían cada vez que había una reunión de ese tipo en el pueblo, y prepararon una mesa con pan, especias, patatas fritas, tazas, platos y servilletas, además de un frasco de cristal para las donaciones. Eran personas con una gran conciencia cívica, pero al mismo tiempo tenían un negocio y una familia a la que sacar adelante.

Las doce era la hora acordada para la apertura en aquel soleado y brillante día de mediados de octubre, y los coches empezaron a presentarse en el camino haciendo sonar su claxon a las doce menos cuarto. Kelly, que tenía ya todo preparado y esperaba expectante a los visitantes, se asomó a la casa y gritó.

—¡Están empezando a llegar!

Un minuto después, Jillian apareció por la puerta de la cocina.

—Uuuuhhhh…. ¡Uuuuuuhhhh!

Kelly se volvió sorprendida y se echó a reír.

Jill llevaba una camiseta negra de manga larga, una falda corta y también negra con forma de campana, medias a rayas rojas y blancas, botas y un sombrero picudo. El pelo lo llevaba peinado en coletas que salían tiesas de su cabeza gracias a los limpiadores de pipa que había trenzado en ellas. Llevaba una escoba antigua y al sonreír dejaba al descubierto un diente que se había pintado de negro.

Detrás de ella llegó Colin, vestido como siempre, y cruzándose de brazos la miró de arriba abajo. Estaba claro que podía sorprenderlo, y también que, adoptara la personalidad que adoptase su hermana, él la encontraba adorable.

—No me habías dicho que pensaras disfrazarte.

—Es que quería que fuera una sorpresa.

Jack y el Reverendo tenían el carbón ya caliente, pero aún no habían puesto ni las salchichas ni las hamburguesas; esperarían hasta que llegasen los clientes.

—¡Eres la bruja más guapa que he visto en todo el día! —le gritó Jack desde lejos.

Ella hizo una reverencia.

—Pues espera a ver a mi socio.

Denny apareció un instante después vestido como un auténtico espantapájaros. Llevaba un peto de loneta sobre una camisa de franela, sombrero de paja, y alguien —seguramente Jillian—, le había pintado de rojo la boca y sendas chapetas rojas en las mejillas. Hasta le salía paja de las bocamangas y las perneras del pantalón.

Kelly sonrió.

—Estás estupendo.

Un instante después, la gente empezaba a llegar a la parte trasera de la casa. Familias enteras llegaban con sus niños a la fiesta de la calabaza.

—Espero que no sea la fiesta más corta de la historia. Nos vamos a quedar sin calabazas enseguida —dijo Jill—. Solo tenemos unas cien.

Y salió hacia la parte oeste del jardín montando en la escoba.

Kelly jamás habría podido imaginarse cómo el pueblo se iba a volcar aquella tarde. La fiesta no había hecho más que empezar cuando tres hombres que luego supo eran Buck Anderson y dos de sus hijos llegaron tirando de las riendas de varios ponis que habían llevado para que montaran los niños. El doctor Michaels llevó un enorme barreño que llenó de agua y su mujer, Abby, puso unas manzanas para que flotasen y los niños las pescaran con la boca. Alguien llevó un cama elástica y, antes de que se diera cuenta, la propiedad estaba llena de gente, con lo que comenzó a repartir como loca muffins de canela, porciones de tarta, tazas de crema y pan de calabaza, bendiciendo el momento en que se le ocurrió preparar una buena cantidad de reserva de todo ello.

Por toda la finca había grupos de amigos y vecinos charlando, riendo, con platos de hamburguesas, perritos calientes o muffins. Los niños fueron llevando sus calabazas a los coches para poder volver rápidamente a la fiesta.

La tarde aún estaba mediada cuando un demonio se presentó en la fiesta con una gran bandeja de manzanas caramelizadas. Detrás de él apareció otro hombre con una segunda bandeja, aquellas con caramelo rojo.

—¡Laura! —exclamó Kelly. Se trataba de su nueva amiga de la feria agrícola—. ¿Pero qué traes?

—Nunca voy a una fiesta con las manos vacías. Unas están caramelizadas con nueces, y otras con arándanos. Para tus amigos.

—¡Eres maravillosa! ¿Hoy no vendes tu mermelada?

—Hago muchas otras cosas. ¡Y me encanta Halloween!

—Me parece que hay muchos entusiastas de Halloween por aquí —respondió, mirando a su alrededor. Muchas personas iban en vaqueros, pero muchas otras se habían disfrazado. Y era una verdadera bendición que aquellas gentes acudieran a las fiestas llevando juegos y caballos. Bolas, balones, guantes de béisbol fueron llegando, lo mismo que las sillas de jardín que los vecinos habían echado en la parte trasera de sus camionetas. El Reverendo y Jack seguían asando hamburguesas y salchichas, sirviendo refrescos y cerveza, bromeando con viejos amigos. Parecían personas sencillas y sin pretensiones que se caían bien y que sabían cómo disfrutar de una tarde de otoño juntos. ¡Qué maravilla!

Desde su llegada a Virgin River, había conseguido saber qué era lo que no quería de la vida. Toda la fama y el dinero que siempre había creído que serían la recompensa que le aguardaba por llegar a ser una chef de cuisine no significaban nada, no cuando no se podía dormir por las noches y tenían que llamar a urgencias para que no te murieras en el tajo.

Y después de haber pasado un par de horas detrás de una mesa abastecida con sus productos y siendo testigo de la camaradería, el paso relajado y la felicidad de aquellas personas, las posibilidades se habían abierto ante ella como un abanico.

Y a lo mejor le gustaría vivir en un lugar como aquel durante el resto de su vida.

Eran poco después de las dos cuando vio a Lief y las chicas. En un instante recordó haber visto a Courtney en Virgin

River el verano anterior: era inconfundible con aquel pelo multicolor. De hecho, si no la conociera, podría haber pensado que se había vestido así para Halloween. Lo que sí le afectó al verla fue su delgadez. Le despertó el deseo de alimentarla.

Siempre había tenido un sentimiento ambivalente en cuanto a lo de tener hijos. Nunca había sido una necesidad que hubiera sentido dentro. Había dado por sentado que, si algún día se casaba con un hombre que quisiera hijos, se dejaría convencer para tenerlos, pero solo si no la apartaba de la cocina demasiado tiempo. Estaba convencida de carecer por completo de instinto maternal. Y sin embargo, al mirar a Courtney, sintió un incomprensible deseo de abrazarla, de cambiarle el pelo y hacerle algo en él para que se pareciera a cualquier chica de su edad, de prepararle una comida para que las mejillas recuperasen el color.

La chica que la acompañaba, y que debía de ser Amber, tenía las mejillas sonrosadas y algo más de carne. Verdaderamente hacían una pareja extraña. ¿Qué empujaba a una adolescente como Courtney a llegar a esos extremos? ¿Sería para llamar la atención? Y si era así, ¿qué más atención podía prestarle Lief? Y si Lief y ella llegaban a tener una relación, ¿cómo se las arreglaría para manejar a alguien así?

—Voy a empezar a probarlo todo —le dijo Lief acercándose a ella—. ¡Jamás me habría podido imaginar que se pudiera hacer todo esto con un par de calabazas!

—Te vas a quedar impresionado. Empecemos por aquí —dijo, sirviéndole una crema en una de las tacitas de papel que luego adornó con unas briznas de perejil—. ¿Sabes cuánto tiempo puede mantenerse fresca una calabaza? Pues toda la vida. Mi bisabuela dejaba siempre un par de ellas en el huerto hasta que empezaban los hielos; luego las bajaba al sótano y las dejaba en la oscuridad....

—Entonces, déjame adivinar: ¿no es esto relleno de tarta salido de una lata?

—¿Perdona? ¡En mi vida he abierto una lata! Lo he cocido y lo he triturado yo.

Él sonrió, tomó un sorbito y abrió los ojos de par en par.

—¡Es increíble!

—¿Te habías creído que era relleno de tarta? ¡Pues no!

—Ya veo que no —respondió, apurando el contenido del vasito—. Kelly, tú tienes un don.

—Sí, ¿verdad? —le vio tirar el vaso a la papelera—. Ahora, la tarta. No suelo tratar de mejorar las recetas de mi bisabuela, pero sí que he conseguido hacer una tarta mejor que la suya, algo que no suele ocurrir —le cortó un pedacito.

—¡Venga ya! —se quejó.

—Es que hoy hay mucha gente, señor Holbrook —se disculpó.

Tomó un bocado con el tenedor de plástico y de nuevo volvió a abrir los ojos de par en par.

—¡Esta tarta de calabaza es especial!

—Claro, porque es tarta de calabaza y queso.

—¡Por favor, por favor, cásate conmigo!

Kelly se echó a reír.

—Tendremos que pedirle permiso a tu duendecillo.

—Pues será mejor que nos demos prisa mientras aún esté loca por su cachorro.

—Me dan ganas de atiborrarla a muffins.

—Tranquila. Es que su madre era muy delgada. Creo que Courtney va a ser tardía. En el crecimiento, quiero decir.

—¿Es tiquismiquis con la comida?

—Bastante —respondió él, dándole un bocado a un muffin de calabaza y gimiendo de placer—. Tiene catorce años. Le pone pegas a todo.

Y justo en aquel momento llegaron junto a ellos.

—Courtney y Amber, os presento a mi amiga Kelly.

—Así que tú eres la novia —espetó Courtney.

Kelly enarcó las cejas y sonrió de medio lado.

—La verdad es que no. Aún no he aceptado el puesto. Y no sé si lo haré.

—¡Auu! —protestó Lief en voz baja.
—Probad un muffin —les dijo, ofreciéndoselos en un plato.
—¿De qué están rellenos? —preguntó Courtney.
—¿Qué te gusta?
—Las costillas de cerdo, las patatas y la salsa de carne.
—¡Qué coincidencia! ¡Te van a encantar!
—Creo que paso —contestó, ocultando las manos detrás de la espalda.

Amber escogió uno y le dio un buen mordisco.
—¡Um! Qué bueno. Gracias.
—De nada. ¿Quieres probar la tarta?
—Sí, por favor —respondió—: Umm...
—Voy a por un perrito —dijo Courtney, dirigiéndose a la barbacoa del Reverendo.

Kelly tuvo un pensamiento un poco perverso y fue que, si a Courtney se le ocurría ir a pescar manzanas con la boca, podría acercarse por detrás y sujetarle la cabeza bajo el agua. Solo un poquito.

Dios, pero ¿desde cuándo se había vuelto así de mala?

Amber se acabó su porción de tarta y echó el plato a la basura.
—Gracias —dijo—. Encantada de conocerla.
—Y yo de conocerte a ti, Amber.

Cuando se hubo alejado lo suficiente, Kelly se volvió a mirar a Lief.
—Ha ido bien, ¿no?

Él se echó a reír.
—¿Crees que Courtney me ha encontrado tolerable?

Lief volvió a reír.
—¿De qué te ríes? ¡Eres un maleducado!
—Perdona, perdona, pero es que nada puede ponerme hoy de mal humor. Courtney va a quedarse a dormir en casa de Amber para estrechar lazos con su cachorro. Seguramente dormirá en el vestíbulo, al lado de la caja donde tienen a los cachorros, pero no me importa. Voy a llevarlas a la granja, las

dejaré allí y volveré. Y me quedaré hasta bien tarde, como los mayores.

—Oooh —exclamó ella con una sonrisa—. Entiendo.

Kelly se temía que fueran a quedarse sin calabazas, pero sobraron algunas. Muchas de las familias que habían acudido cultivaban las suyas en el huerto, pero no querían perderse una fiesta. Todo el mundo se fue llevando sus cosas, incluidos barbacoas y ponis, cuando el sol empezó a ponerse. Kelly limpió la cocina con la ayuda de Lief, Jillian se quitó su disfraz de bruja, Denny se cambió también de ropa y se marchó porque tenía una cita, y Colin se aseguró de que todas las bolsas de basura quedaran cargadas en la camioneta del Reverendo y que él las dejase en un punto limpio. Mantener la basura lejos de las zarpas de los osos era de capital importancia.

Cuando había llegado el otoño, Colin había comprado una pequeña estufa de exterior. No era lo bastante grande para dar mucho calor, pero hacía que el ambiente se tornara agradable. En realidad, la sacó para Lief y Kelly, porque Jillian y él, pretextando cansancio, se fueron a sus habitaciones.

—Si queréis quedaros fuera, encendedla. Yo estoy cansadísimo. Me retiro ya.

—¿Te vas a la cama? —le preguntó Kelly.

—Me parece que me voy al solárium a ver un rato la tele. No creo que tarde más de quince minutos en dormirme.

—Para que yo tenga que ir a despertarlo y arrastrarlo a la cama —remató Jill.

—Me gusta la idea de la estufa —dijo Kelly.

Colocaron un par de sillas del porche en el jardín, cerca de la estufa, y se acomodaron muy juntos. Y empezaron a charlar.

—Estoy un poco asustada por cómo me he comportado con tu hija. La verdad es que no tengo ni idea de cómo comunicarme con una chica de catorce años.

—No le des más vueltas. La que ha sido grosera ha sido ella, pero es que es así muchas veces. Supongo que debe haber un millón de razones lógicas para ello, pero me desespera constantemente. Tú no has hecho nada malo.

—¿Pero cómo te las arreglas?

—Pues de muchas maneras. A veces me enfado. A veces me comporto de un modo perfectamente lógico. Hoy, mientras íbamos en el coche, solo le he mencionado de pasada que me he dado cuenta de su comportamiento y que no me ha gustado. Y gracias a Dios, Amber ha intervenido diciendo: «La verdad, Court, es que podrías ser un poco más amable». También he conseguido que vaya a ver al consejero, que aprenda a montar a caballo y que pase tiempo en la granja de los Hawkins donde, al parecer, se comporta de un modo encantador, y lo creas o no, estamos haciendo progresos.

—¿Ah, sí?

—En serio. Ha mejorado un poco en las notas. Un cachorrito y sus lecciones de montar dependen de eso. Además, como está ayudando a Amber con las Matemáticas, hacen los deberes juntas. Sé que puede resultar difícil de imaginar, pero Courtney es muy inteligente. Hasta que falleció su madre siempre la incluían en programas acelerados.

—Creo que lo entiendo todo menos lo de las clases de equitación.

—Bueno, es que yo tenía un caballo y...

—Sí, lo sé. Es lo que le hizo soñar a tu padre con sucumbir bajo una balacera.

Lief se rio.

—Perdí mi caballo por una lesión, todo lo demás que aparece en *Deerslayer* era pura ficción. Pero montar puede ser muy bueno para un joven. He intentado convencer a Court de que lo pruebe y que vea si le gusta con la esperanza de que pueda encontrar algo que le haga olvidar su dolor y su ira, y le haga ganar confianza y responsabilidad. Pero resultó que la idea no le hizo demasiada gracia. Menos mal que apareció el hijastro de la instructora, un chaval de unos dieciocho años con hombros de estibador y una coleta que le llega hasta la cintura. Entonces fue cuando Courtney decidió intentarlo.

Kelly se echó a reír.

—Así que, al fin y al cabo, es una chica normal.

Lief le pasó un brazo por los hombros.

—Eso es lo que yo espero.

—Seguro que creías que yo iba a saber qué decirle a una adolescente de catorce años enfadada con el mundo y con el pelo de colores.

—Yo sí que no lo sé; eso te lo aseguro.

—Espero que no te hayas desilusionado demasiado.

Lief rozó su barbilla con los dedos y la miró a los ojos.

—No hay nada en ti que me desilusione, Kelly. Lo que me atrae de ti no es precisamente tu instinto maternal.

—Pues estás de suerte, porque carezco por completo de él.

—No es eso lo que busco. No pretendo encontrar a alguien que cuide de Courtney por mí. En ese sentido lo haré lo mejor que pueda. Es más: lo cierto es que no andaba buscando nada. Tú me has pillado por sorpresa. Fue verte y sentir que algo me pasaba...

—Sí, y yo me desmayé en el bar y necesité ayuda para llegar a casa.

Lief sonrió.

—He estado fuera del mercado mucho tiempo y me resultó completamente inesperado, pero fue verte y sentir deseos de besarte. Cuando Colin te sacó del coche para meterte en casa, deseé ser yo quien lo hiciera. Me excitas de un modo demencial. Y sé que tengo muchas responsabilidades, más de las que tú desearías, pero intenta no olvidar que son mis responsabilidades, no las tuyas. Y ahora he de decirte que no tengo muchas noches libres, y no quiero pasar esta quejándome de mi hija —respiró hondo—. Vente a casa conmigo.

Ella lo miró atónita.

—Pero... ¿qué pasa con tu hija?

—Mi hija no conduce, y los Hawkins no iban a dejármela

en la puerta sin más si necesitara ir a casa por algún motivo. Me llamarían y yo iría a buscarla. Déjale una nota a Jill y vente a casa conmigo.

—¿En serio? No sé si estoy preparada para eso. No estoy segura... aún.

—Yo he estado seguro desde que te conocí.

Y ella también quería estarlo. Sabía lo que era estar fuera del mercado como él. Había pasado casi dos años siendo incapaz de ver a otro hombre que no fuera Luca. Y como él, había sentido aquella conexión especial casi desde el primer momento. Sería alucinante meterse en su cama, sentir sus brazos rodeándola, experimentar con él. Tenía la extraña certeza de que con él no tendría la sensación de estar perdiendo el tiempo, pero...

—Lo siento, Lief, pero eso no va a pasar esta noche... —respiró hondo—. Y créeme que lo siento...

Él la besó en la frente.

—¿Aún no estás preparada?

Kelly negó con la cabeza.

—Creo que podría cambiar eso... —respondió, besándola suavemente en el cuello.

—Tampoco es que sea una mojigata —replicó—. No voy a jugar contigo... me resultas muy tentador. Pero es que mi vida está ahora mismo en el aire y la tuya tampoco está lo que se dice...

—Lo sé. Estoy en un momento difícil, pero no voy a disculparme por ello.

—Entonces me entenderás. Antes de enamorarme de ti, quiero estar segura de estar preparada para ello.

—Es perfectamente comprensible. A lo mejor yo también debería haber esperado.

—¿Esperado?

—Para enamorarme de ti.

CAPÍTULO 9

Kelly se levantó mucho antes que el sol y se encerró en la cocina a cortar, trocear, triturar, envasar y hervir tarros. Y a pensar.

Jillian era madrugadora, pero para cuando bajó a la cocina ya había dos docenas de tarros de conserva alineados en la encimera y otra enorme cacerola en la que hervía algo.

—¿Es la conserva agridulce de la abuela? —preguntó, asomándose al agua.

—Y de melocotón y tomate.

—Dios mío, ¿a qué hora te has levantado?

—No lo sé. Debo de llevar unas tres horas aquí.

Zarandeó uno de los botes para que no quedaran burbujas.

—¿Se marchó Lief después de que Colin y yo nos subiéramos?

—No. Se quedó hasta tarde. Tuvimos que volver a cargar la estufa.

—¿Y llevas horas levantada? ¿Por qué?

—Es que he dormido muy mal —respondió, moviendo el contenido de la cacerola con la cuchara y dejando esta en el plato antes de mirar a su hermana—. Siempre me he considerado una buena planificadora, una persona razonable, lógica y poco dada a dejarme arrastrar por los sentimientos.

—Pragmática, diría yo. Pero sensible también, Kelly. ¿Qué ha pasado? ¿Te ha hecho daño?

Ella negó con la cabeza.

—No. Me ha dicho que me quiere.

—¿Qué? —exclamó—. ¿Amor? ¿Te ha hablado de amor?

—Qué loco, ¿verdad? —respondió, limpiándose las manos con un trapo—. Debe de estar majara.

—Bueno... yo no diría tanto. Más bien que es un tío directo y rápido. Y una persona que no necesita mucho tiempo para saber lo que quiere.

—La verdad es que mis últimas meteduras de pata en ese campo hacen que tus locuras románticas parezcan cosa de críos.

Jillian se encaramó a uno de los taburetes.

—Me he olvidado de todo eso desde que conocí a Colin. Él ha sido mi último acto impulsivo —sonrió.

Kelly se sentó frente a ella.

—¿Tienes idea del tiempo que hace que no tengo un novio de verdad? ¿Un novio relativamente normal y disponible? Desde hace más de dos años. Desde que me enamoré de un hombre casado con cinco hijos y un demonio de mujer, un padre con una hija adolescente y muy... interesante es el primer hombre que conozco.

—Al menos no te acostaste con el casado.

—¡Y tampoco con el otro! Y, créeme, no me siento más calmada con esa decisión.

Jillian sonrió.

—¿Hablar de amor no os llevó a hablar de sexo?

—No —respondió, desilusionada—. No podía permitir que ocurriera. No creo que pudiera permitirme esa intimidad en este momento. Su vida es bastante complicada. Tiene dificultades con su hija.

Jillian sonrió.

—La he conocido hoy. Le gustó mi disfraz.

Kelly enarcó las cejas.

—¿Te pidió que le pusieras un diente negro?

—Pues a mí me ha gustado. Es una chica lista.

—Claro, porque tú no eres amenaza para ella. Conmigo no ha sido tan agradable.

—Se le pasará cuando se acostumbre a ti.

—Jill, el día de ayer fue crucial para mí en muchos sentidos. Tener aquí al pueblo entero ha hecho que me enamorara de Virgin River. Una persona no perdería el norte en un lugar como este: hay demasiada gente buena alrededor, gente dispuesta a echarte una mano, a hacerte reír, a conseguir que te sientas parte importante de algo. Y aquí hay también un hombre perfecto: guapo, sexy, sincero, fuerte y dispuesto. Pero no estoy preparada para tratar a una chica adolescente que vive para poner a los demás contra las cuerdas. Y nadie puede acercarse a Lief sin acercarse también a su hija. No iba vestida para Halloween, Jill. Supongo que te has dado cuenta. ¡Es que viste siempre así!

Jill se echó a reír.

—¿Y qué pasa con el padre?

—Lo adoro —dijo tras un momento de reflexión—. Es todo lo que una mujer puede buscar en un hombre. Y, aunque pienso que su hija es demasiada carga para mí, lo admiro a él por anteponerla a ella ante todo lo demás. Está dedicado por completo a su hija, y no porque se sienta obligado, sino porque comprende lo que debe de estar pasando por haber perdido a su madre.

Y siguió removiendo el contenido de la cacerola.

—Parece el hombre perfecto.

—Sí. Y todo lo que hace que lo quiera también me empuja a mantenerlo a distancia. Es que todavía no estoy preparada.

—¿Y pretendes llegar a estarlo cocinando?

Kelly se encogió de hombros.

—Exactamente. Soluciono mis problemas cocinando.

—¿Y qué vas a hacer con todo esto?

—Mientras espero a los permisos y licencias que necesito, seguiré regalándolo como muestras gratuitas, y así podré ver si le interesa a alguien. Luego, cuando ya sea todo legal, sé dónde debo llevar mis productos.

—Pues me parece una idea excelente. ¿Has pensado venderlo en Internet?

—¡No tengo ni idea de cómo se puede hacer eso!

—Pues podemos mirarlo —sugirió—. A lo mejor es buena idea. Y, si no, la olvidamos.

—¿En plural?

Jill apoyó los codos en la encimera.

—Me encanta que vivas aquí. Que uses esta preciosa cocina nueva. Que cocines lo que yo pueda cultivar. Hacemos un gran equipo, hermanita, y pretendo conseguir que esta unión continúe mucho tiempo.

Unos días después de aquella conversación, Colin entró en la cocina mientras Kelly estaba preparando otra de las recetas dulces de su abuela. No le había costado demasiado tiempo tener más o menos mil tarros de sus especialidades envasadas y metidas en cajas, todas ellas en el comedor que aún estaba sin amueblar.

—Esto es increíble —se sorprendió—. Llevas un ritmo de fábrica.

Kelly se encogió de hombros.

—Es que he aprendido a ser eficaz. Y además, esta estupenda cocina de seis fuegos ayuda mucho. Mientras la confitura de tomate se hace, aprovecho para trocear y mezclar y, mientras se enfría, pongo a hervir una nueva tanda. Debo producir unos cien tarros al día.

—¿Sabes ya algo de Sanidad y Consumo?

—Sí —respondió con una sonrisa—. Entre la crisis, los restaurantes que cierran y que estamos fuera de temporada, no tienen demasiado trabajo, y me han dicho que el inspector no tardará en venir. Con esta cocina, me darán un diez.

—Con esta cocina y contigo.

—Eso espero. Ya he preparado lo que tengo que presentar para la certificación.

—Tengo una cosa que enseñarte —dijo, y colocó su cuaderno de dibujo sobre la encimera—. Si me estoy pasando de la raya o si no hay nada que te guste, no me va a parecer mal que me lo digas. Estaba entreteniéndome, solo eso.

Fue pasando las páginas. En todas ellas había subtítulos.

—¿Qué es?

—Etiquetas para tus productos envasados. Ya sé que no me has pedido que lo haga. Lo he hecho por mi cuenta. Y es que pienso que no te vendría mal poner algo en lugar de simplemente rotular los botes. Y si tú tenías algo pensado, dímelo. Puedo tener las etiquetas impresas en un abrir y cerrar de ojos.

Fue viendo las imágenes: cestas de hortalizas, su cara, logotipos, eslóganes... todos eran fantásticos, pero hubo uno en particular que le llamó la atención. Arriba del todo decía *Del huerto de Jilly*. A continuación se leía *Melocotón Agridulce & Confitura de Tomate*. A la derecha había una foto de Kelly, y a la izquierda otra de Jillian. Y abajo del todo se leía: *Ingredientes naturales, ecológicos y deliciosos*.

—¿De dónde has sacado esta idea? —quiso saber.

—He partido del nombre del huerto de tu hermana, y como la otra noche le oí decir que le gustaría seguir cultivando cosas para ti... imagino que le resulta mucho más atractivo que utilices tú sus productos en lugar de enviarlos al mercado o a los restaurantes. Eso fue lo que me dio la idea. Sé que a veces utilizarás frutas y hortalizas de otras granjas o tiendas, pero se me ocurrió que a lo mejor Jilly podría ser tu proveedora. ¿Has estado últimamente en los invernaderos? Tiene unos cultivos de invierno estupendos, con el sistema de riego y de calefacción que ha instalado.

Kelly miró de nuevo la etiqueta, luego a Colin y de nuevo la etiqueta.

—Colin, me encanta —le dijo casi sin voz. Luego volvió a mirarlo—. ¡Como sigas así, no te vas a deshacer de mí nunca!

Colin sonrió.

—Me temo que más pronto que tarde vas a tener que aceptar el hecho de que nadie quiere deshacerse de ti. Y que tenerte aquí no es que me haga sufrir precisamente. Además, ahora tu hermana tiene a Denny para ayudarla a llevar la huerta y yo estoy casi listo para otro viaje, y me gustaría que Jilly me acompañara esta vez.

—¿Lo dices en serio?

—¿Por qué no? Por supuesto que lo digo en serio. Y me gusta que estés aquí.

Kelly sonrió.

—¡Dios sabe bien lo que me gusta esta cocina!

Faltaba apenas una semana para Halloween cuando Courtney estaba montando a Blue. Ya había aprendido a darle de comer, a cepillarla, a pasear con ella en el cercado y en campo abierto. Aún no había reunido el valor necesario para limpiarle los cascos o cepillarle la cola, pero estaba empezando no solo a confiar en ella, sino a quererla. Y aunque no estaba dispuesta a admitirlo en voz alta, menos aún ante Lief o Lilly, estar encaramada a su grupa la había sentirse poderosa. ¡Estaba harta de parecer enclenque e infantil.

Bastaba con que Gabe Tahoma le dijera: «¡Buen trabajo, Courtney! ¡Ya lo tienes!», para que se sintiera como Miss América.

En las dos semanas de noviembre que habían transcurrido ya, su aspecto había cambiado. Lief la había acompañado a comprarse botas y vaqueros nuevos, camisas, chaleco de plumas, guantes y un abrigo. A todo esto él había añadido un sombrero. Había acabado renunciando al esmalte de uñas negro y a sus negrísimas mallas, botas, faldas y camisetas. Lo cierto era que le gustaba ir al colegio con vaqueros y botas. No había muchas chicas que vistieran así. No les iba el estilo campestre, sino lo que veían en Internet o en páginas de moda. De todos modos, aquel estilo más de clase media le resultaba menos jactancioso, más agradable que los modelitos de Rodeo Drive a los que tanto se había opuesto en Los Ángeles.

—¡Qué asco de pelo! —se quejó a Lief una mañana cuando iban hacia el colegio.

—¿Ah, sí? —preguntó, desconcertado—. ¿Y qué es lo que le pasa?

—¡Pues que no se sabe de qué color es! ¡Esperar a que se quite es lo peor! Qué tortura...

—Ah, ya. ¿Puedo ayudarte en algo?

—Sí. Tengo que cortármelo. ¿Crees que habrá alguien en cien kilómetros a la redonda que pueda hacerme un corte decente?

—Seguro que sí. Preguntaré.

Poco después, estaba sentada en la peluquería de Annie Jensen en Fortuna. Annie estaba decidida no solo a cortarle el pelo, sino a devolverle el color original. Le peinó la melena en un estilo liso y de corte más adulto.

—Estoy segura de que no es exactamente lo que tú querías, Courtney, pero si quieres puedo seguir intentándolo.

—Está... bien —contestó ella, pasándose la mano por el pelo.

—Espero que te guste.

Un par de días después, estando en clase de equitación, Gabe dijo:

—Eh, Courtney, estás muy cambiada. Es el pelo. Estás genial.

Ella se echó mano inconscientemente a la cabeza y enrojeció.

—No se te ocurra flirtear conmigo —bromeó él—, que tengo novia.

—Lo sé —respondió, aunque por supuesto no lo sabía. De lo que sí estaba segura es de que se había colado por él, y que nunca se fijaría en ella.

Pero por lo menos le gustaba su nuevo estilo, y eso la hizo sentirse mejor que bien.

Poco a poco había ido confiando en Jerry Powell. No porque fuese un buen consejero o terapeuta, sino porque estaba segura de que sabía guardar secretos incluso mejor que Amber. Así que cuando el bueno de Jerry le dijo: «¿Estás desarrollando músculo, Courtney, o es el cambio de ropa?», ella no le contestó con acidez.

—Podría ser —respondió, cauta—. Lo que sí puedo decirte es que me duelen del último al primero. ¡Todos! Hasta los de los pies. Y cuando me he quejado, Lilly me ha dicho que es sorprendente la cantidad de músculos que se utilizan montando. Luego ha flexionado el cuádriceps y me ha dicho que le diera un golpe. ¡Está dura como una piedra! Dice que ahora debo estar desarrollando músculo, pero que un día montaré para mantenerme en mi peso y tener el cuerpo tonificado.

—¿Y te gusta?

—¿Fortalecer los músculos? ¡No! Duele.

—No— se rio—. Montar. ¿Es divertido?

—Bueno... montar, sí. Pero hay otra parte que no lo es tanto.

—¿El qué?

—Pues por ejemplo saber que voy a tener que esperar a medir diez centímetros más y a pesar otros diez kilos para poder ensillar sola. Menos mal que, mientras, si Lilly está ocupada con alguna otra cosa, a veces me ayuda Gabe. Y verle a él ensillar a la yegua es...

Alzó la mirada al cielo.

—¿Es guapo ese Gabe?

—¿Guapo? ¡Pero si inventaron la palabra para él!

Jerry se echó a reír.

—¿Y también la palabra novio?

—¡Ojalá! Tiene dieciocho años, está en la universidad y tiene novia. Pero.. ha dicho que le parezco mona —confesó, sonrojándose.

Jerry la miró enarcando las cejas.

—¿Y te ha gustado oírle decir eso?

—¿Por qué me lo preguntas? ¡Pues claro! Aunque en realidad no significa nada.

—Podría significar que te encuentra mona...

—Sí, ya... mona es una niña. El otro día salimos un grupo de principiantes a dar una vuelta corta. Lilly, Annie y Gabe nos acompañaron, pero todos los demás eran niñas de quinto y sexto. Yo estoy en el instituto, ¡pero parece que estuviera también en primaria!

—¿Cómo era tu madre, Courtney? ¿Era menuda?

—Más o menos. No es que fuese bajita, pero sí muy delgada. No flaca. Delgada. ¡Pero no parecía una niña!

—¿Y eso te preocupa? Quiero decir, ¿te preocupa no tener aspecto de mujer?

—¡Me conformaría con parecer de mi edad!

—Ya sabes que no eres la única adolescente que viene a la consulta, ¿verdad? Sabes que es mi especialidad, ¿no?

—Sí.

—Pues bien: no creo estar faltando a mi compromiso de confidencialidad si te digo que prácticamente todos los adolescentes que pasan por mi consulta encuentran algo en su físico con lo que no están conformes, y que, entre los once y los diecinueve años, forma y tamaño varían enormemente. En una ocasión, tuve a un alumno de doce años con barba ya y a otro de último curso al que podrían confundir fácilmente con uno de sexto. Del primero al último se han lamentado de no poder ser «como todos los demás». Y es que nadie se parece a nadie. No existe eso de «como todos los demás».

—Pues yo diría que hay un montón de «como todos los demás».

Él sonrió.

—¿Qué tal te va últimamente con tu padre? ¿Os lleváis mejor?

Ella se encogió de hombros.

—A veces, sí. Desde luego estoy convencida de que reza a

diario por que yo desaparezca; esta noche vamos a cenar a casa de su novia, y me ha rogado que sea amable con ella.

Jerry se incorporó.

—¿Qué te hace decir que reza por que desaparezcas?

—Pues porque no soy precisamente yo la que ocupa sus pensamientos.

—¿Quieres explicarte, por favor?

Courtney suspiró.

—Nos iba bien mientras vivía mi madre. Él la quería mucho y yo también, y como ella también nos quería mucho a los dos... en fin, que estábamos muy bien los tres juntos. Pero cuidar de mí sin que esté mi madre... no es precisamente lo que él se imaginaba.

—Seguramente. Lo mismo que tú tampoco te habrías imaginado que ibas a tener que vivir con él sin tu madre. Pero ¿qué hace tu padre para que llegues a pensar que querría que desaparecieras?

—Es que lo desilusiono demasiado.

—¿En qué?

—Ya lo sabes. Es obvio. Tenía una pinta que daba miedo, sacaba malas notas, mis amigos no eran precisamente angelitos... le he desilusionado. No era fácil lidiar conmigo.

—Era, eran... ¿qué ha cambiado?

—Para empezar, mi pelo. Deberías haber visto qué cara puso: como si le hubiera tocado la lotería. Ahora llevo ropa de montar porque es lo que hago. Me refiero a esa clase de cosas.

Le vio mover los labios como si intentara no reírse.

—De todas formas, estoy seguro de que si buscas en tu armario encontrarás la ropa gótica. Si rebuscas en el armario del baño, seguirán estando el carmín y el pintaúñas negro. Y eso nos lleva a una pregunta: ¿durante cuánto tiempo has sido gótica?

—¡Hablas como si supieras qué es ser gótico! —se burló.

—Sé que piensas que eres muy original —se rio—. ¿Cuánto?

—Un año, más o menos.

—¿Como reacción ante la muerte de tu madre?

—No entiendo.

—Sí, sí que entiendes. ¿Reacción ante la muerte de tu madre? ¿Tuvo que ver con eso?

—Puede ser.

—¿Y por qué?

—Pues... porque todo el mundo esperaba que lo superase, que superase su muerte, y yo no podía —respondió, mirándose las manos.

—¿Todos?

—Lief lo estaba superando... ya no se pasaba las noches en vela yendo y viniendo por la casa, ni se quedaba mirando al vacío como si estuviera muerto. Hablaba por teléfono y se reía, asistía a reuniones de trabajo. Mis amigos del colegio ya no querían salir conmigo. Decían que era deprimente. Todo el mundo lo estaba superando menos yo.

—¿Y...?

—¡Pues pensé que si me vestía de negro no tendría que fingir estar contenta sin estarlo!

—¡Ah! ¡Buena idea!

—¿Buena idea?

—¡Pues sí! ¡Una solución perfecta! Courtney, no eres la chica más rara que viene a verme, pero desde luego sí la más lista. Sabes exactamente lo que haces y por qué lo haces.

—Sí, ya...

—Con catorce años, saber lo que se siente y por qué se siente es difícil, pero tú actúas por instinto para protegerte a ti misma y a tus sentimientos, y eso es ir por delante respecto a otros jóvenes.

—Preferiría medir diez centímetros más y tener tetas —espetó con un mohín.

Jerry tuvo que reírse.

—Todo a su tiempo, Courtney. Eso ya llegará. Volvamos a algo importante: lo de desaparecer. ¿Alguna vez has querido desaparecer de verdad?

Ella se encogió de hombros y pensó un momento.

—Cuando vivía con mi padre biológico, sí. Esperaba morirme.

—¿Y ahora?

—Ahora no quiero morirme. Y nunca haría algo por el estilo. Solo estoy un poco loca, pero no tanto.

—Yo diría que ni una pizca, ¿sabes? Y en cuanto a la cena de esta noche...

—¿Qué?

—La novia esa que dices que tiene tu padre...

—Está aquí temporalmente. Viene de la zona de la bahía. Pero es posible que se quede. Es cocinera o algo así. A él le gusta y quiere que a mí también me guste.

—¿Cómo lo sabes?

—Pues porque ella nos ha invitado a cenar y él me ha dicho que no me pase.

—¿Y por qué te ha dicho eso?

—Porque, cuando la conocí en la fiesta de Halloween, no se lo puse fácil. Aunque tampoco ella a mí. Cuando le pregunté que a qué sabían sus muffins, ella me preguntó que qué me gustaba a mí, y yo le dije que las costillas de cerdo con patatas. Entonces me respondió que seguro que sus muffins me gustarían. Intentar jugársela a una cría... qué cutre.

Jerry volvió a reírse.

—A lo mejor has encontrado la horma de tu zapato. Igual es tan lista como tú.

—Bueno...

—¿No puedes aflojar un poco y darle una oportunidad? ¿No crees que podrías ver si te gusta antes de odiarla?

—¿Y a mí qué me importa ella?

—Ponte por un momento en su lugar. Imagínate a ti misma, que no te será difícil, y lo mucho que te importa tener a Amber como amiga, sacar mejores notas y mejorar tu aspecto para conseguir llamar la atención del tío más guapo del establo. Conseguir todo eso hace que te sientas bien, ¿verdad? Pero, si alguien te diera problemas que te impidieran conseguir todo eso, sería muy frustrante para ti, ¿no?

—No entiendo lo que me quieres decir.

—Lo que te digo es que tu padre...

—Lief —le corrigió.

—Lo que te digo es que tu padre ha estado muy solo desde que su esposa murió y sería bueno para él poder tener amigos y una relación adulta, lo mismo que para ti es bueno relacionarte con gente de tu edad, chicos y chicas. Esas relaciones os proporcionan el equilibrio que le falta a la familia.

—¡Yo no tengo relaciones con chicos! —respondió, acercándose a la mesa.

—Puede que aún no, pero no te haría ninguna gracia que Lief hiciera algo que te humillara delante de Gabe el guaperas.

Se quedó pensándolo un momento.

—Lo que te digo es que no debes impedir que Lief tenga una amiga. Se merece tenerla. No por ello tú vas a ser menos importante para él.

Courtney reflexionó un poco más y luego dijo:

—¿Y si decide enamorarse?

Jerry se encogió de hombros.

—¿Y? ¿Qué pasaría?

—¡Pues que yo no quiero tener otra madre! ¡Ni quiero ni la voy a tener!

—Es una buena cláusula para incluir en el acuerdo —le dijo, y que estuviera de acuerdo con ella enfadó a Courtney aún más—. Díselo así a Lief. Dile que vas a ser receptiva, accesible y abierta, pero que de ningún modo vas a aceptar tener otra madre. Si la mujer con la que vas a cenar quiere ocupar el lugar de tu madre estás en tu derecho de decirle «No, gracias». Tienes todo el derecho del mundo a decirle que tú solo quieres tenerla como amiga. ¿Qué te parece?

Hizo una mueca. La verdad era que le parecía un planteamiento muy práctico.

—Lo más probable es que no quiera ser tu madre y que

prefiera simplemente llevarse bien contigo. Es más o menos como lo que pasa con Amber, que prefiere llevarse bien con tu padre para que vosotras dos podáis disfrutar de vuestra amistad. No es demasiado complicado.

Tras otro momento de reflexión, Courtney añadió:

—Me da la sensación de que me estás lavando el cerebro. Tendría que llamar a alguien... a la policía, por ejemplo, y pedirles que me desprogramen.

Jerry volvió a reír.

—¿Qué hay del cachorro? ¿Te lo vas a llevar pronto a casa?

Kelly sabía deshuesar picantones. Tenía que hacerse el día de antes de cocinarlos para luego meterlos en la nevera, rellenarlos y asarlos. Dejó los huesos de las alas y de los muslos para que no perdiera la forma.

Preparó una increíble salsa de romero para los picantones, y dado que la señorita Tiquismiquis Courtney iba a cenar con ellos, no complicó más el plato y se decidió por acompañarlo con guisantes a la mantequilla y zanahorias baby en lugar de algo tan exótico como coles de Bruselas. Prepararía también unos aperitivos, ensalada, panecillos y de postre tarta de chocolate. ¡Y, si la niña se ponía difícil, incluso estaba dispuesta a ofrecerle un perrito caliente!

—Estás malgastando tu talento en mermeladas y confituras —comentó Jillian al ver aquellos picantones rellenos.

—Es trabajo de un buen chef de cocina preparar todas estas cosas. Las salsas no son fáciles, los ingredientes envasados cambian el sabor. Además, yo era sous chef, y mi trabajo consistía en supervisar más que otra cosa. Crear una cena especial para cinco es pan comido —miró a Jill y añadió—: Ayúdame con Courtney, por favor. Sobre todo si le caes bien.

—¿Te preocupa la niña?

—Lo que me preocupa es que Lief se sienta mal. Le da mucho y sospecho que recibe muy poco de ella.

—No te preocupes, Kell. Tengo un arma secreta.
—¿Ah, sí? ¿Cuál?
—¡Colin Riordan, rey de los salvajes!
Kelly frunció el ceño.
—No sé muy bien qué significa eso, pero no le hagas daño.
—¡Prometido! —respondió Jillian, riendo.

Una hora más tarde, cuando el sol iniciaba su descenso en el cielo, la mesa estaba ya puesta y Jill y Kelly estaban sentadas en el porche con una copa de vino, llegó Lief. Cuando Courtney y él bajaron del coche, las hermanas no pudieron evitar mirarlos con la boca abierta: ¡aquel pequeño monstruo estaba increíble! Su color de pelo volvía a ser castaño y llevaba una melena lisa que le rozaba el mentón. ¡Sus labios volvían a ser rosas, y no llevaba negras las uñas! Y, aunque seguía siendo muy menuda, llevaba unos vaqueros ceñidos que le sentaban de maravilla, botas camperas y una chaqueta vaquera.

Courtney mantenía la mirada baja, pero Lief no pudo evitar sonreír al acercarse al porche.

—¡Courtney! —exclamó Kelly sin poder contenerse—. ¡Pareces otra!

La niña se encogió de hombros.

—¡Estás genial! —corroboró Jillian, pasándose la mano por su pelo—. ¿Quién te ha hecho ese corte de pelo? ¡Dime que queda cerca, por favor! ¡Necesito su nombre! —miró a Kelly aplastándose el pelo contra la mejilla—. Yo podría dejármelo así, ¿verdad?

—En la peluquería de Annie —contestó Courtney—. Es mi entrenadora. Bueno, me da clases de equitación, y tiene una peluquería en Fortuna. Entonces, ¿te gusta lo que me he hecho?

—¿Que si me gusta? Si no tuviera que invertir tanto tiempo y esfuerzo en domar estos rizos, llevaría un corte así.

—Pues yo no tengo ese problema —repuso Jill—. Parecemos adoptadas, ¿a que sí? ¡Una rubia, con el pelo rizado y los ojos azules, y la otra morena con el pelo liso! Yo a lo mejor me lo podría cortar así... pero tendría que saneármelo.

Para sorpresa de todos, Courtney se echó a reír.

—Pero no tanto como yo. No querrás compararte con todo el tinte que llevaba yo, ¿no?.

Kelly se incorporó para preguntarle:

—¿Por qué te lo has quitado? —le preguntó con curiosidad sincera.

—Porque asustaba a los caballos —contestó con una sonrisa.

Y Kelly se dio cuenta de que tenía unos dientes perfectos y muy blancos. Bajo tanta irritabilidad latía una belleza.

—Qué va —sonrió—. Tengo entendido que solo ven en blanco y negro —y mirando sus pies, añadió—. También me gustan tus botas.

—Sí, son geniales —corroboró Jill—. Si no tuviera que llevar botas de goma para el huerto, también te las copiaría.

Oyeron una especie de claxon ronco que pertenecía al coche eléctrico del huerto, un cochecito de golf con la parte de atrás plana que Jill y su ayudante usaban para ir y venir y transportar los útiles del huerto. Era Colin, que llegaba a toda pastilla por la parte de atrás. Se detuvo justo delante de Lief y Courtney.

—¡Hola! —saludó—. Courtney, ¿quieres conducir?

Lo miró en silencio un segundo.

—¿En serio?

—Claro. Bueno, el coche es de Jilly, pero puedes conducirlo si lo haces con cuidado.

—¡Lo prometo! —contestó, y se lanzó al asiento.

Colin le enseñó cómo meter la marcha atrás, cómo ir hacia delante, dónde estaba el acelerador y el freno. Entonces retrocedieron, dieron la vuelta y Courtney se lanzó hacia delante por el camino que discurría entre los árboles hasta la pradera. Y, cuando pareció sentirse más cómoda, lanzó un grito y puso el cochecito a toda velocidad.

—¿Puedo ir a por una cerveza? —preguntó Lief.

—Claro. Si me cuentas qué le ha pasado a tu hija —respondió Kelly—. ¡He estado a punto de preguntar dónde estaba Courtney!

—Yo sospecho que se trata del tío guapo del establo, pero también podría ser cosa de la familia Hawkins o incluso el consejero. ¿Quién sabe? Y tampoco me importa demasiado. Es la primera vez que no vivo con una extraterrestre en un año. Enseguida vengo.

Mientras Lief iba a por su cerveza, Jill y Kelly vieron cómo el cochecito desaparecía entre los árboles. Luego pasaron a oírlo únicamente. Tras un momento, oyeron un grito de Courtney y la risa grave de Colin. Y ambas cosas fueron alejándose poco a poco. Lief volvió al porche con su cerveza.

—¿Qué secreto oculta? —le preguntó a Jill.

—No es que le gusten demasiado los niños, y creo que por eso no los trata como a niños, sino como a adultos bajitos. Funciona.

Lief bebió un trago largo.

—Intentaré recordarlo.

En unos minutos, el cochecito volvió a aparecer a toda velocidad hacia la casa. Colin iba recostado en el asiento, un enorme pie puesto en el salpicadero, sosteniéndose el sombrero con una mano. Courtney iba inclinada hacia delante, aferrada al volante, y dejó atrás la casa para ir al camino de delante.

—¿Crees que querrá bajarse del coche para que al menos Colin pueda cenar? —le preguntó a Jillian.

—Pues claro. No tardarán.

—¿Cómo lo sabes? Ese trasto le encanta.

Jill lo miró ladeando la cabeza.

—Porque, de aquí a unos minutos, se le va a acabar la batería.

CAPÍTULO 10

Después de la carrera que Courtney se había pegado en el cochecito eléctrico, Kelly organizó tres cenas más en el espacio de dos semanas, y mucho se engañaba si a Courtney no le gustaba estar allí. También era cierto que se mostraba mucho más abierta y afectuosa con Jillian y Colin, pero lo podía comprender. Al fin y al cabo, ellos dos no representaban ninguna amenaza a su posición con su padre. Y con ella se mostraba educada aunque algo fría. Incluso parecían gustarle las comidas que preparaba, a pesar de que no comía grandes cantidades.

Le encantaba el cochecito eléctrico, y también las pinturas de Colin. Para ser un hombre al que no le gustaban especialmente los niños, se la había ganado.

Aquella noche iba a ser la cuarta cena juntos los cinco, pero de pronto quedaron reducidos a tres cuando Colin y Jillian anunciaron a última hora que iban a reunirse con el hermano y la cuñada de Colin, Luke y Shelby, en un restaurante en Arcata. Al parecer, Maureen, la madre de Colin, había llegado con antelación para el día de Acción de Gracias e iba a cuidar del hijo de Luke, Brett.

—¿Crees que te las arreglarás? —preguntó su hermana.

—Más tarde o más temprano, íbamos a tener que comprobar si está dispuesta o no a que su padre tenga novia —contestó, acariciándose la cara—. ¡Me duelen ya los brazos de mantenerlo a distancia!

Jill dejó escapar una risilla.

—¡Buena suerte!

Kelly tomó una decisión: iba a preparar la mejor cena que hubiera preparado nunca. Si iba a volar sola, tenía que encontrar el modo de ganarse a Courtney. El menú ya estaba enfocado a los gustos de la adolescente: ravioli. Hasta aquel momento Courtney no se había dejado impresionar por sus logros culinarios; de hecho, no parecía haber nada en ella que le impresionara.

No pretendía logros muy altos y por lo tanto no esperaba mucho. No tenían por qué ser las mejores amigas Courtney y ella, pero, antes de permitirse sentir algo por Lief, tenía que estar al menos en una posición de arranque neutra.

Encendió el fuego en la chimenea de la cocina, cortó unos crisantemos del camino y los colocó en un jarrón, puso la mesa con una bonita vajilla, dos platos a un lado y uno al otro. Ella se sentaría en el lugar más cerca de la isleta de trabajo para servir. Calentó el pan, preparó la ensalada y descorchó el Shiraz para que respirara. Al poco Lief llegó por la puerta de atrás con una sonrisa en la cara.

Entró y cerró tras de sí.

—¿Dónde está Courtney? —le preguntó frunciendo el ceño.

—Estamos solos. Se ha ido a casa de los Hawkins a ayudar con los cachorros. Al parecer la camada ha sido demasiado numerosa y a la pobre perrita le cuesta mantenerlos a todos, así que hay que ayudarles con algún biberón.

—Ah. Entonces querrás llevarle los ravioli que he hecho a casa.

—Se va a quedar a dormir allí —dijo. Su mirada era cálida, pero su sonrisa, endiablada cuando añadió—: Dios bendiga a los Hawkins.

—Bueeeno... pues siéntate, que sirvo —quitó el plato que

quedaba al lado del suyo. Primero sirvió el vino, a continuación colocó la ensalada y la cesta con el pan. Luego, los ravioli en una fuente de barro—. Los de la izquierda son de tres quesos, y los de la derecha, de ternera.

Lief tomó asiento.

—Y a ver si lo adivino... la pasta la has hecho tú, ¿a que sí?

—Pues claro —respondió, sentándose frente a él y, tomando la copa en la mano, brindó—: Por los cachorros.

Alzó su copa y la miró a los ojos y, tras el brindis, trasladó su plato y todo lo demás para colocarse junto a ella. Luego alzó la copa y volvió a brindar.

—Por la chef más guapa del hemisferio occidental.

Y tomó un sorbo.

E inclinándose la besó en los labios.

Luego tomó el plato de Kelly y le sirvió una pequeña cantidad de ravioli.

—Hemos tenido poco tiempo para estar los dos solos. ¿Te das cuenta de que es la primera vez que vamos a comer juntos y solos los dos?

—Cierto.

Lief se sirvió en su plato.

—No hay nada en nuestra relación que pueda tacharse de rutinario —dijo—. Nunca me había parado a pensar en lo duro que es criar a un hijo una persona sola.

—Pero tu mujer estaba divorciada cuando la conociste —le recordó.

—Sí, pero con canguro —partió un ravioli con el tenedor, lo separó y se llevó una mitad a los labios para soplarla antes de ofrecérsela a ella—. Ten cuidado. Quema.

Kelly sopló el ravioli de carne y abrió los labios, consciente de que le estaba dando de comer con la mano izquierda mientras la derecha la mantenía posada en su pierna. Lief se acercó a ella y la besó en el cuello.

—Umm... —musitó, y no solo por lo rica que estaba la comida.

Entonces le tocó a ella darle de comer y sonrió al ver que aceptaba de su propio tenedor.

—A este paso la cena va a durar una eternidad... —le dijo con suavidad.

—Qué va —contestó preparándole otro bocado—. Es más: seguramente ni vamos a probarla. Solo el tiempo de decirte unas cuantas cosas, como por ejemplo lo feliz que me hace que hayas dejado ese restaurante para venirte a las montañas —acompañó el bocado con el más ligero de los besos—. Si alguien me hubiera dicho que iba a encontrar a una mujer como tú en un sitio como este, no le habría creído.

—Bueno —respondió ella, acercándole el tenedor a los labios—, yo podría decir lo mismo.

—Sé que yo tengo muchas responsabilidades. Te doy las gracias por tu comprensión, y por intentarlo con tanto ahínco. Va a salir bien, Kelly. Tiene que salir bien.

—¿Cómo lo sabes?

Lief sonrió de medio lado.

—Estoy pensando en hacerle una oferta que no pueda rechazar. ¿O debería ofrecerle un Lamborghini?

Kelly se rio. Sabía perfectamente que no era de esa clase de padres.

—Haré lo que sea. Toma otro bocado. Cuando hayas comido lo suficiente, podríamos subirnos estas copas al tercer piso —su mano se deslizó por todo el muslo hasta llegar a su nalga—. No he visto tu apartamento como es debido.

—¿Y a qué llamas tú «como es debido»? —preguntó, arrancando un pedacito de pan y dándoselo a comer.

—Podríamos hacerlo desnudos —sonrió.

Él también le dio un pedacito de pan.

—Supongo que te he mantenido a raya el tiempo suficiente —respondió ella, dándole más. Pero lo que de verdad pensaba era que era ella quien no podía esperar más.

—Todas las noches duermo contigo. No es intencionado, pero me pasa quiera o no quiera. Te siento, te saboreo, te huelo.

Cada noche, en el mejor sueño que un hombre puede desear, recorro cada centímetro de tu cuerpo y me siento como un chaval de dieciséis años. E inmediatamente me quedo dormido.

Sintió un latigazo de electricidad recorrerle el cuerpo y llegar hasta las braguitas.

—¿Crees que esta noche podrás permanecer despierto un poco más? —le susurró.

—Lo suficiente para que tus sueños sean tan dulces como lo han sido los míos.

Kelly se puso de pie de inmediato, pero él tiró de su mano para hacer que volviera a sentarse.

—Sé que has trabajado en esta comida todo el día, así que vamos a guardarla y luego nos subimos con nuestras copas.

—Bien. Me parece bien —dijo como aturdida.

Guardaron la pasta y la ensalada en los cajones refrigerados que ocupaban la parte baja de la isleta y el pan se envolvió en plástico. Cada uno se hizo cargo de su copa y él se llevó la botella, pero no habían subido dos peldaños cuando se detuvieron para besarse. Dos escalones más y de nuevo juntos. Otros tres, y...

—¡Sube! —le ordenó ella—. ¡Vamos a acabar empapados en Shiraz!

Pero él no se movió.

—No me parece mala idea.

Cuando el vino estuvo ya a salvo en la mesilla, Kelly se dejó caer con Lief en la cama y tumbados se fueron desabrochando el uno al otro los botones de sus camisas, envueltos en besos y risas.

—Nos damos de comer el uno al otro, nos desnudamos...

—¿Tenemos que usar preservativo? —preguntó él.

—Tomo la píldora. Aunque ya sabes que hace mucho que...

—Dios, qué alivio, porque solo tenía uno, y sé de sobra que no va a ser suficiente.

—Promesas, promesas... —murmuró, mordisqueándole el labio inferior.

Abrió la camisa de Kelly y ella hizo lo mismo con la de él. Lief le desabrochó el sujetador, que se cerraba por delante, e inmediatamente cubrió sus pechos con las manos primero, luego con la boca, bebiendo de un pezón para luego hacerlo del otro. Kelly echó atrás la cabeza y gimió de puro deleite, pero no podía dejar quietas las manos: le desabrochó el cinturón, el botón de los pantalones y la cremallera. Estaba tan centrada en sus tareas que apenas se dio cuenta de que a ella se los estaba quitando él, pero que antes de que le llegasen a las rodillas, ya tenía la mano entre sus piernas y hundía los dedos en sus húmedas profundidades, sin dejar de prepararla hasta que casi se le cayeron lágrimas de los ojos.

—Lief... —le dijo de pronto, sujetándole la mano por la muñeca—. No quiero desilusionarte.

—No podrías aunque quisieras.

—No tengo experiencia. Puede que sea culpa mía la sensación que he tenido siempre de estar perdiendo el tiempo.

Él negó con la cabeza y la besó suavemente en los labios.

—Esta vez no. Esta vez, nos vamos a tomar el tiempo que sea necesario.

—Entonces, deshazte de esto —le rogó, tirando de sus vaqueros—. ¡Por favor!

Lief se separó justo el tiempo necesario para quitarse pantalones y botas, y luego la ayudó a ella a quitarse lo que le quedaba de ropa. Pero entonces se quedó quieto, arrodillado entre sus piernas, mirándola, contemplándola. Deslizó una mano por encima de sus senos, a lo largo de su vientre, sobre su pubis de terciopelo.

—Lo sabía —dijo—. Eres rubia de verdad. De verdad en todo —añadió, acariciando de nuevo sus pechos. Sintió que ella asía su miembro y lo acariciaba y, tras besarla apasionadamente y sin prisas en la boca, le susurró:

—En mis sueños siempre lo hacemos despacio, con cuidado, y te hago disfrutar cien veces antes de derramarme yo...

—Pues no me hagas esperar.

—Hacerte esperar es seguramente el arma secreta —contestó, acariciándola sin descanso—. Y quiero utilizarla porque me muero de ganas de estar dentro de ti...

—Yo no quiero el sueño. Quiero la realidad —respondió casi sin voz.

La penetró con sumo cuidado, y cuando ella lo sintió dentro se quedó sin respiración. Lief se quedó quieto un instante y a continuación le hizo doblar las piernas.

—Me vas a ayudar, cariño —susurro—. Vamos a encontrar el punto más dulce —retrocedió un poco—. Ah... buena chica. Me gusta que sepas lo que quieres.

Kelly clavó los talones en el colchón y respondió a sus movimientos uno a uno. Él la penetraba y ella levantaba las caderas, y en aquella posición deslizó una mano entre ambos para acariciarla al mismo tiempo que la montaba, y sus gemidos se volvieron gritos de urgencia. Apoyado con una mano en la cama siguió haciendo magia con la otra mientras ella se aferraba a él, a sus nalgas, obligándole a moverse más rápido, con más fuerza. Un gemido se escapó de la garganta de él mientras la hacía arder; su unión caliente y húmeda la dejaba sin aliento, obligándola a abrazarse a él como si no pensara volver a soltarlo.

Entonces, Lief lo sintió. La vio quedarse inmóvil, con los ojos de par en par, la respiración contenida, los labios separados. Sintió que el orgasmo la sacudía de pies a cabeza y la besó en la boca, hundiendo su lengua en ella mientras continuaba moviéndose dentro de su cuerpo, meciéndola, completándola. Pero el límite de su resistencia llegó de inmediato y con un potente movimiento de sus caderas se vació dentro de ella. Los gemidos se mezclaron en sus bocas. El clímax duró más que cualquier otro que él pudiera recordar, dejándolos debilitados y satisfechos, el uno en los brazos del otro.

Había pasado un buen rato cuando Lief dijo:

—Ay, Dios...

Kelly se apresuró a sujetarlo por las nalgas para evitar que se moviera.

—Eso suena bien. Creo que no ha sido culpa mía esta vez.
—Ha sido increíble. Creo que hemos durado una hora, ¿no?
Ella se rio.
—No mires el reloj —le advirtió.
—¿Estás bien?
—Mejor que bien. De hecho, estoy mejor de lo que lo he estado nunca.
—Espero que sigamos estando solos en la casa. Creo que has gritado..
—¡Pero si has sido tú!
—Ah, por eso me ha sonado tan fuerte. Si me quedo dentro de ti un poco más, creo que estaré listo en unos minutos otra vez.
—Veinte minutos —corrigió ella, riéndose—. Creo que lo he leído en alguna parte.
—¿La satisfacción sexual te hace reír? —preguntó, apartándole el pelo de la cara.
—Eso parece.
—¿Puedo quedarme contigo un rato?
—Sí. Quédate así hasta que yo te diga que puedes irte.
—Me gustaría quedarme contigo toda la noche.
—Pero prohibido volver a gritar —le advirtió.
—Que yo creo que has sido tú, de verdad.
—No importa. No quiero que, si uno de los dos grita en mitad de la noche, suban los del segundo a salvarnos.
—Te quiero —le dijo, besándole la nariz—. No creía que pudiera ocurrir, pero ha pasado tan deprisa que me ha dejado noqueado.

Kelly dejó de reírse.

—Yo también te quiero. Espero que no vayamos a fastidiarla. Es que hay mucho en juego.
—Mucho, porque quiero que vivamos juntos, y no deseo pedirte que hagas un gran sacrificio para que podamos hacerlo. Quiero hacerte feliz.

Y en un instante se le hicieron presentes todas las cosas que se interponían entre ellos y un final feliz. ¿Podría ella ser dichosa preparando y envasando salsas del recetario de la abuela? ¿Conseguiría Courtney ser un poco más indulgente o seguiría siendo un desafío constante? ¿Se acostumbraría a vivir en Virgin River? Y es que, estando en brazos de aquel hombre, lo único que deseaba en el mundo era a él, aquel lugar tranquilo en las montañas y un poco de paz.

—Ya nos preocuparemos de esto más tarde —le dijo con una sonrisa—, porque en este momento estoy desnuda y feliz, y no quiero pensar en otra cosa.

—Buen plan —sentenció él, besándola en el cuello—. Deben de haber pasado ya veinte minutos...

Movió los labios y las caderas.

—¡Qué va!

—Yo diría que sí.

Y volvió a llenarla.

Kelly deseó que aquella noche no acabase nunca. Estaba descubriendo que podía ser tantas cosas: lento y concienzudo, un poco salvaje y loco, juguetón, serio. No solo estaba tocando cada parte de su cuerpo, sino su corazón. Sus emociones.

Después de unas tres horas en la cama, compartieron una ducha y volvieron bajo las sábanas, se tumbaron uno junto al otro y comenzaron a charlar. Alrededor de las once, oyeron voces en la distancia y poco después el sonido de la puerta del dormitorio de Jill y Colin al cerrarse. Poco después de medianoche, se vistieron, o casi, porque Lief se puso los vaqueros y los calcetines, pero no se abrochó la camisa, y Kelly se puso unas mallas y un jersey largo, y con cuidado bajaron las escaleras hasta la cocina. Él encendió unas velas y las colocó sobre la mesa, y Kelly sacó el postre que no se habían comido: su mejor tiramisú. Se sentaron uno a cada lado de la mesa y Lief se colocó las piernas de Kelly sobre las suyas antes de empezar a darse el uno al otro pequeños bocados de tiramisú. Aún quedaban ascuas en la chimenea y, en el horizonte, por encima de los árboles, en aquel cielo claro del mes de noviembre, podían verse las estrellas.

—¿Echas de menos la ciudad? —le preguntó él.

—En absoluto. Y menos aún cuando miro al cielo. Los dos últimos días que pasé allí me di cuenta de que detestaba mi apartamento y mi trabajo. Me encanta San Francisco, pero puedo volver siempre que quiera. De visita, por lo menos. ¿Y tú? ¿Echas de menos la ciudad?

Lief negó con la cabeza.

—Siempre me había sentido un poco fuera de lugar. Me encuentro más cómodo en un sitio como este. Me gusta más verme rodeado de prados, arroyos y árboles que de autopistas y rascacielos.

—Pero tu trabajo...

—De vez en cuando tengo que trabajar con algunas personas de Los Ángeles: agentes, productores y demás, pero puedo escribir desde cualquier parte.

—¿Estás trabajando últimamente?

—Muy poco. He estado haciendo bosquejos, preparando esquemas y tomando notas, pero en realidad poca cosa. El trabajo más duro que he hecho últimamente es pescar. De todos modos, escribir no es lo más difícil, sino pensar —le dio otro bocado—. Quiero pasar todo mi tiempo contigo. Y no puedo.

—Lo sé.

—Tengo que ir con cuidado con Courtney... tengo que darle ejemplo. No quiero que se lleve la impresión de que es correcto practicar el sexo con el primero que llegue.

—¿Y para ti lo es?

—Para mí es saludable —respondió con una sonrisa—. Y cuando ella tenga cuarenta y dos años como yo, podrá hacer lo que se le antoje, pero por el momento tendrá que ir paso a paso.

—Si no te andas con ojo, volverá al negro para los labios y a los siete colores para el pelo.

—Sé que eso puede ocurrir. Y además hay otra cosa: las vacaciones se acercan y me gustaría pasarlas contigo, pero creo que para Acción de Gracias sería mejor que llevase a Courtney a casa de mi familia en Idaho. Una visita antes de que Spike se venga a vivir con nosotros. Hace mucho que no los ve y, si quieres que te diga la verdad, estoy deseando que la vean con este aspecto nuevo tan normal. Me gustaría que te vinieras conmigo, pero me parece demasiado pronto.

—Lo entiendo, Lief. Soy mayorcita ya.

—Creo que eres lo mejor que me ha ocurrido en mucho, mucho tiempo. Gracias por entenderlo.

—Por supuesto que lo entiendo. Así que, como a partir de ahora no vas a estar disponible la mayor parte del tiempo, llévame de vuelta a la cama y hazme pensar que eres lo mejor que me ha pasado en esta última hora.

—Eso está hecho —respondió él, y la tomó de la mano.

A Kelly, la vida le parecía un regalo recién estrenado. Como un par de niños malos, robaban cualquier momento para encontrarse a solas en casa de Lief mientras Courtney estaba en el colegio, o en casa de su amiga. No habían vuelto a pasar toda una noche juntos, pero los ojos de ambos tenían un brillo indiscutible y nuevo, y la satisfacción les sonrojaba las mejillas.

El tiempo que pasaba en la cocina le resultó a Kelly mucho más agradable en aquel mes de noviembre frío y húmedo. Mantenía la chimenea siempre encendida y los hornos y la cocina en marcha. El inspector de sanidad del condado le había hecho una visita, y había pasado su inspección con un diez. Ya solo quedaba el papeleo. El permiso oficial llegaría por correo en breve. Había apilado varias cajas de sus salsas, compotas y conservas en la habitación sin amueblar y, en aquel momento, mientras afuera se sentía el envite del frío, se estaba dedicando a su pasatiempo favorito: hacer pan y bollos, algunos para regalar y otros para congelar.

Colin tenía ya impresas sus etiquetas, y en las cajas había metido también tarjetas de visita. Jillian, como experta que había sido en relaciones públicas, había creado un folleto en color y Kelly se esforzó en confeccionar una lista de personas a las que quería enviarles algunos tarros de regalo. Había al menos una docena de tiendas y restaurantes en la zona a los que podría entregar en mano sus mercancías. También había, en la zona de la bahía, varios restaurantes y tiendas que la conocían como chef a los que seguro que les gustaría recibir el detalle. A lo mejor incluso se animaban a hacerle algún pedido. Mientras se horneaba el pan, fue cerrando cajas para enviar o repartir.

Durante aquella época del año, Virgin River se llenaba de cazadores de patos, y uno de ellos era Lief Holbrook. Quería salir con Muriel y Walt, y la invitó a unirse a ellos. Lo de cazar no era lo suyo, pero se ofreció a ocuparse de Courtney mientras Lief se agazapaba tras los arbustos en la margen del río con un silbato en el bolsillo.

—Ya no necesito canguro —había protestado indignada la aludida.

—Pues claro que no, pero puedes necesitar que te lleven a algún sitio o con estar con alguien después del colegio. Puedes ayudarme a hacer pan si quieres. Es divertido.

—Sí, ya —respondió inevitablemente.

—También puedes ver un rato la tele o ver cómo pinta Colin. Incluso puedes conducir el coche eléctrico para ayudar a Jillian, que trabaja así llueva o haga sol.

—Eso suena mucho más interesante que hacer pan.

«Esto va a ser muy, muy duro», pensó Kelly.

—¿Estás segura de que quieres hacerlo? —le preguntó Lief en voz baja cuando Courtney no podía oírlos.

—A lo mejor, si pasamos un tiempo solas las dos, es posible que las cosas mejoren.

—Quiero que te quede bien claro que esto no tiene nada que ver contigo.

—¿Estás seguro? A lo mejor no le caigo bien. Yo no tengo instinto ninguno con los niños, y menos aún con los adolescentes.

—Confía en mí: el problema es ella. A pesar de los problemas que me da, tengo la impresión de que lo que pasa es que se pone nerviosa al pensar que tiene que compartirme. Además imagino que debe temer que alguien reemplace a su madre, o que la olvide.

—Todo se arreglará —contestó Kelly, pero en el fondo no era tan optimista.

—Si tengo suerte, ¿quieres que te traiga un pato?

Eso le hizo sonreír.

—No te creerías lo que puedo hacer con un pato.

El día que Kelly fue a recoger a Courtney al colegio para llevarla a su casa, estaba lloviendo suavemente, un tiempo ideal para los patos, pero que disuadió a la chiquilla de ponerse a dar vueltas con el coche. Para entretenerse decidió subir a la buhardilla a ver qué estaba pintando Colin, y Kelly se puso a hacer otro pan... estaba preparando algunas barras estilo francés. Estaba amasando cuando Courtney entró en la cocina, colocó una silla junto a la isla de trabajo y se quedó mirando.

—¿Quieres un poco de masa? —le ofreció.

Ella se encogió de hombros.

—Bueno, vale.

—Estoy haciendo unos panes que tienen aspecto de trenza —separó un poco de masa, espolvoreó harina en la encimera y se la colocó delante—. Cuando cocía pan en el restaurante, algo que ocurría con poca frecuencia, podía hacer unos cien panes. Normalmente nos traían el pan de nuestro obrador favorito, pero de vez en cuando lo hacíamos nosotros mismos. Me encanta. Muchas de las cosas que se hacen en una cocina huelen bien, pero casi ninguna mejor que la masa horneándose para llegar a ser pan.

Pero estaba claro que a Courtney no le interesaba lo más mínimo el pan porque le preguntó:

—¿Qué te gusta de mi padre?

Kelly abrió los ojos de par en par. La muchacha estaba amasando sin mirarla.

—Yo… eh… bueno, pues que es un hombre muy agradable. ¿A ti qué te gusta de él?

—¿A mí? Eso no importa en realidad.

—Tienes que saber qué te gusta de él.

—Bueno, pues que a veces puede ser guay, pero conmigo es estricto y contigo no puede serlo. Pero, si os casáis y tenéis hijos, puede que no te guste que sea tan estricto con ellos.

Kelly dejó de amasar en seco.

—Um… es algo en lo que no había pensado.

—¿En lo estricto que puede llegar a ser con vuestros hijos?

—¡En casarme y tenerlos!

—Ah. Pues no creo que tardes mucho en hacerlo. Mi padre de verdad lo ha hecho… se ha casado y tiene dos hijos.

—En serio, Courtney… no lo había pensado. Ni una sola vez.

—Entonces, ¿en qué has pensado?

«Dios. Un bautismo de fuego en toda regla».

—A ver… he pensado que Lief Holbrook es un tío estupendo. Y guapo. Y con talento. Por ahora solo he visto una de sus películas, y me hizo llorar tanto que no he querido ver otra.

—*Deerslayer* —adivinó—. A mi madre le encantaba.

—La verdad que me dejó impresionada, pero lloré como una magdalena.

—¿Qué más? ¿Qué más te gusta de mi padre? ¿Que es rico, por ejemplo?

—Ah, ¿es rico?

—Bastante.

—No se me había ocurrido pensar en eso. Bueno, tengo otros amigos que también lo son, y no les he robado el dinero para salir huyendo con él —le respondió sonriendo.

—Bueno, ¿y qué más?

—No sé. Me hace reír. Es divertido, y eso es mucho. Además, yo soy chef y me va a traer un pato.

—Qué asco.

—No te haré comerlo —contestó, riéndose a pesar de todo—. Te prepararé un perrito.

—¡No quiero ni verlo!

—Bueno, entonces tendré que prepararlo un día que no vayas a quedarte a cenar.

—¿Y vas quitarle tú las plumas?

—Pues claro. Sé cómo quitárselas a patos, pavos, gallinas, capones, faisanes, pichones...

—Vale, vale, ya lo pillo.

—...codornices —remató—. Cualquier cosa que tenga patas con tres dedos y alas, pero pocas veces he tenido que hacerlo. Tenía un carnicero fantástico que se especializaba en volatería. Además los cazadores suelen prepararse ellos mismos lo que cazan, así que espero que sea tu padre quien lo desplume.

A continuación, se centró en preparar tres largas tiras de masa. Sabía que Courtney la estaba observando. Intentó mover las manos despacio mientras componía la trenza de pan por si quería copiar sus movimientos. Luego untó la masa con una fina capa de mantequilla, aplicó con un pincel una cobertura de huevo batido y lo dejó a un lado.

Miró entonces lo que había hecho la niña. Le había salido algo desigual, pero bastante aceptable.

—Está bien —le dijo—. ¿Quieres que lo metamos en el horno y te lo llevas a casa?

Courtney alzó la mirada.

—¿Aún no te has enterado de que no quiero una madre?

Genial. A pesar de todo, sonrió.

—¿Quieres que te deje un bate de béisbol para que acompañes la pregunta?

—Hablo en serio.

—Lo sé. Jamás tendrás más que una madre, Courtney, y

siento muchísimo que la perdieras. Yo perdí a mi madre siendo joven y sé que no es fácil.

—¿Se casó tu padre con otra mujer y tuvo más hijos?

Kelly se sintió mal, pero no había modo de esquivar la verdad.

—Mi padre había muerto antes. Yo tenía seis años.

—Oh.

—Tuvimos un accidente. Íbamos todos en el coche: Jillian, nuestros padres y yo. Jillian y yo resultamos ilesas. Mi padre falleció y mi madre quedó paralizada y confinada en una silla de ruedas para el resto de la vida. Cuando yo tenía dieciséis años, murió. Nos crio mi bisabuela, que ya era muy mayor cuando nos fuimos a vivir con ella. Vivió hasta los noventa.

Courtney se quedó en silencio un momento preñado de incomodidad.

—Sí que me gustaría llevarme el pan a casa.

—Claro. Te va a encantar.

CAPÍTULO 11

Dos días después de la sesión de cocina y caza, Courtney fue a la consulta de Jerry Powell en su cita semanal. Era curioso que, cuando Lief le había dicho que estaba genial con su cambio, ella había dado por sentado que lo que en realidad quería decir es que por fin su aspecto era normal. Cuando Kelly y Jillian se lo dijeron, solo pretendían ser amables. Cuando Gabe Tahoma se lo dijo, se sintió como una niña bonita, no como alguien a quien él pudiera querer tener como pareja. Pero, cuando fue Jerry Powell, le importó. Y le creyó.

—También pareces mayor, desde luego.

—Lo que me gustaría es parecer más alta.

Él se rio.

—Pues a mí me gustaría ser un poquito más bajo. ¿Cómo te trata la vida últimamente?

Ella se encogió de hombros.

—No pienso suicidarme.

—Me encantan los regalitos que me haces con esos comentarios, Courtney. Y me alegro por ti. ¿Significa eso que eres marginalmente feliz?

—Sí. Marginalmente.

—¿Qué momentos han sido felices esta semana?

—Bueno… dentro de nada voy a poder llevarme al cachorro a casa. Después de Acción de Gracias, que ya tendrá siete semanas. No sabía, cuando lo elegí, que iba a ser el más grande de la camada.

—¿Estás preparada para tenerlo?

—¿Preparada?

—Quiero decir si tienes ya todo lo que vas a necesitar.

—Ah, sí. Casi todo. Collar, cuencos, correa, juguetes para morder, cama.. jaula —añadió, haciendo una mueca.

—¿Qué pasa con la jaula? Tal y como lo has dicho tú, suena mal.

—Lief dice que el perro tiene que estar en una jaula cuando no estemos nosotros o no lo estemos vigilando. Que lo destrozaría todo o se haría pis y caca en la alfombra.

—Y creo que es verdad, Courtney. Los cachorros son monstruos de morder durante los dos primeros años. Y eso sin contar lo demás.

—Pero una jaula...

—Creo que se refiere a un corral de entrenamiento.

—¡Sigue siendo una jaula!

—Courtney, ¿lo has consultado en Internet? La filosofía que hay detrás de esos corrales es tanto para mantener la casa a salvo del cachorro como para que el propio cachorro esté a salvo.

—Eso dice...

—Pero, si estás pendiente de él, podrás tenerlo fuera, ¿no?

—Sí —respondió, hosca—. No me gusta nada la idea de tenerlo enjaulado mientras yo esté en el colegio. En la granja no lo hacen así.

—Lo sé, pero es que es una granja, mientras que tu cachorro se va a criar sin la ventaja de tener una manada que lo eduque. ¿Es correcto?

—Cooorrecto —replicó con todo el sarcasmo de que fue capaz.

—Ya. ¿Algo más que te inquiete?

—Ya sé seguro que Lief tiene novia.

—Ah.

—Se veía venir. Íbamos a cenar a su casa con demasiada frecuencia para ser solo una amiga.

—¿Te cae bien?

—No mucho. Bueno, está bien, pero no es nada especial. Pero sé que es su novia porque él está feliz. Muuucho más feliz.

—¿Y eso no es bueno?

Se encogió de hombros.

—A ella le dije lo que tú me dijiste que le dijera. Que no quiero otra madre.

—Ya. ¿Y qué tal fue?

—Bien —respondió apartando la mirada—, porque ella no busca una hija.

—¿Eso fue lo que te dijo?

—No exactamente. Más o menos.

—¿Te importaría contármelo?

Respiró hondo.

—Le hablé de lo que supondría que se casara con mi padre que tuvieran hijos propios, me dijo que no se lo había planteado ni una sola vez. De ahí que imagine que no quiere ser madre de nadie.

—Podría ser. O también podría ser que no se le ha ocurrido pensarlo porque hace poco que conoce a tu padre. A lo mejor no quiere tener hijos propios. ¿Y cómo respondió a la idea de que estás abierta a una amistad?

Courtney guardó silencio. Pero no contaba con la paciencia de Jerry. Aquel comportamiento era muy habitual en él: te dejaba claro que no iba a renunciar a la pregunta. Y esperaba. Y esperaba.

—Creo que me olvidé de mencionárselo —claudicó.

—Bueno… estoy seguro de que captó el mensaje que querías enviarle.

—Es que eso es algo que ya me ha pasado. Mi padre de verdad se divorció de mi madre, se casó con otra mujer y tuvo dos hijos. A ella yo no le gustaba. A él le gustaban más los nuevos, y yo me sentía en su casa siempre fuera de lugar. Ya no nos vemos.

—¿Y esta situación, me refiero a lo de que tu padre tenga novia, te recuerda la anterior?

—¿Por qué no iba a ser así?

Entonces fue Jerry quien se encogió de hombros.

—Podría ser, pero no olvides que somos personas individuales, y que las cosas podrían ser totalmente distintas.

—Pues yo no estoy dispuesta a correr el riesgo.

—Dime qué es lo que más te preocupa.

—¿En serio? —se rio.

Él asintió.

—Sí, en serio.

—Pues que, en el peor de os casos, si Lief decide que quiere tener una vida aparte de mí, me enviará de vuelta con mi padre, que no me quiere y que tiene una mujer horrible que se pasa el día gritándole y dos críos que me tiran del pelo, me escupen y me roban las cosas.

—Eso suena fatal. ¿Se lo has contado a Lief?

Ella se rio.

—De hecho, me obligó a volver con ellos unas cuantas veces después de que se lo contara.

—Ya. ¿Le preguntaste por qué?

—Yo ya sabía por qué. Después de la muerte de mi madre no quería tener que cargar conmigo. Esa es la razón. Sobre todo a partir de mi estética gótica.

Jerry se inclinó hacia delante.

—Courtney, si quieres quedarte con Lief y no tener que volver con tu padre, ¿no crees que sería más lógico que te mostraras un poco más amable con su novia?

—¿Me tomas el pelo? Como de repente me vuelva un encanto, querrá venirse a vivir a nuestra casa. Y una vez ocurra eso, yo pasaré a ocupar el segundo puesto, ¿no te das cuenta? Y no me importaría siempre que me dejen en paz, pero no quiero tener que volver a casa de Stu.

—Parece que lo tienes todo muy estudiado.

—Pues claro.

—Pero no estoy seguro de que ese análisis sea correcto. Te voy a sugerir algo: creo que podría estar bien que organizáramos una sesión conjunta... Lief y tú. Podríamos plantear un diálogo abierto en el que pudieses aclarar tus ansiedades sobre las relaciones y el futuro.

—Ah... creo que no estoy lista para eso...

—No te haría ningún mal. Yo pienso que podría ayudar.

—Ya, y así podríais atacarme los dos en grupo, porque está claro que a los dos os parece estupendo lo de la novia. No, no puedo hacer eso. Ahora no. Las cosas van... más o menos bien, y no quiero liarla.

—Courtney, deberías hablar con Lief sobre esto. Podría tranquilizarte, y entonces las cosas irían mejor, no solo más o menos bien.

—No sé. También podría cabrearle.

—Bueno, estáis planeando un viaje juntos, ¿no?

—A Idaho, a la granja de sus padres. Vamos a ir en coche. Sus hermanos y sus sobrinos viven en la zona, pero nosotros nos quedaremos en la granja.

—¿Va a acompañaros su novia?

—No. Solo vamos los dos.

—Ah. Entonces tenéis por delante unas cuantas horas seguidas de coche. Sería una oportunidad perfecta para hablar de las cosas que te preocupan. ¿Lo considerarás, por lo menos?

Courtney frunció el ceño.

—Lo pensaré, pero, si quieres que te diga la verdad, la idea de sacar ese tema me pone el estómago del revés.

—Lo comprendo. La teoría dice que, una vez hayas logrado hablar de esas cosas, el estómago volverá a la normalidad.

—¡No se te ocurra decírselo tú, Jerry! Recuerda que me lo has prometido.

—Y jamás falto a mi palabra, Courtney, pero ¿por qué tienes

tanto miedo a poner las cartas boca arriba, aclarar las cosas y pasar página?

—¡Pues porque ahora lo tengo todo controlado! —espetó con firmeza.

Lief nunca permitiría que Courtney se perdiera un día de clase a menos que estuviera enferma, pero, dado que no había perdido uno solo aquel año, fue a hablar con el director y le pidió permiso para que faltase el miércoles anterior a Acción de Gracias y poder así hacer el largo viaje hasta Idaho. Prepararon el equipaje y lo cargaron en la camioneta el martes por la noche, de modo que se quedara preparada ya en el garaje y poder salir muy temprano. Eran antes de las cinco de la mañana cuando arrastró a Courtney, su almohada y una manta, gruñendo y protestando, a la camioneta. Iba a ser un viaje de al menos siete horas.

Había preparado también unos refrescos, un termo de café, agua, unas barritas de cereales, galletas y sándwiches. No había demasiados restaurantes en el camino.

Eran cerca de las diez cuando Courtney se despertó.

—Buenos días —la saludó con una sonrisa, pero no dijo nada más. La conocía bien a aquellas alturas, tanto a la antigua como a aquella nueva Courtney, bastante más impredecible. Iba a darle todo el tiempo del mundo para que se adaptara. Nunca podía saber qué Courtney se despertaría al día siguiente.

—Ah... —se estiró—. Gracias por dejarme dormir. ¿Tengo el pelo raro?

Él se rio.

—Está bien. Si tienes hambre o sed, tengo comida, agua y Coca-Cola.

—¿No te lo has zampado todo mientras dormía?

—He conseguido dejarte algo.

Siguió centrado en la conducción mientras comía y bebía un poco. Luego dijo:

—Nos quedan solo un par de horas para llegar.
—Qué bien.
—Espero que no te aburras demasiado allí.
Courtney alzó los hombros.
—Estaré bien.
—Mis hermanos y mis sobrinos no van a estar, pero mi primo Jim vive cerca y tiene caballos. Podríamos acercarnos un día y ensillar un par de ellos. Seguro que no le molestaría, y tú y yo podríamos darnos un paseo si quieres.
Ella respiró hondo.
—¿Es una mala idea?
—Es que hay algo que quiero decirte, pero que quede en secreto entre nosotros, ¿vale?
El corazón se le encogió. Nunca sabía qué podía esperar.
—Claro —respondió, aunque sin estar seguro de si podría o no mantener su palabra.
—Me dan miedo los caballos. Bueno, con Blue ahora me va fenomenal, y me he acostumbrado un poco a los otros, pero no se me dan bien, ¿sabes? No es que no me gusten las clases de equitación. Me alegro de ir y me gustaría seguir, pero aún no se me da demasiado bien, y no me sentiría capaz de controlar a un animal al que no conozco. Y se me descompone la tripa cuando sé que voy a tener que subirme a un caballo.
Lief se rio.
—¿De verdad?
—¿Te parece divertido? —le preguntó enfadada. Se sentía insultada.
—¡Lo que me parece divertido es que no me lo hayas dicho y que hayas estado aguantándote!
—Creo que Lilly Tahoma lo sabe. Dice que se alegra de haberme pillado sin saber nada, que así no tengo malas costumbres que corregir. Pero no esperes que ande de un lado para el otro buscando un caballo que montar.
—¿Cuándo montas a Blue te sientes bien?
—Claro. Blue es un encanto —admitió—. Sé que nunca

me tiraría, ni me daría una coz, al menos deliberadamente. Pero tardé un tiempo en sentirme a gusto con ella.

—Lo comprendo —contestó, y volvió a reír.

—Pues a mí me parece que no lo comprendes tanto si te hace tanta gracia…

—Court, ¿no piensas que yo también tenía mis miedos cuando era de tu edad?

—¿Por ejemplo?

—A los gansos. Tenemos un lago en la granja que solía llenarse de gansos canadienses en primavera y otoño, de camino al norte o de camino al sur. Yo iba en bici a la parada del autobús del colegio y no había vez que pasara junto al dichoso lago que los desgraciados de los gansos no arremetieran contra mí a picotazo limpio. Mis hermanos sabían cómo hacerlos retroceder y que volvieran al lago, pero los condenados sabían que yo me moría de miedo y no me dejaban en paz.

—¿En serio? —preguntó riendo—. ¿Unos gansos?

Lief frunció el ceño.

—¡Oye, que los gansos tienen muy mala leche y son grandes como perros! ¡Y además graznan que no veas!

Courtney se rio.

—¿Lo sabe alguien?

De pronto se dio cuenta de que acababa de contarle algo que los igualaba.

—¿Alguien? ¡Todo el mundo lo sabe! Y por si te interesa saberlo, ya no les tengo miedo.

—Bien hecho. Yo sigo teniendo miedo a los caballos, y no estoy segura de querer ir a montar.

—Tú decides. Yo, de todos modos, iré a casa de Jim a saludar a la familia. Ven conmigo y, si por lo que sea cambias de opinión, salimos a montar.

—¿Y qué puede hacerme cambiar de opinión?

—Pues por ejemplo que te digan algo como: «esta es la vieja Pert. Casi no puede caminar, pero podría llevar a un jinete que pesara poco. Va muy muy despacio».

Eso le había gustado. Su forma de reírse se lo confirmaba. Cuando era pequeña siempre sabía cómo hacerla reír. Se había enamorado tanto de Courtney como de su madre. Una noche, teniendo a Lana en brazos, ella le dijo:

—Si algo me ocurriera, por favor, cuida de Courtney. Stu es un imbécil que se ha casado con otra imbécil y quiero saber que mi niña está bien.

—No hace falta ni que me lo pidas —le había contestado él.

—Oye, Court, sé que a lo mejor te aburres, pero tengo que pedirte un gran favor.

—Ay, Dios... —murmuró, escurriéndose en su asiento.

—Se trata de mi madre. Se está haciendo muy mayor. No es que haya bajado su ritmo porque no sabría cómo hacerlo, pero tiene ochenta años, y no va a vivir para siempre. La llamo a menudo, tú lo sabes; al menos dos veces por semana. Y ella llama siempre los domingos por la mañana, antes de salir para la iglesia. Es una mujer chapada a la antigua que solo hace una llamada a la semana porque es a larga distancia, a pesar de que le hemos dicho cien veces que no tiene que preocuparse porque vayan a cobrársela. Pero lo que nunca deja de preguntarme los domingos es cómo estoy yo, y cómo estás tú.

Courtney se quedó callada. Luego preguntó:

—¿De verdad?

Lief asintió.

—Ha estado muy preocupada por ti desde que murió tu madre. Si pudieras ser agradable con ella, te lo agradecería. Cada vez que la veo, pienso que puede ser la última. No te pido que finjas, pero si pudieras esforzarte un poco, por ejemplo llamándola «yaya» como cuando eras pequeña... sé que eso le gustaría, y yo me lo tomaría como un favor personal.

De nuevo volvió a quedarse callada. Luego dijo:

—Eso puedo hacerlo, pero con una condición.

—¿Porsche? ¿Ferrari?

Volvió a reír.

—Quiero ver el lago de los gansos. Pero desde la camioneta.

—Hecho. Gracias, Court.

Su madre los estaba esperando.

—¡Qué contenta estoy! —exclamó, abrazando primero a Courtney y luego a su hijo—. Los demás pasarán más tarde a saludaros, y mañana vendrán para el pavo.

—Fantástico —dijo Lief. Al momento entró su padre en la cocina con el periódico en la mano. Si estaba en casa, nunca soltaba el periódico.

—¡Papá! —lo saludó, abrazándolo—. ¿Qué tal estás?

—Bien, muy bien —contestó y, mirando a Courtney, la saludó—: Hola, jovencita.

—Hola —contestó ella, pero al menos le dedicó una sonrisa.

—No digas que estás muy bien —replicó su madre por él—. Tiene artritis —les informó—. En las rodillas y las caderas.

—Bah, no es nada —respondió el abuelo—. Es que he arrancado demasiadas patatas en mi vida. Eso es todo.

—¿Tenéis hambre? ¿Preparo unos sándwiches?

—Yo no, mamá. Hemos comido en el coche. De hecho no hemos dejado de comer en todo el viaje. ¿Tú quieres, Court?

—No, gracias.

—Pues, entonces, sírvete un café, hijo. Courtney, hay refrescos en la nevera. Yo voy a acabar con lo del horno para poder centrarme en el pavo de mañana.

—¿Es que las chicas no van a traer cosas? —preguntó Lief, refiriéndose a su hermana y su cuñada.

—Claro que sí. Quieren traerlo todo, pero ¿qué haría yo si ellas lo trajeran todo? Voy a preparar el pavo, el pan, y de paso algunas galletas para los pequeños. Anda, hijo, ponte tú el café.

—Primero voy a sacar las cosas del coche. Enseguida vuelvo.

Había un gran tajo de carnicero en la cocina que debía tener la misma edad que ella y la abuela se colocó junto a él para hundir las manos en una fuente llena de masa. Courtney se acercó por el otro lado.

—¿Qué pan estás haciendo?

—Pues el de siempre: una masa sencilla para pan dulce.

—¿Alguna vez has hecho una trenza de pan?

—Que yo recuerde, no —respondió su abuela, mirándola intrigada.

—¿Quieres que te enseñe?

Hubo un silencio sorprendido hasta que la abuela dijo:

—Me encantaría.

—Lo que no recuerdo es cuánto tiempo tiene que estar en el horno —dijo Courtney, espolvoreando harina sobre la zona que tenía delante—. Solo necesito huevo batido para la cobertura.

La abuela empujó la masa hacia ella y fue al frigorífico.

—Eso ya lo veremos cuando la tengamos en el horno —respondió mientras sacaba el huevo. Lo cascó para echarlo al plato y batirlo con un tenedor.

—¿Tienes un pincel? Queda mejor.

—Claro. A ver cómo lo haces.

Courtney amasó un poco más y colocó las tres tiras como tres serpientes gordezuelas y con cuidado hizo una trenza bajo la atenta mirada de su abuela. Selló el final y el resultado fue una barra perfecta.

—¡Vas a ser una magnífica repostera! —exclamó, poniéndole delante el plato y el pincel.

—Primero tenemos que ponerla sobre un papel de horno, y eso es lo más difícil, porque a veces quiere abrirse.

—¿Papel engrasado?

Courtney recordaba bien cómo lo había hecho Kelly.

—Sí —contestó, y un momento después tomaba la masa y la pasaba al papel. A continuación aplicó el huevo—. Allá vamos.

—¡Por mi vida que eres lista, hija! Qué bonita te ha quedado. ¿Hacemos otra?

—Vale.

—Luego será mejor que nos pongamos con las galletas.

—Yo no sé hacer galletas. Solo esas que vienen en un tubo y que solo tienes que ponerlas en el microondas.

—Bah, esas son de mentirijillas. Espera, que voy a por la receta. Quien sabe leer, sabe cocinar. No sabía que te gustase.

Courtney se encogió de hombros.

—En realidad, no es así. Solo he aprendido un par de cosas. Además, no hay nada que ver en la tele.

—Eso está claro. No hay nada que valga la pena ver en esa caja, ni de día ni de noche. A menos que te interesen esos estúpidos programas sobre la vida de la gente.

—¿Te refieres a los reality shows?

—No son más que estupideces. La gente no debería dedicarse a observar la vida de los demás mientras viven o mientras solventan sus problemas. ¡Pues anda esos que eligen al marido o a la mujer en la tele! ¡Qué barbaridad! ¿Qué ha sido de los actores de verdad? Si no hay actores profesionales, yo ni me molesto.

Courtney se rio.

—Vamos a ver... creo que vamos a usar mantequilla de cacahuete y trocitos de chocolate. ¿Te parece?

—Perfecto. Pero tenemos que hacer los rollitos.

—Los haremos lo primero. Vamos a preparar otro de esos panes trenzados antes.

—Qué rápidamente has aprendido, yaya. No debería haberme metido en este berenjenal. Vamos a estar liadas todo el día.

—Bueno, niña, eso es lo que a mí me gusta: estar liada todo el día. Cuando tengas hambre, me lo dices y comemos algo.

—Estoy deseando ver cómo haces las galletas. Pero ¿no cenabais vosotros a las cuatro?

—No tan pronto, hija. Eso es para los viejos. Nosotros cenamos a las cuatro y media.

La niña se rio.

—¿Y consigues aguantar hasta las cuatro y media?

—Espera a que cumplas ochenta años, jovencita. No serás capaz de mantenerte despierta para cenar a deshoras.

—Ya no me falta tanto, yaya.

Y estuvieron toda la tarde en la cocina hasta que exactamente a las cuatro y media se tomaron un plato de macarrones con queso y jamón, acompañados de una ensalada de tomates y espárragos. Estaban terminando de fregar los platos cuando la tía Carol, hermana de Lief, se pasó sin su marido solo para saludarlos, y un momento después llegaron el tío Rob y la tía Joyce. No se quedaron mucho tiempo, solo lo justo para tomarse un trocito de bizcocho y una taza de café. Y como no podía ser de otro modo, a las ocho en punto, el abuelo estaba dando cabezadas en la silla con el periódico en el regazo, mientras que la abuela seguía trasteando en la cocina. Courtney y Lief estaban viendo la tele. Más o menos.

—Creo que estoy listo para comerme otra porción de ese bizcocho —dijo él, enfilando para la cocina.

Courtney tenía la impresión de haber comido más aquel día que en todo el mes, pero se levantó también y lo siguió. Antes de entrar a la cocina oyó que decía:

—¡Mamá! Mamá, ¿qué pasa?

Decidió no entrar.

—Que soy una vieja sentimental —declaró, sorbiendo por la nariz.

—¿Qué te ha pasado? ¿Hemos dicho algo que te haya hecho daño?

—¿Daño? ¡No, por Dios! Todo lo contrario. Tenía tanto miedo de morirme sin ver a mi dulce niña como era antes, una criatura alegre y feliz. ¡Dios sea loado!

—¿Por qué hablas de morirte? ¿Es que no te encuentras bien? —le preguntó con dulzura.

A pesar de las lágrimas, la abuela sonrió.

—¡Lo que tengo son ochenta años, hijo! Mañana mismo podría morirme.

Courtney oyó que su padre la abrazaba.
—Yo creo que hasta mañana por la mañana, resistirás.
—Más te vale. ¡Estoy a cargo del pavo!

El Día de Acción de Gracias en Silver Springs, Idaho, significaba llenar la casa de gente hasta el tejado, aunque no todos los Holbrooks podían estar allí. Algunos sobrinos de Lief que ya se habían casado y vivían en otros estados no estaban presentes, pero aun así en la mesa no cabía un alfiler. A aquellas gentes de campo les gustaba preparar dos mesas: una para los niños y otra para los adultos, de modo que un rito de madurez era pasar de la de los pequeños a la de los mayores. Aquel año, Courtney se sentó en la de los mayores.

Todo el mundo parecía alegrarse de verla, y eso fue un gran alivio. Fueron a ver el lago e incluso vieron a algunos gansos que habían hecho su parada allí de camino al sur. La granja del primo Jim no había cambiado, pero tenía algunos animales nuevos; en concreto un par de jacas que había comprado a una granja vecina que cerró, pero Courtney no se sentía preparada para montar a ninguna de las dos. Lief salió a cazar el viernes por la mañana temprano y de nuevo el sábado, en ambos casos con sus hermanos y su cuñado. No tuvieron que salir de la granja, ya que había muchas charcas y lagos en los alrededores. Consiguió cazar dos patos, que luego desplumó y congeló para llevárselos cuando volvieran a Virgin River.

Courtney no dejó de escribirse con Amber en toda la semana. Las vacaciones de su amiga parecían un calco de las suyas propias: hermanos mayores, sobrinos pequeños y en resumen, un montón de gente en la granja.

El domingo volvieron a casa. La abuela les preparó café, sándwiches de pavo y galletas. No se marcharon al amanecer, sino después de un opíparo desayuno, y las primeras horas de viaje transcurrieron en silencio.

—Me ha impresionado mucho tu comportamiento, Courtney. Gracias.

Ella suspiró.

—No sé por qué no vivimos allí. La abuela no es precisamente una jovencita, ¿sabes?

—Sí, lo sé. Voy a tener que ir más a menudo.

—¿Por qué no vivimos allí, cerca de la familia?

—La verdad es que lo he pensado, pero al final decidí que no quería alejarme demasiado de California, ya que seguramente tendré que ir de vez en cuando a Los Ángeles. Aún tengo que reunirme con frecuencia por los guiones. Encontré una casa que me pareció que nos gustaría y tomé la decisión.

—Hay aeropuertos. ¿Y si tomásemos otra decisión?

—¿Trasladarnos a Silver Springs? Me gusta donde vivimos ahora. Y tú te has integrado de maravilla.

—¿Es porque Kelly vive allí?

—Sabes que me gusta Kelly y, si quieres que te diga la verdad, no pensaba que pudiera llegar a conocer a una mujer que me gustara. Pero por otro lado no sé qué planes de futuro tiene. Cuando llegó pensaba quedarse una temporada y luego buscar trabajo en un restaurante. Que no quería vivir con su hermana para siempre fue prácticamente lo primero que me dijo cuando nos conocimos, así que no puedo decir que me gustaría quedarme en Virgin River por ella. Mira, no creo que debiéramos mudarnos a Idaho, pero sí que debemos ir a visitarlos más a menudo. ¿Te parece bien?

—Vale. Lo que tú digas.

CAPÍTULO 12

Lief nunca había escrito tanto en el teléfono. En casa de su padre, con las paredes de papel que tenían y con la mala cobertura que tendría Kelly en Virgin River no quería hablar por teléfono y decir cosas personales que Courtney pudiera llegar a escuchar. Sus padres estaban ya algo sordos, pero su hija tenía un oído extraordinario, de modo que se había pasado los días enviándole mensajes a Kelly. A veces ella le contestaba de inmediato; otras, tardaba algo más. Se sentía como un crío que escribiera a hurtadillas durante una clase. Al menos tenían aquel medio de comunicación, pero no entendía cómo la generación más joven podía soportar algo tan poco satisfactorio.

El lunes por la mañana preparó café, puso la nevera con los patos dentro en la parte trasera de la furgoneta mientras su hija estaba en la ducha, desayunó y se dedicó a mirar el reloj durante quince o veinte minutos.

Lo cual no le pasó desapercibido a Courtney.

Cuando la dejó en el colegio, le dijo:

—¿A que adivino lo que vas a hacer hoy?

Ojalá no viera las chapetas de color que le habían salido en las mejillas.

—Voy a llevarle los patos a Kelly. A ella le encantan.

—Puaj... qué asco.

Así que la Courtney de siempre había vuelto. Menos mal

que no había esperado que la encantadora durase para siempre; no obstante, le estaba agradecido por haberle complacido con su madre y por saber que era capaz de ser dulce cuando quería serlo.

Condujo un poco más rápido de la cuenta hasta la casa victoriana, sin preocuparse por la caja que contenía los patos. Llamó con los nudillos a la puerta de atrás y abrió. El aire crepitó entre ellos. El corazón se le aceleró solo con mirarla, sus labios rojos, sus mejillas sonrosadas, su melena rubia y densa.

—¿Dónde está todo el mundo?

Ella sonrió.

—Denny no ha venido hoy a trabajar. Jill y Colin han ido a Redding a la tienda de Bellas Artes.

Tragó saliva y corrió a sus brazos. Sus labios se encontraron y Kelly se aferró a su cuello. Abrió la boca y sus lenguas se enredaron, la respiración acelerada, tanto que Lief sintió el latido de su corazón en el pecho.

—Dios, cuánto te he echado de menos —musitó.

—Ha sido el fin de semana más largo que he pasado —respondió ella.

La levantó en vilo y ella le rodeó la cintura con las piernas mientras que él la alzaba por las nalgas, riendo.

—¿Qué te hace gracia?

—Pues que supongo que no podemos hacerlo en la mesa, o contra la pared más cercana.

—Muy arriesgado, tan cerca de esas ventanas, teniendo en cuenta cómo se presenta la gente por aquí sin avisar.

—Hace diez años te habría subido así los tres tramos de escalera, pero ahora... me da miedo caerme.

—Y que acabemos cada uno con un chichón —se rio mientras le besaba el cuello, la oreja, la mejilla.

—Y que no lleguemos nunca a nuestro destino —añadió él riendo.

—¿Cuánto tardas en subir las escaleras sin mí?

—Tengo ventaja porque mis piernas son más largas que las

tuyas —la dejó en el suelo—. Será mejor que eches a correr si no quieres que te arranque la ropa a mordiscos.

—¡Ay, Dios! —se quejó, llevándose las manos a las mejillas—. Esta vez no vamos a durar más de tres minutos.

Él la miró a los ojos de aquel azul casi líquido, sonrió y dijo:

—¡Corre!

Kelly lanzó un grito y salió corriendo hacia la escalera, con Lief pisándole los talones. Estaba totalmente sofocada cuando llegó a su dormitorio en el tercer piso y se lanzó a la cama. Él cerró la puerta de un golpe —mejor prevenir que curar, viviendo en una comuna—, y en un segundo estuvo sobre ella, besándola en la boca.

—Um... ¿ya estás preparado? —le preguntó ella al sentir una ligera presión de sus caderas.

—Llevo preparado toda la mañana.

Le quitó la camisa y se alegró de descubrir que no llevaba sujetador y, sosteniendo sus senos juntos con las manos, hundió la cara en su suavidad. Un instante después, le desabrochaba el botón de los pantalones, bajaba la cremallera y se arrodillaba junto a la cama para sacárselos. Estando en aquella posición, se le ocurrió algo: con las manos le abrió las piernas y fue besando la cara interior de sus muslos hasta llegar al final.

—¡Um! No...

—¿Por qué no? Si te encanta.

—¡Pero es que así no voy a durar y quiero esperarte!

Él sonrió y acarició su pecho.

—No te preocupes por mí, cariño.

Y volvió donde estaba para explorar con su lengua, siguiendo el movimiento con la yema del pulgar. Kelly se disparó como un cohete, tensando todo el cuerpo y vibrando contra él.

Lief le dio un momento y luego se acercó a mirarla a los ojos.

—Me encanta cuando te dejas llevar así. Eres una mujer ardiente y sexy, y te quiero.

—¡Entonces, quítate la ropa!

Sonriendo se desabrochó la camisa, a continuación los vaqueros y por último las botas.

—Dime qué quieres.

—Quiero sentirte dentro.

Le pasó los nudillos por la mejilla.

—En cuanto esté dentro, no duraré más de diez segundos. Estoy ardiendo.

—Con eso bastará —respondió ella, abrazándolo—. Por ahora, claro.

Hundió las manos en su pelo, cubrió su boca y entró en ella con un movimiento largo, suave y perfecto que le provocó un gemido gutural. Comenzó a moverse, y ella contra él, aceptándolo. Kelly dejó escapar un gemido mientras apretaba el labio inferior de él y todo volvía a ocurrir. Se quedó inmóvil, aferrada a él, rodeándole con las piernas, mientras el orgasmo le llegaba en oleadas.

—Um... —murmuró él—. Qué maravilla.

Pero no podía esperar más: movió la cadera un par de veces y se derramó dentro de ella.

Ambos se quedaron inmóviles, abrazados, buscando recuperarse, y un minuto más tarde fue Lief quien levantó la cabeza para mirarla a los ojos. Los dos se echaron a reír.

—Creo que han sido apenas dos minutos y medio —resumió Kelly.

—La próxima vez, será mejor. ¿Está muy lejos Redding?

—Muuuy lejos —contestó ella, acariciándole el pelo—. No me ha gustado nada estar separada de ti. Sé que era un viaje muy importante, pero te he echado mucho de menos —y dándole una palmada en el trasero, añadió—: Esto es lo que he echado de menos.

—Me encanta cuando no puedes esperar. Es muy divertido. ¿Cómo es que he tenido la suerte de encontrarte?

—No tiene sentido, la verdad. Yo pretendía huir de mi vida, con lo cual esto no debería haber pasado, pero me alegro. Y gracias por estar en contacto conmigo todo el fin de semana. No he dejado de pensar en ti ni un momento.

—Tanto escribir es un fastidio. Yo no puedo vivir así. Es decir, que un mensaje del estilo *recógeme,* o *elegido nuevo presidente,* vale. Pero yo necesito abrazarte, oír tu voz —la besó—. Saborearte, sentirte debajo de mí.

—Esta es la mejor parte —contestó ella, acurrucándose—. Cuando estamos unidos así y charlamos...

—Vamos a hablar de lo mucho que venero este cuerpo —dijo, besándola en el cuello, en los pechos, en los labios—. Eres mi media naranja. ¿No podríamos quedarnos así hasta que nos muramos de hambre?

Ella se rio.

—Lo que sea por verte feliz.

Sus oscuros ojos castaños brillaron al oírla y le apartó un mechón de pelo de la cara.

—Lo que me hace feliz es hacerte feliz a ti. Cuando gimes, cuando te sientes tan satisfecha que no puedes incorporarte —sonrió y volvió a moverse dentro de ella. De nuevo estaba preparado—. Esta vez, cariño mío, iré más despacio. No puedo saciarme de ti.

—No espero que me des un tratamiento especial —susurró.

—Sí que lo esperas.

—De acuerdo, pero solo porque eres tú y todo lo que me haces es especial.

Les costó bastante renunciar a la cama después de haber pasado un par de horas haciendo el amor. Se ducharon, se vistieron y bajaron a comer. Los patos se guardaron en la nevera mientras Kelly preparaba un par de sándwiches, y al tiempo que comían fueron contándose los detalles del fin de semana que habían pasado separados. Kelly había sido invitada por Jill y Colin a pasar el día en casa del general Walt Booth, padre de Colin.

—Es una familia encantadora, y bastante numerosa —le contó—. Walt es tío de Shelby, y su hija, Vanessa, es prima de Shelby. Muriel también estaba, por supuesto.

Él le contó lo encantadora que había estado Courtney.

—Casi como la de antes: divertida y dulce. Es una pena que hayas visto tan pocas veces ese lado suyo.

—Espero que eso cambie pronto.

—Y yo espero que recuerdes cómo se llega a mi casa.

—¿Y eso?

—Porque Spike viene ya a vivir con nosotros, y no puedo dejarlo solo más que un par de horas seguidas. Tiene que aprender a hacer sus cosas fuera. Él a hacerlas, y yo a controlarlo a él. Ya veremos quién aprende antes.

Hacía un día inusualmente cálido y soleado, de modo que se pusieron la chaqueta y salieron a tomarse el café al porche. Estaban charlando sobre los patos, decidiendo si debían congelar uno o los dos, cuando oyeron sonido de pasos que avanzaban por el camino de gravilla.

Cuando la persona giró en la esquina hacia ellos, Kelly se quedó boquiabierta. Era Luciano Brazzi, que se quedó parado al verla. Ella se levantó.

—¡Luca!

—Bella —contestó él con su voz profunda de acento marcado e hizo una leve inclinación de cabeza a modo de saludo.

—¿Qué haces aquí?

De una bolsa de cuero gastado que le colgaba del hombro sacó su teléfono móvil.

—Ah, Bella, hay tanto que explicar. Tú y yo... nos han engañado y nos han mentido.

—¿Qué?

Luca miró entonces a Lief y de nuevo a Kelly.

—Os he interrumpido, lo siento. No he podido llamar para avisar de que venía porque tenía la dirección, pero no tu número de teléfono. He aparcado delante de la casa y he llamado al timbre, pero no me ha contestado nadie. Entonces he oído risas, así que he decidido dar la vuelta. Si tuvieras un momento para que podamos hablar...

—¿Qué? —preguntó, algo aturdida—. Ah, Luca, te presento a Lief Holbrook. Lief, Luciano Brazzi, un viejo... amigo mío. Luca, ven a sentarte con nosotros. Te serviré un vino.

—Puedo volver en otro momento...

Kelly se inclinó para mirar al otro lado de la casa.

—¿Dónde están tus acólitos? ¿Y tu colección de asistentes?

—He venido solo, Kelly. Si me dices cuándo puedo volver para que podamos hablar a solas, me buscaré qué hacer hasta entonces...

—Ahora. Hablemos ahora mismo —se volvió a Lief y le dijo—: ¿Te importa? Creo que es importante que tenga esta conversación.

Lief tomó su mano.

—Si quieres, pasad dentro. Yo me quedo aquí en el porche, por si me necesitas.

Ella sonrió y le puso la mano en la mejilla.

—No corro peligro alguno, pero gracias. Siento acabar el día tan bruscamente, pero puedes irte. Yo te llamaré en cuanto haya hablado con Luca.

Lief asintió e inclinándose hacia delante le dio un beso breve pero intenso en la boca, por si su interlocutor tenía alguna duda. A Kelly le encantó el gesto.

—Te llamaré —repitió y, volviéndose a Luca, lo hizo pasar.

—¡Ah! Bella —exclamó al entrar en la cocina, e hizo un gesto amplio con el brazo—. ¡Por fin encuentro una razón por la que estás aquí!

—Esta casa es de mi hermana, Luca, y estoy de visita. ¿Te está esperando tu chófer?

—Nada de chófer, ni de asistente, ni de mayordomo. Estoy solo.

Separó una silla para que se sentara junto a la mesa.

—¿Cuánto tiempo hacía que no conducías tu propio coche?

Luca se sentó.

—Me han mimado demasiado, pero no soy incompetente. En cuanto averigüé dónde estabas, me vine para acá.

—¿Un vino?

—Por favor —dejó un teléfono sobre la mesa, que Kelly reconoció como el que había perdido—. A lo mejor tú también deberías tomártelo, cariño.

Tuvo que esforzarse por no contestar.

—Quizás.

Ambos quedaron sentados a la mesa y él alzó su copa hacia ella.

—Por los mejores momentos…

Ella correspondió al brindis.

—Explícate, Luca —le exigió.

—Me han robado el teléfono —replicó, empujando su móvil hacia ella—. Yo creía que lo había perdido, pero mi asistente lo reemplazó de inmediato y te llamé en cuanto tuve tu nuevo número —sacó el móvil de su bolsillo y le mostró un texto—. Esta es la respuesta que me llegó de ti al móvil nuevo:

El limbo en el que discurre nuestra relación me hace muy infeliz y me provoca una gran angustia. Voy a tomarme unos días de descanso para pensar, y te ruego que me des el espacio que necesito para hacerlo. Dentro de unos días te llamaré. Te ruego que respetes mis deseos. Kelly.

—Yo no he enviado eso.

—Ahora lo sé.

—Olivia vino a verme al trabajo. Creía que nos estábamos acostando y me pidió que dejáramos de hacerlo. Me dijo que tú la habías enviado a hablar conmigo, y que no era la primera vez que tenía que ir limpiando detrás de ti. Que no contestarías a mis llamadas porque habías terminado conmigo.

—Es lo que me dijo a mí también, hace muy pocos días.

—Luca, intenté llamarte, te envié mensajes, correos… ¡Incluso me puse en contacto con Shannon para dejarle a ella el mensaje! Tendrías que haber ido al restaurante.

—¡Y lo hice! Al día siguiente mismo. Me dijeron que te habías tomado unos días por razones personales, que había habido una urgencia en tu familia. Que habías salido de la ciudad. Me prometieron que me llamarían Durant o Philippe en cuanto supieran de ti. Sabía que tu única familia era tu hermana, pero también que se había mudado a un pueblo pequeño. Seguí intentando contactar contigo y, al final, después de dos semanas muy frustrantes, fui a tu casa para hablar contigo cara a cara. Pero no te encontré.

—¿Y los correos que te envié?

—Shannon, siguiendo instrucciones de Olivia, sin duda, filtraba todos los correos que me entraban en la oficina y borraba los que fueran tuyos, de manera que, cuando yo miraba en el móvil si había entrado algo tuyo, no me salía nada. Pero no se me ocurrió pensar en revisar lo borrado. Nos engañaron.

—¿Y cómo lo has averiguado?

—Encontré tu teléfono en la mesa de Philippe. Estaba usando su despacho y buscaba una regla en uno de sus cajones. Allí fue donde lo encontré —señaló su teléfono.

—¿Por qué, Luca? ¿Por qué ha hecho esto Olivia? ¿Cómo ha podido?

—Tiene más control sobre el negocio de lo que yo me imaginaba. No sabía que tuviese a tantos en nómina. Es obvio que se sentía amenazada porque alguien pudiese llegar a reemplazarla, tanto en el negocio como en la esfera social. Bella, todo lo que te he dicho es cierto: llevamos viviendo separados bajo el mismo techo veinte años. Siempre nos hemos comportado civilizadamente, y creía que se había consagrado a nuestros negocios aunque no estuviera enamorada de mí. Y sí, como te dije estamos en proceso de divorcio. Yo creía que amistoso, a pesar de que me está pidiendo la luna, pero eso me importa poco. Soy un hombre justo y es la madre de mis hijos. Aunque sus motivos fuesen estrictamente egoístas, tengo claro que ha trabajado mucho, tanto en los negocios como siendo la cabeza de familia —se encogió de hombros—. Soy un hombre chapado a la antigua, y siempre ha sido mi intención que estuviera bien cuidada.

—¡Pero me dijo que ha habido otras mujeres! ¡Que has tenido hijos fuera del matrimonio!

—Mujeres, sí... mi matrimonio estaba agotado y a veces me sentía muy solo. De vez en cuando y con la mayor discreción, tuve aventuras. Pero nada que durase, Bella, te lo prometo. Y por supuesto nada de hijos —movió la cabeza, apesadumbrado—. Cuántas mentiras.

—Increíble. ¿Y si yo no me hubiera ido del restaurante? ¡La habríamos descubierto!

Él se sonrió.

—Lo único que habríamos descubierto es que había intentado alejarte mintiéndote y pidiéndote que pusieras punto final a nuestra amistad. Habría adoptado el papel de esposa desesperada e injuriada. Ha inventado todas las excusas inimaginables para que no sigamos adelante con el divorcio, para que continuemos como estamos por el bien de la familia, pero yo no he podido tragarme ese sapo —suspiró—. No he conseguido encontrar mi móvil; seguro que está en el fondo de algún río. Cuando encontré el tuyo, fue cuando saltaron todas las mentiras, y una confesión condujo a la siguiente.

—¿Quién confesó primero?

—¿Quién crees tú? —preguntó, enarcando las cejas—. Philippe, por supuesto, bajo amenaza de perder su puesto y de no poder encontrar otro en toda la bahía. A continuación Shannon, hecha un mar de lágrimas. Luego parte del personal de contabilidad admitió que habían tenido que hacer lo que ella les había pedido. Durant también estaba en el ajo. Y, por supuesto, todo el personal de la casa.

—¿Qué has hecho con Phillip?

—Despido fulminante. Me acusó de no ser fiel a mi palabra, y le confesé que tenía razón —sonrió con maldad—. Pero no antes de que me diera la dirección a la que te había enviado el último cheque. ¿Cómo iba a mantener a semejante personaje en mi casa? ¡Sería capaz de vender incluso a su madre!

—Olivia dijo que tenías el móvil en la mesilla…

—No, Bella. No es que tenga pruebas de ello, pero creo que lo dejé en el coche. Habíamos ido al centro juntos, y recuerdo que lo usé en el camino. Al poco ya no podía encontrarlo, e hice que el chófer pusiera el coche patas arriba para buscarlo.

Kelly apoyó la frente en sus manos.

—Debió de trabajar muy rápido después de eso.

—Mucho, haciendo que Philippe te robase el teléfono del bolso mientras ella hablaba contigo en su despacho.

Kelly se rio.

—¡Y poco después, me sacaban de la cocina en camilla!

—¿Qué?

Luca se echó hacia delante con una mirada incrédula.

—No es que tuviera mucho que ver contigo, y tampoco con Olivia. Es cierto que su visita fue un golpe, pero en aquel momento no sabía que mi teléfono había desaparecido. Creía que se me habría caído del bolso en la cocina.

—¿Pero qué te pasó? —preguntó, asiendo sus manos.

—Ay, Luca, yo no iba a sobrevivir en aquella cocina. El estrés era demasiado. No soy tan terca ni tan decidida como tú. Durant se me estaba comiendo viva y Phillip no dejaba de conspirar contra mí. Y eso antes de que ninguno de los dos supiera que nuestra amistad era especial —se encogió de hombros—. Me desmayé en la cocina. No podía respirar, me eché mano al pecho y me caí redonda.

—¿Y ahora?

Con un gesto de la mano le mostró la cocina de Jillian.

—¿Ahora? Estoy totalmente recuperada, me siento bien, descansada, y tengo muy poco estrés.

—¿Y ese hombre?

Sonrió.

—Es un hombre maravilloso. Lo siento, Luca —añadió, moviendo la cabeza—.Yo ya no estoy disponible, aunque tú ahora sí lo estés.

—Ah... —murmuró, bajando la cabeza—. Esto es lo peor que me ha hecho Olivia. Te me ha arrebatado.

—En realidad, no es así. Nunca he sido tuya, como tú nunca fuiste mío. Tu vida es demasiado complicada para mí, y es demasiado tarde para que cambies esa vida por otra más sencilla. Y por ese mismo motivo no sé si podré conseguir que todo salga adelante con mi hombre, pero lo estoy intentando, Luca. Voy a seguir intentándolo.

—Me entristece mucho lo que me dices. No sé dónde voy a poder encontrar una mujer más perfecta que tú.

—¿Qué está pasando ahora con Olivia? ¿La has dejado en la bahía para que te destroce la casa, la familia y el negocio?

—No, cariño, no. La tengo en aislamiento —explicó con una sonrisa—. Así lo llamábamos cuando los niños eran pequeños y habían hecho algo: les quitábamos todos los entretenimientos de la habitación, coches, teléfonos, televisión... ahora mismo las cuentas bancarias están congeladas, las líneas de crédito, los abogados, los auditores controlando movimientos, mucha gente despedida. He llamado a los chicos, a todos, para explicarles que de lo que llevamos hablando años por fin iba a suceder... que nos íbamos a separar definitivamente. Les prometí que sería justo, y que no afectaría a sus planes. Espero poder conseguirlo, pero no hay garantías.

«Uff», pensó. Teniendo a Olivia entre bastidores organizando toda clase de melodramas y engaños, podía ser una espantosa pesadilla, pero no era asunto suyo. Si acaso quedaba más al descubierto el hecho de que ella no era persona para estar con un hombre como Luca.

—En fin, creo que debo dejarte —continuó—. Aquí has encontrado una buena vida, es obvio. Y tienes un brillo en los ojos que desearía haber puesto yo.

—Sabes que te aprecio, y que te deseo que todo te vaya bien.

Luca tomó su mano y se la besó.

—Gracias, tesoro. Creo que ya te he hecho sufrir demasiado. Mis complicaciones y yo.

—¿Qué vas a hacer? ¿Vuelves hoy mismo a San Francisco?

Él se encogió de hombros.

—Sin prisas, quizás. Quién sabe... a lo mejor me tropiezo con alguna joya en un restaurante escondido. No tengo prisa. Tengo demasiadas cosas en las que pensar y he disfrutado conduciendo hasta aquí. Me ha gustado tener de nuevo el control.

—No te vayas —le dijo, apretándole una mano—. Quédate aquí a pasar la noche. Hay una habitación de invitados, y mi hermana y su novio estarán encantados de que te quedes. Podemos cocinar juntos esta noche, aunque tendrías que arreglarte con lo que tengo en la cocina. Cenamos, tomamos un buen vino, descansas esta noche y mañana te vuelves.

—¿Y tu... amigo?

—Lo invitaré también a él.

—¿Podrá estar sin sentirse celoso?

Ella se sonrió.

—Ni es italiano, ni un chef temperamental. Si puede venir, lo hará con clase.

Cuando Luca abrió la puerta de la nevera, exclamó:

—¡Pato!

—De Idaho —le explicó—. Pero hay una pequeña complicación: Lief va a traer a su hija de catorce años y le horroriza el pato. Seguramente porque es su padre el que los caza y los despluma.

—¡Ja! Un inconveniente menor. ¿Le gusta la pasta?

—Supongo que sí —sonrió.

—Bien. Entonces no hay problema. ¡Y disfrutaremos del pato? ¿Cómo te gustaría? ¿Glaseado de miel y naranja? ¿Cassoulet? ¿Confit?

Ella se rio al ver cómo se le iluminaban los ojos a medida que iban creciendo las posibilidades.

—No tengo bayas de enebro ni las demás especias para hacer el confit, Luca. Tengo tocino y salchichas si te apetece preparar un cassoulet. O podemos untarlo de ajo, rellenarlo de arroz salvaje y servirlo con verduritas.

—¿Tienes sherry?

—Sí.

—¿Y merlot?

Frunció el ceño. Reconocía el vinagre de sherry como ingrediente para el marinado, tan italiano: sherry, orégano, ajo, romero, perejil...

—¿Para qué quieres el merlot?

—¡Pues para beberlo! —exclamó él, levantando los brazos.

Kelly se echó a reír. En aquel momento lo recordó todo... era tan encantador. Era un hombre lleno de vida y de ganas de reír. Pero todo ello no le había hecho enamorarse de él, y esa certeza no era la primera vez que la tenía. Los dos eran almas gemelas en la cocina, pero no necesariamente fuera de ella.

Comenzaron los preparativos y Kelly siguió encantada las instrucciones que él le iba dando, casi como si fuera la primera vez que preparaban aquel plato que ella ya se sabía de memoria.

—Luca, que me sé la receta —le dijo en un momento.

—¡Pues no te despistes, mi querida Bella, que en cualquier momento puedo hacerte un quiebro que te podría cambiar la vida para siempre!

Ella se echó a reír de nuevo. Como si un cambio en aquella receta pudiera cambiarle la vida...

Colin y Jillian volvieron a casa después de un largo día de compras y, tras las presentaciones, Colin fue a guardar sus nuevos materiales en el estudio y volvió a la cocina para sentarse a la mesa y observar la coreografía que estaba teniendo lugar allí. Jillian salió al invernadero y volvió con la cesta llena: lechuga, ajipuerro, unos cuantos tomates pequeños y algunas judías verdes. Luca prácticamente se lo quitó de las manos y lo llevó todo al fregadero para lavarlo y cocinarlo. Kelly no podía esperar a ver cómo.

Lief y Courtney llegaron poco después y, en cuanto estuvieron todos sentados a la mesa, Luca colocó una bandeja de antipasto, preparado con los ingredientes que había ido encontrando en los armarios y la nevera. Calentó en el horno una de las trenzas de pan que Kelly había hecho, halagando su textura y aroma, y la colocó en la mesa, junto a pequeños platos con aceite de oliva y algunas especias. Colocó a Courtney a la cabecera de la mesa haciendo caso omiso de sus protestas, y él no se preparó sitio en el que sentarse.

Luego les sirvió unos aperitivos a base de hígado de pato, huevos rellenos salpicados de caviar, queso y rodajas de tomate. Él siempre había dicho que la verdadera medida de un chef se establecía sabiendo lo que era capaz de servir a sus comensales utilizando lo que pudiera encontrar en una alacena. Siguió sirviendo sin parar de charlar como era su costumbre, hasta que consiguió que todo el mundo estuviera riendo y completamente entregado a su comida. Courtney recibió un plato de macarrones con queso al estilo italiano, que no pudo mantener apartado de la codicia de los demás. Los tenedores del resto no dejaban de acechar su plato y la niña los repelía muerta de risa.

Cuando Luca puso el pato en la mesa para que lo vieran antes de trincharlo, incluso Courtney se mostró impresionada. Aplicó la hoja de un cuchillo afilado en unos cuantos puntos y la carne que solía estar dura y fibrosa, se desprendió del hueso.

—¿No te vas a sentar con nosotros, Luca? —le preguntó por fin Jillian.

—¿Por qué? Yo como constantemente, y mi pasión es daros de comer a vosotros. *Mangia!*

No dejó de hablar, de gastar bromas, de espolearlos, de hacer de todo hasta casi llegar a ponerles la comida en la boca. Incluso Lief estaba disfrutando del espectáculo y, para Luca, cada comida que preparaba era eso, un espectáculo. Por supuesto tener a Kelly al lado le hacía sentirse tremendamente seguro, lo mismo que notar su mano a menudo posada en su pierna.

Y ella... ella recordó, viendo el buen humor de Luca, su

alegría, su gozo y su energía, que era cocinar lo que le hacía sentirse bien. No era la fama, el dinero, ni sus muchos restaurantes, ni la foto que aparecía en las etiquetas de sus alimentos de gourmet, sino crear en la cocina. Podía sentir cariño por ella, incluso sentirse orgulloso, pero no estaba enamorado de ella como tampoco ella lo estaba de él. Lo que le enamoraba era su arte. Y ese arte lo sostendría en el futuro.

Para concluir, y a pesar de que todos los presentes estaban a reventar, les sirvió el tiramisú.

—Con esto no he tenido nada que ver —anunció—, excepto haberle enseñado la receta y la ejecución rayando la perfección.

—¡Qué presumido eres! —respondió Kelly riendo.

Eran las nueve cuando la reunión tocó a su fin. Courtney tenía clase al día siguiente, Jill debía ocuparse de sus cultivos, Colin tenía cosas que hacer y, tal y como dijo Kelly, Luca debía volver a San Francisco.

Pero, aun así, Kelly y Luca se sentaron con una nueva botella de merlot, mientras él rebañaba los huesos del pato, alabándose a sí mismo con cada bocado.

También había abierto un par de sus salsas, e iba probándolas y alabándolas.

—Tienes una fortuna aquí —dijo.

—Creo que hay lo suficiente para pagar el alquiler, aunque no volvería la espalda a la fortuna si la hubiera.

—Si das con la industria adecuada, una fortuna, te lo digo yo.

—Por ahora estoy tanteando el mercado. Ya sé que es buena, porque viene de mi bisabuela.

—Permíteme que me lleve algunos frascos a San Francisco y que lo de a probar, a ver si te encuentro mercado allí.

—Sería estupendo, Luca.

—Todo lo que te prometí —dijo, tomando su mano—, tener tu propia cocina, tu marca registrada, tu propio restaurante... cuando quieras ponerlo en marcha, solo tienes que llamarme. Tendré un sitio para ti al día siguiente.

—No quiero volver a trabajar en un restaurante como La Touche. Es suicida.

—Tú misma elegirás al sous chef, al director, el personal, los ayudantes de cocina. Y tú pondrás las reglas.

—Gracias, Luca. Tu fe en mí significa mucho para mí.

—Y, si quisieras dedicarte a la producción de esas recetas, te las pagaría bien. Yo me ocuparía de los medios. Firmaríamos un contrato para que nunca tengas que volver a preocuparte por pagar el alquiler.

—Esas recetas son muy valiosas para mí.

—Lo comprendo —asintió—. Quiero que sepas que no son solo palabras. Te ofrezco mi apoyo. Podrías alcanzar el éxito sin él, pero si puedo formar parte de él…

—Me siento feliz aquí.

—Si dentro de un mes, o de un año, o de dos, quieres cambiar, llámame. Mientras, haré que alguno de los ayudantes de cocina nuevos te confeccione una lista de distribución para California del Norte, y si quieres escribiré una carta de recomendación.

—Eres muy generoso, Luca. Gracias.

Siguieron charlando hasta pasada la medianoche. Aun así, a la mañana siguiente, Kelly estaba en la cocina a las seis. Luca no tardó en bajar, dispuesto a tomar un café y algo de comer. A las siete los dos estaban en el porche, con el coche ya arrancado.

—Lo digo en serio, Bella. Me llames cuando me llames, estaré a tu disposición. No volveré a dejarte colgada.

—Gracias, Luca. Significa mucho para mí.

Se acercó para darle un beso y ella lo aceptó, pero, en el último instante, la abrazó y la beso en la boca.

Pero donde en otras ocasiones hubo magia, para Kelly fue como si la estuviera besando un tío. Después de dos años de fantasear con una pasión inenarrable, aquel no se pareció nada a su último beso. ¿Dónde estaba la tormenta de antes?

Todo había terminado. Luca era un amigo y su mentor. Lo

adoraba, lo admiraba, pero no quería tenerlo como socio, ni como amante; ni siquiera como fantasía.

Por fin se separaron y él la miró a los ojos.

—Pase lo que pase, te apoyaré en tu carrera.

Ella sonrió.

—Gracias, Luca.

—Llámame si me necesitas. Lo que sea y cuando sea. Y, si alguna vez decides abandonar las montañas, dímelo. Te daré trabajo.

Ella asintió.

—Buena suerte con la familia y todo eso.

—Habríamos hecho buena pareja, Bella.

—Quizás. Pero no estaba destinado a ser.

Le dedicó una sonrisa melancólica, un breve saludo y puso el coche en movimiento.

Lo primero que hizo Kelly después de desayunar, imaginándose que Courtney estaría en el colegio, fue ir a casa de Lief. Le había sorprendido que no se hubiera acercado él a la suya, pero por otro lado era normal, sabiendo que Luca se había quedado a dormir.

Le abrió la puerta con una sonrisa.

—Me has leído el pensamiento.

—Tengo mucho que contarte —dijo y, sentados los dos a la mesa de la cocina, le contó la historia de Luca tal y como él se la había referido, sin olvidarse lo de los teléfonos robados, los mensajes ficticios, las mentiras...

Al final de aquella larga y complicada historia, Lief la abrazó y exclamó:

—¡Dios bendiga a Oliva Brazzi!

CAPÍTULO 13

La frase que más se oía últimamente en la casa de los Holbrook era:

—¡Courtney! ¡Si sacas a Spike del corral, tienes que quedarte vigilándolo!

Spike era el cachorro rubio y gordito más mono que había en el mundo. Tenía una tripita gordezuela y suave, orejitas blandas y pequeñas, ojos negros y una pequeña colita. Y también era una máquina de hacer caca, pis y morder.

Siempre que hubiera alguien insistiendo, Courtney estaba resultando ser una buena entrenadora. En cuanto Spike ponía una pata fuera de su corral, había que sacarlo de inmediato a la calle. En cuanto comía y bebía, de nuevo fuera. Durante una pausa en sus juegos y su correteos... ¡fuera!

Quien estaba verdaderamente dedicado a enseñar a aquel can de ocho semanas era Lief, lo cual no le resultaba sorprendente en ningún sentido. Courtney se dedicaba más a hacerle mimos. Dado que hacía ya bastante tiempo que su hija y él no intercambiaban carantoñas, se alegraba de haber accedido a aquella proposición.

Algo que Courtney estaba empezando a comprender era que cada vez que iba a casa de Amber y se llevaba a Spike es que tenía que ponerlo en la jaula en la que estaban los pocos cachorros que quedaban de su misma camada. Sus perros no vivían dentro de la casa y no los trataban con sentimentalismos. La madre de Spike había disfrutado de algunos privilegios mientras había dado a luz y amamantado a los cachorros, pero luego volvió a vivir fuera. Siendo así las cosas, Courtney no se llevaba a Spike la mayor parte de las veces. No le gustaba verlo encerrado fuera, en el granero, sintiendo el frío de la noche.

Para Lief y Kelly todo aquello significaba que tenían que hacer el amor a hurtadillas, durante las horas de colegio en casa de Lief, normalmente con la música como telón de fondo, o el llanto del cachorro, al que no le apetecía quedarse en su corral.

—Me gustan más tus aullidos que los de él —le dijo Lief a Kelly,

Algo que tenía que admitir era que tener el cachorro, aunque a veces era una gran molestia, había tenido un impacto positivo en la actitud de Courtney. Se comportaba de un modo mucho más agradable con él, y tanto su aspecto como sus calificaciones seguían mejorando. La equitación le estaba haciendo desarrollar algo de masa muscular, y su apetito también había mejorado, seguramente por el ejercicio. Amber acudía a su casa para hacer los deberes con más asiduidad que iba Courtney a la suya, principalmente por el cachorro.

Aquella muchacha gótica que casi infundía miedo estaba quedando ya en el recuerdo.

Courtney estaba haciendo campaña para que fuesen a Idaho a pasar las fiestas de Navidad. Lief no estaba seguro de que hacer viajar al cachorro fuese buena idea.

—No olvides que yo provengo de una granja muy parecida a la de Amber, y es posible que los abuelos quieran dejarlo fuera o en el granero.

—Pero tú puedes decirles que es un perro de compañía, y no de granja, y seguro que lo entienden.

Por otro lado, tenía la ilusión de pasar algunos días con Kelly en Navidad. No todas las fiestas, pero un tiempo al menos.

Sin embargo, sin que mediara provocación ni indirecta, Courtney le espetó:

—Tú quieres quedarte aquí para estar con Kelly, ¿no? ¡Pues yo prefiero pasarlas con la familia!

Qué difícil era a veces anticiparse a sus deseos. Antes de la muerte de su madre, le gustaba ir a la granja, pero tras su fallecimiento no solo lo detestaba, sino que se negaba a hablar con nadie mientras estaban allí y parecía complacerse en actuar y acicalarse del modo más extraño posible. Ahora habían vuelto a que la familia fuese la prioridad.

—Déjame pensarlo, o hablar con la abuela de ello. A lo mejor podemos buscar un cuidador para el perro o algo así...

Lief era un hombre inteligente cuyos instintos solían ser bastante decentes, por lo cual pocas veces tenía que lamentar alguno de sus actos. Por eso no podía dar crédito a lo estúpido que había sido enviándole una copia de la foto de Courtney en su primer año de secundaria a su padre, Stu Lord, del que hacía siglos que no sabían una palabra. Si no recordaba mal, desde el día en que Stu renunció incluso a las visitas de fines de semana. Le había notificado su cambio de domicilio, y ni siquiera a eso había respondido.

La verdad era que le había mandado la foto porque estaba orgulloso de su hija. Estaba preciosa en aquella instantánea, y parecía feliz. La última vez que su padre biológico la había visto, su aspecto asustaba un poco, de modo que pretendía que viera que su hija era tan preciosa como lo había sido su madre, una joven inteligente y sana. Acompañó la foto de una breve nota:

Sus notas son todo sobresalientes, asiste a clases de equitación dos veces por semana y se lleva mucho mejor con la vida en general que antes. Se ha adaptado maravillosamente a vivir en la montaña. Espero que tú estés bien. Lief.

La mañana del diez de diciembre sonó el teléfono. Era Stu.
—Hola, Lief, tío. ¿Qué tal estás?
—Tirando. ¿Y tú?
—Genial, gracias. Todo bien. Gracias por enviarme la foto,

Lief. La cría está estupenda, ¿verdad? ¿Y dices que sus notas vuelven a ser buenas?

—Así es. Ha estado trabajando duro.

—Fantástico. Oye y, ahora que se ha enderezado, nos gustaría que pasara la Navidad con la familia. Vamos a viajar a Orlando, y me encantaría que viniera. A Sherry también.

Ni siquiera tuvo que pensarlo.

—Ya hemos hecho planes, Stu. De hecho ha sido Courtney quien ha querido que volvamos a la granja de mi familia a pasar la Navidad. Está muy unida a mi madre.

—¡Vaya! —se rio. Y se rio a carcajadas. Jua, jua, jua…—. Pues vais a tener que dejarlo para el año que viene, porque Sherry los niños y yo queremos que esté con nosotros. Hace mucho que no la vemos.

—¡Pero si hace meses que ni siquiera la has llamado por teléfono! De hecho, creo que la última vez que hablamos fue en abril, y me dijiste que ya estabas harto de soportarla y que era toda mía. Y yo la acepté.

—Vaya, vaya. Pues me temo que las cosas no van a ser así porque la custodia la tengo yo, tío. Legalmente su padre soy yo, ¿recuerdas? Así que cuéntaselo y dile que quiero que esté aquí el dieciocho. Salimos para Orlando el veinte. Se lo pasará de maravilla.

—No lo creo, Stu. Courtney no va a querer. Además, Sherry y tú la machacasteis bien y luego quisisteis deshaceros de ella, y ya ha tenido bastante.

—Vamos a ver, Lief: podemos hacer esto a mi manera, o puedes negarte. En ese caso, tendremos que enfrentarnos por la custodia legal y dejaré que el abogado se ocupe. La niña pasará a vivir con nosotros de modo permanente.

Lief se sintió como si le hubieran dado una patada en la boca del estómago.

—Por favor, Stu, no me hagas esto. ¡Por favor! Ha costado un gran esfuerzo conseguir que Courtney vuelva al buen camino, y no creo que pueda asimilar más incertidumbre ni más confusión.

—En ese caso lo mejor será que esté aquí el dieciocho. Resérvale billete de vuelta para el dos de enero. Así podrá volver a las montañas, o de lo contrario... no querrás que nos enfrentemos en los tribunales por ello, ¿verdad Lief, viejo amigo?

Su voz se volvió apenas un áspero susurro.

—Por favor, Stu... vamos...

—No hay más que hablar. El dieciocho. Ya me dirás a qué hora tengo que ir a recogerla.

Y colgó.

Por primera vez desde la muerte de su mujer, Lief deseó desahogarse lanzando un grito que conmoviera a las piedras.

Llamó a su abogado antes de hacer nada. Cuando Lana falleció, sabía que tenía que dejar que Courtney se fuera con su padre si eso era lo que Stu quería, aunque con ello solo consiguiera acrecentar su dolor. Afortunadamente, se había casado por segunda vez y tenía otros hijos, de manera que la niña no era tan importante para él y Courtney estuvo yendo y viniendo durante un tiempo. Accedió a firmar un acuerdo de custodia con él, pero Stu seguiría siendo su primer tutor.

Luego llegó aquel aciago día en que dijo que se había cansado de Courtney. Para él debería haber sido el mejor, pero la agonía en que sumió a su niña le puso al borde del abismo. Su error fue no aprovechar aquella circunstancia para reclamar su custodia; se limitó a abrirle de nuevo las puertas de su casa, a decirle que no tenía que volver nunca a casa de su padre si no quería, ni siquiera un fin de semana, y empezar a buscar otra casa fuera de la ciudad. Un lugar lejos del ruido, de la confusión y de Stu.

Tras consultar con su abogado le quedó claro que no solo estaría transgrediendo la ley si se negaba a permitir que Stu disfrutara de su hija durante las vacaciones, sino que su posición para la custodia se resentiría terriblemente.

—En mi opinión —le había dicho el abogado—, Courtney

está a punto de llegar a la edad en la que un juez puede tener su opinión en cuenta a la hora de decidir dónde y con quién debe vivir. Si cooperas ahora, todo será más fácil cuando llegue ese momento. Por duro que pueda ser para ti acceder a lo que te pide su padre, seguramente redundará en tu interés, en el tuyo y en el de Courtney.

—Ella no va a verlo de ese modo —sentenció.

Su deseo más inmediato fue ir a ver a Kelly, y a ella le bastó con verle la cara para adivinar:

—¿Qué ha ocurrido?

—¿Tienes un rato para charlar? Es que necesito hablar con alguien. Voy a acercarme a Grace Valley para verme con el consejero, pero primero tengo que aclararme.

—Es por Courtney, ¿verdad?

—Aún no, pero la va a afectar De momento, se trata de su padre.

Kelly frunció el ceño.

—Hablas tan poco de él que no pensé que tuviera peso específico alguno —señaló un taburete que había junto a la isla de trabajo y le sirvió una taza de café—. ¿Qué está pasando?

—Jamás debería haberme desentendido. Sé que, aunque ahora te lo explique, te va a costar trabajo imaginártelo, pero antes de que Lana falleciera, Courtney era la criatura más dulce, más tierna y más encantadora que pudieras encontrar. Nunca teníamos problemas de ninguna clase con ella, ni siquiera de disciplina. Pero, cuando su madre murió, su vida se transformó en un infierno. No solo quedó hecha un despojo de dolor, sino que empezó a vivir con Stu, su padre, y a venir a verme a mí de vez en cuando algún fin de semana que otro. Y en la casa de su padre la trataban peor que a un perro.

—¡Qué dices! —se escandalizó—. ¿La maltrataban?

—La mujer de Stu es un mal bicho, y tienen dos niños horrorosos. Ahora deben de andar por los siete y los diez años. Hace dos, cuando tenían cinco y ocho, eran unos monstruos desobedientes y maleducados. La casa era un manicomio, llena siempre de gritos y peleas. Cada vez que Courtney venía a verme, lo hacía hecha un mar de lágrimas, rogándome que no volviera a mandarla allí, pero yo tenía las manos atadas. ¡Incluso llegó a traer la marca de un mordisco en la pierna! Un mordisco tan tremendo que tuve que llevarla al médico. La ropa que traía en la maleta venía manchada y destrozada, pero no por restos de comida, sino con pintura, rotulador y lejía. Uno de esos demonios incluso le cortó el pelo mientras dormía. Era una pesadilla.

—¿Por qué permitía su padre que la trataran así?

—Porque nunca estaba. Su padre es productor, bastante mediocre por cierto, trabaja muchas horas y, si no, está hablando por teléfono o en el ordenador. Sherry, su mujer no se ocupaba de los críos. Se limitaba a decirles que se fueran a jugar, y a Courtney le espetaba que ya era mayor y que dejase de quejarse por todo. Nunca he llegado a entender por qué Stu quería tenerla en su casa, ya que no pasaba con ella tiempo alguno, ni se preocupaba de protegerla. Acabé pasándole una pensión para poder disfrutar del derecho de tenerla en fines de semana alternos, pero no debió de ser incentivo suficiente para ese cerdo. A partir de ahí, te imaginarás fácilmente lo que ocurrió: que Courtney empezó a cambiar. Comenzó a adoptar un aspecto distinto, a responder, a plantar cara. Hizo falta que tuviera siete colores en el pelo y que pareciese un personaje de película de terror para que Stu se aviniera a negociar: la niña pasaría conmigo la mayor parte del tiempo e iría a verlo a él de vez en cuando. Durante un año, estuvimos así: vivió conmigo e iba a ver a su padre, gritando y pataleando, claro.

»Hubo cosas que descubrí mucho más tarde, cuando ya la tenía en casa conmigo; cosas de las que debería haberme dado cuenta mucho antes, pero no tenía experiencia como padre —continuó—. Dejó de llorar seis meses después de la muerte de su madre, seis meses después de verse obligada a soportar la tortura de la casa de Stu. También dejó de sonreír. Yo revisaba con regularidad las páginas que visitaba en Internet, y encontré que había estado en varias páginas que coqueteaban con el suicidio. No comía ni lo que come un pajarito, y no se permitía ningún placer como comer helado o chocolate. Empezó a suspender. Y un día, al año y medio más o menos de la muerte de Lana, todo se desbordó. La niña me llamó desde casa de su padre para pedirme que fuera a buscarla: su madrastra le había dicho que se largara y que si volvía la entregaría a los servicios sociales. Courtney me dijo que se escaparía si no iba a buscarla. Dormía en el suelo porque la madre de Sherry estaba de visita y le sangraba la cabeza por un golpe que le habían dado con un camión de juguete.

Kelly se tapó la boca con las manos.

—Entonces perdí los estribos. Los perdí por completo. Llegué en treinta minutos. Courtney fue quien me abrió la puerta y le pedí que me mostrara dónde dormía: en un saco de dormir, en el suelo de la habitación de los juguetes. Le pedí que me mostrara cuál era normalmente su habitación: se trataba de un cuarto arreglado para la abuela: tanto el armario, como la cómoda, como el baño estaban llenos de cosas de la abuela. Stu ni siquiera se había molestado en destinarle un cuarto a su hija. ¿Que le sangraba la cabeza porque le habían golpeado con un camión de juguete? ¡Pero es que era un camión que casi podía circular por la carretera! Oí la televisión y encontré a Sherry y a su madre haciendo yoga ante la pantalla en el salón mientras bebían vino y se reían tontamente porque estaban achispadas. Le pedí a Courtney que me esperara fuera, y yo entré en el estudio donde Stu estaba trabajando, lo agarré de la pechera y le hice levantarse para arrastrarlo hasta la habitación de los juguetes, a la de invitados, al salón, a la puerta para que viera la herida que su hija tenía en la cabeza y que necesitó después tres puntos. Me pidió que me llevara a aquella niña de su casa, que estaba harto de oírla quejarse constantemente, y yo lo empujé contra la pared, lo llamé de todo y le amenacé.

Kelly se quedó en silencio un instante y por fin dejó escapar:

—Guau…

—Sí —se avergonzó Lief—. Un productor de Hollywood no debería meterse con un chico de campo. Allí nos criamos un poco salvajes.

—Dios mío, Lief… nunca me habría podido imaginar el trauma que ha tenido que sufrir.

—Me la llevé a casa y recabé la ayuda de un profesional, aunque he de decir que no le sirvió de mucho. Empecé a buscar una casa fuera de la ciudad y encontré la que tengo ahora. Me costó cinco meses ponerla en condiciones de mudarnos y, lo creas o no, Courtney ha cambiado muchísimo desde la primavera pasada.

—De hecho ha cambiado muchísimo desde que yo la conocí. Por lo menos no ha tenido que volver a casa de su padre.

—Ese es el problema: Stu me ha llamado esta mañana. Quiere que vaya en Navidad…

—¡No!

—He llamado a mi abogado, y al parecer tengo las manos atadas. Cuando Stu la echó, yo pensé que ya la tenía. Lo único que me interesaba en aquel momento era procurarle ayuda, controlar la situación, y no me paré a cambiar el acuerdo de custodia. Debería haberlo hecho mientras él la consideró un bicho raro que le causaba más problemas de la cuenta… seguramente no me habría puesto pegas. Ahora lo voy a hacer, pero no va a haber modo de evitar lo de esta Navidad. Stu dice que va a llevarse a su familia a Disney a pasar las vacaciones, y espero que Courtney pueda aguantarlo. Hablaré con él antes de que se la lleve para asegurarme de saber en todo momento dónde están, que sepa que voy a estar cerca si surge algún problema, que no se le ocurra hacerla dormir en el suelo.

—¿Crees que querrá ir?

—Yo la llevaré. No pienso enviarla sola a la guarida del león. La llevaré y me alojaré en su mismo hotel.

—Bien. Bueno, mal porque es Navidad, pero ya habrá otras…

—Todo es culpa mía. El año pasado, me puse dos veces en contacto con Stu, empujado por la culpabilidad que me producía recordar que había amenazado con matarlo. Lo llamé y le dije que nos íbamos a mudar para que no fuera luego a acusarme de secuestro, y le envié una fotografía reciente de la niña en el colegio. Ahora es como todas las demás. Lejos queda ya lo de su estética gótica. Su sonrisa es real. La acompañé de una nota en la que le decía que le iba bien, que sus notas habían mejorado. Si no se lo hubiera dicho, si hubiera dejado que siguiera pensando que la cría era un personaje de novela de terror vestida de negro, seguramente no habríamos vuelto a saber de él —respiró hondo—. Pero me guste o no, es su padre, y pensé que tenía una responsabilidad con él. Maldita sea... ¡malditas sean las charlas que me daban mis padres sobre la responsabilidad!

Ella sonrió aunque sus ojos azules estaban un poco acuosos.

—Pues me alegro por ti. Lo has hecho bien. Y vas a estar en el mismo hotel que ella para poder rescatarla si la situación se desmanda —movió apesadumbrada la cabeza—. No tenía ni idea.

—Últimamente ha hecho cosas que me han sorprendido, como por ejemplo cuando la vi enseñándole a mi madre a preparar una trenza de pan. La Courtney de siempre volvió a aparecer. Adoro a esa niña, Kelly. Es mi hija.

Kelly abrió los ojos de par en par.

—¿Le ha enseñado a tu madre cómo hacer una trenza de pan?

Él asintió.

—Sé que se lo has enseñado tú.

—¡Caramba! Y yo que creía que me odiaba.

—Creo que era solo miedo y falta de confianza.

—Supongo que te darás cuenta de que no puedo ayudarte en esto, ¿verdad? Puedo escucharte y comprenderte, pero eso es todo. En primer lugar carezco de experiencia, así que no puedo aportarte nada. Y en segundo, Courtney no quiere que la ayude. Me soporta, eso es todo. Pero si le cayera mínimamente bien, te acompañaría. Si los malos te causaran problemas, estaría encantada de patearles el culo y apuntar sus nombres.

—A ella le gustaría eso...

—Confía en ti, Lief. Si le dices que vas a estar cerca, se sentirá bien.

—Siento tanto melodrama, pero nada de todo ello es culpa de Courtney.

Kelly tomó su mano.

—Lo sé. Al final, saldremos adelante.

—Y siento lo de Navidad.

—No te preocupes, que tengo mucho en qué ocuparme. A lo mejor puedo ayudarte. ¿Quieres que me ocupe de Spike?

—Es mucha carga —le advirtió.

Ella sonrió.

—Así me entretengo. Y a lo mejor me gano algunos puntos con Courtney.

Cuando Lief se marchó, Kelly comenzó a sacar hortalizas de los cajones refrigerados y del frigorífico, y cuando tenía ya una buena cantidad almacenada en la isla de trabajo fue cuando se dio cuenta de que era el gesto que repetía cada vez que no sabía qué hacer.

Gran parte de lo que Lief le había contado le resultaba inconcebible.

Desde luego, los problemas de Courtney eran mucho mayores que los suyos. Esa pobre niña era pequeña aún para comprender lo inadecuados que eran los adultos que debían cuidar de ella. ¿Quién podría culparla de lo ocurrido? Que no se gustaran no impedía que comprendiera que la chiquilla no había tenido una sola oportunidad.

Por otro lado, el compromiso de Lief y el peso de sus obligaciones seguía creciendo pero, por el bien de la niña, no permitiría que fuera de otro modo. No obstante, tenía que ser consciente de que la situación actual iba a cambiar. Para ella sería muy difícil formar parte de esa familia. Tal vez imposible.

Días atrás habían empezado a hablar un poco de lo que iban a hacer en Navidad. Jillian y Colin se iban al este. Uno de los hermanos Riordan trabajaba en el Pentágono. Al parecer Luke y Shelby también se irían, dejando a Walt al cuidado de las cabañas en su ausencia. Le habían preguntado a Kelly si se animaría a acompañarlos, pero ella había rechazado de inmediato el ofrecimiento. Estaba deseando pasar unas vacaciones tranquilas, con Lief algunos días, si era posible. Quizás con Lief y Courtney.

Quedarse sola no era lo peor. Ya se buscaría qué hacer. Quizás ayudar con las tareas de las huertas si Denny quería tomarse unos días de descanso. Cocinaría. Haría dulces. Era lo que solía hacer cuando se quedaba sola, si estaba preocupada por algo o si se sentía insegura.

¿Por qué no podía enamorarse de un hombre que estuviera libre para enamorarse a su vez de ella?

—¡No! —exclamó Courtney—. ¡No puedes obligarme!

Lief había hablado con Jerry Powell, que le había aconsejado que le diera la noticia cuanto antes, no solo para darle tiempo a hacerse a la idea, sino para que pudiera hablar con él de lo que le inquietara. Aquella tarde la había recogido en el colegio y se lo contó nada más llegar a casa.

—Yo no voy a obligarte, Court. Solo te pido que lo aguantes por última vez para que mi abogado pueda trabajar en el acuerdo de custodia y que así no tengas que volver a pasar por ello.

—Por favor… ¡por favor, no me mandes allí!

—No voy a mandarte. Yo te llevaré. Averiguaré en qué hotel de Orlando os vais a alojar. Puede que hasta viaje en el mismo avión y me hospede en vuestro mismo hotel. No permitiré que te ocurra nada malo.

—No te creo. Eso son solo palabras —espetó con los brazos en jarras—. Seguro que te has alegrado. ¡Así te quedas libre para pasar la Navidad con tu novia!

—¿Por qué dices eso?

—¿Que por qué? Porque recuerdo cómo te enfadaste cuando Stu decidió renunciar a los derechos de visita y a la custodia. Te pusiste hecho una fiera. ¡Hasta lo amenazaste con matarle!

—¡No, Court! ¡Me dieron ganas de matarlo por cómo te había tratado a ti!

—Pues no es eso lo que pareció —respondió, dando media vuelta.

Pero Lief la sujetó por un brazo.

—¿Eso es lo que piensas? ¿Que me enfadé por tener que cuidar de ti todo el tiempo?

—Es lo que parecía. Lo primero que hiciste cuando murió mi madre fue enviarme con Stu. Luego, Stu me devolvió diciendo: «no, que viva contigo y que venga a verme a mí». Y poco después, volvió a cambiar: «quédate con ella». Fue entonces cuanto tú lo empujaste contra la pared y dijiste que ibas a matarlo. Todo el camino de vuelta a casa lo pasaste hecho un basilisco. ¿Tan imbécil te crees que soy como para no darme cuenta de que ninguno de los dos me queríais? ¿Que no tenía dónde ir?

Lief se dejó caer en el sofá del salón. Courtney lo había presenciado todo. ¿Cómo era posible que no hubiera entendido nada?

La puerta de su habitación se cerró con un golpe.

No era posible que hubiera malinterpretado todo hasta tal punto... Se sintió desfallecer. Intentó recordar lo ocurrido durante el año que siguió a la muerte de Lana. Para él todo estaba claro como el agua, pero no desde la perspectiva de Courtney al parecer. Su mujer había muerto por un aneurisma estando en el trabajo. Lo habían llamado para que acudiera al hospital, aunque ella ya estaba muerta. Había tenido que ir a buscar a Courtney al colegio e intentar explicarle lo ocurrido tragándose las lágrimas. Todo era como una nube negra: había tenido a su niña en brazos, había llorado con ella, habían enterrado a su madre.

Y después, había tenido que enviarla con Stu. Cómo odiaba a ese bastardo, que solo quería tener a su hija un par de veces al mes. No se había ocupado de ella jamás.

Se obligó a levantarse, respiró hondo y fue a la habitación de Courtney. No llamó. Abrió la puerta y la encontró hablando por teléfono.

—Dile a quien sea que ahora lo llamas —dijo—. Necesito hablar contigo un minuto.

Courtney colgó y lo miró expectante.

—No fue así —le dijo—. El peor día de mi vida fue el de la muerte de tu madre. El segundo fue cuando tu padre me dijo: «Courtney se viene a vivir ahora con nosotros». Tuve que enfrentarme a él para conseguir derechos de visita. Tuve que pasarle una pensión para conseguir que estuvieras conmigo dos fines de semana al mes. El día que me llamaste para que fuera a buscarte, el día que me puse violento con él, habría querido matarlo por permitir que te trataran así, por apartarte de su lado cuando debería haberse jugado la vida por ti si fuera necesario. Debería haberse asegurado de que supieras que te quería. Juro ante Dios que fue así.

—Pues a mí me pareció que te habías enfadado porque él te había dicho que, a partir de aquel momento, el marrón era solo para ti —respondió.

—Debería haberlo matado por decir semejante barbaridad. Nunca debería haber permitido que te sintieras así.

—¿Y ahora tengo que ir con él a pasar la Navidad?

—Yo mismo te llevaré. Me quedaré cerca de ti, con el móvil siempre encendido y, si las cosas no son perfectas, te sacaré de allí. Por favor, confía en mí.

Courtney bajó la mirada.

—Es curioso que no quieras sacar partido de estas vacaciones para estar con tu novia.

—Como es curioso también que no quieras darle a ella una sola oportunidad. Es una buena persona. Quiere venir con nosotros. Me ha dicho que al primer movimiento en falso está dispuesta a patear los culos que haga falta.

La niña lo miró sorprendida.

—¿Eso te ha dicho?

Lief asintió.

—No hay mucha gente como Stu y Sherry. Ruego a Dios que hayan cambiado.

—No sé si voy a poder hacerlo —dudó y se estremeció—. ¡Son horribles!

—Será la última vez —le aseguró—. Mi abogado está trabajando en un documento para conseguir la custodia. La custodia permanente, quiero decir. Y no me separaré de ti, lo prometo.

—¿Y qué pasa con Spike?

—Encontraremos a alguien que lo cuide antes de irnos.

—Está bien —claudicó—. Pero creo que es una mala idea. Muy mala.

CAPÍTULO 14

El día dieciséis, Kelly llegó a casa de Lief a las cuatro de la tarde, cargada de compras. En un segundo viaje al coche, sacó los regalos que había comprado para él y Courtney, y mientras ellos terminaban de preparar el equipaje, empezó a preparar una cena especial de despedida.

Era una pena que no pudiera ser una ocasión feliz.

Kelly no colocó sus paquetes junto a los que esperaban bajo el árbol, sino que los dejó en la mesa, y se puso manos a la obra con la pasta que sabía que a Courtney le gustaba. Había llevado unas albóndigas que había preparado con antelación a las que añadió la salsa de su abuela. Cuando estaba aliñando la ensalada, Lief apareció en la cocina.

—¿En qué te ayudo?

—Puedes servir un par de copas de vino y hacerme compañía. He traído unos regalos.. tonterías. Solo un detalle.

—Kelly, eres increíble... todo lo que estás haciendo por Courtney y por mí cuando vamos a dejarte abandonada en Navidad. Daría lo que fuera por llevarte conmigo.

—Y deberías hacerlo. Me he entrenado en una de las cocinas más duras de todo San Francisco. ¡Deberías dejarme a mí a ese bastardo!

Él se rio y sirvió el vino, puso una copa en la mano de Kelly y brindaron.

—Si juego bien mis cartas, no habrá más vacaciones como estas.

—Lo más importante es que Courtney comprenda que contigo está segura.

Spike entró correteando en la cocina. Había vuelto a soltarse y traía dos calcetines colgando de la boca, calcetines que Lief había metido en su maleta. Su dueño lo tomó en brazos.

—Dos cosas son importantes —corrigió Kelly—. ¡Que se sienta segura y que yo sea capaz de mantener vivo a ese perro!

—Va a ser todo un desafío contener tus ganas de estrangularlo. Cuando no está gimoteando en su corral, es porque anda metiéndose en líos.

Kelly le dio un beso por encima de la cabecita del perro.

—Tengo tapones para los oídos.

—¿Estás segura de que no te importa quedarte aquí para cuidarlo?

Ella negó moviendo la cabeza.

—Claro que no. Ese caserón es demasiado grande para una persona sola. Además, voy a dormir en tu cama. Con un poco de suerte, la almohada me olerá a tu loción de afeitar.

—¿Piensas ir de vez en cuando a la cocina de Jillian?

—Iré, sí. Tengo cosas que cocinar allí. Así echaré un vistazo a todo. Créeme: no voy a tener tiempo de sentirme sola teniendo que cuidar de dos casas enormes y un cachorro travieso.

—Puede que te llame quince veces al día.

—Ten cuidado, no te vayan a arrestar por acoso.

Courtney estuvo bastante callada durante la cena, lo cual era perfectamente comprensible.

—¿Jugarás alguna vez con él? —preguntó la niña.

—Todos los días. Cuando vuelvas a casa, sabrá sentarse y saludar con la pata.

—Bueno, vamos a recoger la mesa y a abrir unos cuantos regalos. Courtney, Kelly te ha traído una cosa.

Pero la chiquilla negó con la cabeza.

—No quiero abrir nada hasta que vuelva. Solo quiero que esto termine.

«¡Como todos!», pensó Kelly, y a punto estuvo de decirlo.

—Courtney, Kelly se ha tomado muchas molestias por nosotros y…

—No, me parece bien —intervino Kelly—. Esperaremos todos. Me parece buena idea: celebraremos la vuelta a casa cuando todo esto haya quedado atrás. ¿Qué os parece?

Antes de que se terminara de recoger, Courtney se levantó:

—Creo que voy a llevar a Spike a dormir.

Pero Kelly la detuvo antes de que saliera de la cocina.

—Oye, Courtney, siento que tengas que hacer esto. Tu padre me ha contado lo duro que va a ser para ti, y quiero que sepas que… bueno, tienes mi número de móvil, ¿no? Si en algún momento quieres saber qué tal está el cachorro, llámame.

—¿Has tenido perro alguna vez?

Su tono era tan abrasivo que Kelly tuvo que contener la indignación. Se limitó a sonreír y contestar:

—Pues no, y te doy las gracias por dejármelo. Tendré mucho cuidado con él.

Courtney se encogió de hombros y los dejó solos.

—Espero que, cuando se dé cuenta de que los dos estamos en su equipo, todo mejore —dijo Lief.

—Yo también lo espero.

«Porque, si no mejora y mucho, no me embarcaré en este viaje», pensó para sí.

No se quedó hasta tarde a pesar de que dejar los brazos de Lief no era fácil. Le dijo que sería mejor que pasara la noche en casa cerca de la niña, por si quería hablar, pero ella se metió en la cama y no dejó de dar vueltas y más vueltas. Tenía la impresión de que lo que había entre ellos no iba a durar. Lief tenía a otra mujer en su vida, mucho más importante que ella. No le importaba ocupar el segundo puesto, pero no sería capaz de sobrevivir siendo persona non grata.

Lief y Courtney subieron al coche el día diecisiete para recorrer las seis horas de camino que les separaban de San Francisco y que pasaron en un silencio enfermizo. Él intentó animarla de vez en cuando diciendo cosas como:

—Sé que no vas a disfrutar de esta visita como te gustaría hacerlo, Court, pero no corres ningún peligro. En el peor de los casos, te morirás de aburrimiento.

—Ya.

—Mira, si hay algo peligroso, tienes que decírmelo. ¿Alguna vez te han hecho algún daño físico tu padre o su mujer? ¿Alguna vez te han pegado, o te han puesto en una situación peligrosa para...

—Lo único peligroso es tener que estar bajo el mismo techo que esos monstruos. Y no, nadie me ha tocado, pero tengo que decirte que lo de esta visita no es solo molesto. ¡La última vez, tuve que ir al médico después de estar con ellos!

No había nada que decir a eso.

—¿Llevas laca?

—Sí.

—¡Pues a los ojos! Échasela a los ojos. ¡Devuélveles lo que te hagan! ¡Llama a la policía si es necesario! Pero no dejes que nadie te haga daño.

Ella suspiró.

—¿Seguro que vas a estar cerca?

—Te voy a seguir todo el tiempo. Tengo la información que me ha dado tu padre, he comprado billete en el mismo vuelo y he reservado habitación en el Disney Hotel. Vamos juntos, algo que a él no le ha hecho mucha gracia. Incluso me ha dicho que si interfiero habrá problemas. Lo bueno es que estamos hablando de Disney World. Habrá millones de personas alrededor. Si necesitas ayuda y no me ves pegado a un par de metros detrás de ti, grita.

—Gracias —contestó en voz baja—. ¿Estás seguro de que Spike estará bien?

—Claro que sí, cariño. Kelly es una persona buena y responsable, y además le gusta tu perro. Además, va a estar sola.

—¿Y su hermana y los demás?

—Se han ido fuera a pasar las vacaciones. Kelly se queda sola. La han invitado a irse con ellos, pero no ha querido ser una carga. Por eso se ha ofrecido a cuidar del perro, para que no tuviéramos que dejarlo en un hotel.

—Ah. No sabía que se había ofrecido ella. Pensé que se lo habías pedido tú.

—Ya te he dicho que...

—Sí, sí, que es muy maja.

—A ver: primero vamos a cenar en San Francisco y luego nos iremos de compras. Te vendrá bien tener algo más de ropa para las vacaciones. No volaremos a Los Ángeles hasta mañana a mediodía, así que tenemos tiempo para relajarnos y disfrutar.

—Vale —respondió, mordiéndose una uña.

Aunque desearía que Lana estuviera viva, se alegró de que no tuviera que ver aquello. Ver sufrir a Courtney le partía el corazón. Lana siempre conseguía esquivar a Stu, o al menos la mayor parte de tiempo, y era capaz de reducir al mínimo las visitas de la niña a su casa, pero por muchas vueltas que le diera él había sido incapaz de descubrir cómo lo hacía.

Tras registrarse en el hotel, se fueron de compras. A pesar de que era como arrastrar cadena y bola, consiguió que se interesara en un par de camisetas, unos pirata y alguna sudadera. No era mucho, pero algo al menos. Escogieron un restaurante italiano, un lugar en el que Courtney pudiera pedirse una pizza. Aún visitaron un par de tiendas más después, pero la niña era incapaz de relajarse y disfrutar.

Con la cantidad de veces que Lief había tenido que pedirle casi de rodillas que dejara de largarle comentarios sarcásticos, ahora no podía soportar su silencio.

Cuando llegaron a Los Ángeles, alquiló un coche. Pasaron

por su restaurante favorito de hamburguesas para asegurarse de que la niña llevase algo sólido en el estómago antes de dejarla en casa de Stu, pero apenas comió unos bocados.

—Mira, lo único que podemos hacer es acabar cuanto antes con esto —le dijo—. Mañana tengo una cita con el abogado y empezaremos con el papeleo. Voy a pedir la custodia permanente. La presentaremos en cuanto estemos en el avión después de esta pesadilla. Hay que intentar soportarlo lo mejor posible Court. Lo siento, pero es lo que tenemos.

—Lo sé.

Le llevó la maleta hasta la puerta y ella llamó al timbre.

—Court... —la llamó, y ella se dio la vuelta. Dejó en el suelo la maleta y abrió los brazos. Ya casi nunca lo abrazaba, y en contadas ocasiones daba muestras físicas de afecto, pero, con los ojos llorosos, se abrazó a él con fuerza—. Todo va a salir bien. Lo superaremos.

—Prométeme que estarás a mi lado —susurró.

—Te lo prometo.

La puerta se abrió y apareció Stu, sonriendo de oreja a oreja.

—¡Bienvenida, Courtney! ¡Cuánto tiempo! Oye, estás genial. ¿Preparada para pasar las vacaciones con la familia?

Courtney bajó la mirada y entro en la casa sin decir nada, arrastrando la maleta tras de sí.

—Gracias, Lief. Nos vemos el día dos.

—Me vas a ver un poco antes. He conseguido billete en vuestro vuelo y una habitación en vuestro mismo hotel. Voy a estar cerca por si Courtney me necesita. No quiero volver a ver marcas de mordiscos, ni puntos, ni maltrato de ningún tipo.

—Vale, vale —le quitó importancia—. Los críos tienen sus cosas. Los hermanos se pelean a veces, y no se puede estar encima de ellos a cada momento.

—Pues más te vale estarlo, Stu.

—¡Relájate, tío! ¡Me la llevo a disfrutar de unas buenas vacaciones! Y no puedo evitar que nos sigas, pero mantente lejos si no quieres que llame a mi abogado.

«Genial», pensó. «Así hablará con el mío».
—No pienso inmiscuirme a menos que ella me necesite.
—No te va a necesitar. ¡Y no quiero verte mientras esté de vacaciones con mi familia!

Courtney esperó al lado de la puerta hasta que Stu se volvió hacia ella para decirle dónde iba a dormir. Resultó que iba a tocarle la habitación de invitados... con cama y todo.
—¿Quieres comer algo?
—No, gracias.
Llevó la maleta a su habitación y cerró la puerta. La casa estaba muy tranquila. Ni la bruja ni los niños habían salido a saludarla, lo cual para ella era perfecto. Sacó el móvil para leer los mensajes y escribió a Amber. *Aún no me han pegado, ni me han echado de comida a los perros. Vamos por buen camino.*
Amber le contestó de inmediato.
No seas tan dramática e intenta divertirte.
—Qué poco sabes de lo que hay aquí —murmuró.
Ni siquiera abrió la maleta. Temía ponerse cómoda, bajar la guardia. Se colocó los cascos y estuvo escuchando música. De vez en cuando oía a los chicos gritar o correr por el pasillo, pero la dejaron en paz. A lo mejor seguía la tónica en Disney y la dejaban disfrutar un poco por su cuenta. Lief le había dado dinero y llevaba la tarjeta de crédito para las emergencias, una tarjeta que llevaba su nombre y que solo podía utilizar si se encontraba en un verdadero apuro y tenía que tomar un taxi o comprar un billete de avión. Si Stu y Sherry la dejaban en paz, incluso podía llegar a disfrutar de Orlando.
Aquella misma tarde escribió también a Lief:
Duermo en una cama y nadie me ha molestado.
Le contesto de inmediato. Tampoco estaba dormido.
Haz cuanto puedas y llámame si me necesitas.
Iba a intentarlo por todos los medios. Quizás, cuando aquello hubiera terminado, Lief se sentiría orgulloso de ella y ese

sería el fin de aquellas visitas a la fuerza. No quería volver a pasar por aquello nunca más. Con los cascos puestos, se quedó dormida. No se puso el pijama, ni salió de su habitación ni siquiera para ir al baño. El sol iluminaba el cuarto cuando se despertó. La batería del móvil se le había terminado de estar encendido toda la noche. Se incorporó y se restregó los ojos. Había dormido encima del edredón. Rebuscó en la maleta para enchufar el cargador del móvil antes de salir de la habitación para ir al baño.

Había mucha actividad en la casa, pero pensó que sería lo normal. Cuando por fin se presentó en la cocina, vio que había equipaje junto a la puerta principal.

—Hola, dormilona —la saludó Sherry alegremente—. Estaba a punto de ir a despertarte. Debías de estar muy cansada para dormir tanto.

—¿Qué hora es? —preguntó. No llevaba reloj. No le hacía falta, ya que llevaba siempre el móvil en la mano.

—¡Ay Dios, son más de las siete, y queríamos salir pronto! Espero que no hayas deshecho la maleta del todo, porque necesitamos que estés lista dentro de un cuarto de hora.

Courtney frunció el ceño.

—¿Lista para qué?

—¡Para salir de viaje, tontita! —se rio.

—Si no nos vamos hasta mañana.

—Cambios de última hora, pequeña —Stu apareció con una taza de café en la mano—. Estaremos allí un día antes de lo previsto.

No había ropa menos adecuada para un viaje que la que llevaban. Sherry se había plantado un traje de chaqueta que pretendía pasar por ser de seda, sandalias doradas y un montón de bisutería. Llevaba la melena pelirroja cardada y de punta, las uñas largas pintadas de color coral, igual que las de los pies. Stu se había engominado el poco pelo que le quedaba.

—Le dijiste a mi padre que el veinte.

Stu frunció el ceño.

—Eso sí que me molesta. Tu padre soy yo, pequeña. Sé que ese tío es importante para ti, pero podrías aflojar un poco, ¿no? Te voy a llevar a que disfrutes de unas vacaciones de primera, y quiero que disfrutes con tu familia. ¿Puedes dejarme ser el padre?

—Le dijiste a Lief que el veinte —insistió. «¿Qué narices es eso de "pequeña"?»

—Encontré un precio fantástico para los billetes a última hora —contestó, irguiéndose cuanto le permitía su metro setenta de estatura—. Seguro que se lo imaginará.

Llamaría a Lief desde el aeropuerto si el teléfono se había cargado lo suficiente. Por el momento no había ocurrido nada desastroso.

—No me da tiempo a ducharme —dijo.

—Aséate un poco y cámbiate de ropa —dijo Stu—. El coche viene de camino. ¡Empieza la diversión!

Todo aquello le daba mala espina, pero estaba entre la espada y la pared. Sus maletas estaban junto a la puerta, todos estaban siendo amables con ella y Stu le había pedido que lo llamase «papá». Eso podía hacerlo, pero las malas vibraciones se negaban a desaparecer.

Un coche enorme con un chófer de uniforme se presentó a recogerlos. Stu se lo estaba montando a lo grande. Cuando llegaron al aeropuerto, el conductor pasó el equipaje a un mozo del aeropuerto. Su padre se hizo cargo de las tarjetas de embarque y los carnés y les hizo pasar a la sala de espera de primera clase. Les dijo a los niños que se sentaran a la mesa, y hubo un pequeño rifirrafe de empujones entre ellos hasta que su padre espetó:

—¡Chicos! ¿Se os ha olvidado ya nuestro trato?

Pararon de inmediato, bajaron la cabeza y se sentaron sin alborotar.

Dios, nunca había visto algo así... a lo mejor las cosas estaban cambiando. Sherry estaba alegre, Stu imponía disciplina y los chicos se habían vuelto casi humanos.

Unos minutos después, una pareja entró en la sala, deshaciéndose en sonrisas al ver a la familia. Traían dos niños con ellos, de unos tres y cuatro años. Hubo montones de abrazos y apretones de manos, y de pronto la mujer, muy bonita por cierto, se acercó a Courtney y agachándose le dijo:

—¡Tú debes de ser Courtney! Soy Ann Paget. ¡No sé cómo decirte lo mucho que te agradezco esto, Courtney! La canguro se ha marchado sin avisar y nos ha dejado colgados. Pero no te preocupes, que Dick y yo haremos que esto te valga la pena, ¡te lo prometo!

—¿Cómo? —preguntó. No entendía nada.

—Y ellos son —dijo Ann, adelantando a los niños—, Alison y Michael. Os presento a Courtney, niños. Decidle hola.

—Hola —dijo Michael, que era el mayor. La niña se metió un dedo en la boca y se escondió en el regazo de su madre.

—Vaya. Es que es muy temprano —explicó—. Suelen ser mucho más abiertos y comunicativos —y riendo, añadió—: ¡Un rasgo que tendrás que vigilar! ¡Estos dos se van con cualquiera!

—¿Qué? —hubiera querido seguir sin entender nada, pero la realidad estaba empezando a hacerse patente—. No entiendo.

—Courtney —dijo Stu—, ven conmigo un segundo, cariño.

Tiró de su brazo para que se levantara de la silla y la llevó hacia un rincón de la sala. Por encima del hombro, vio que Sherry se llevaba a Ann y a Dick al bar. Stu la hizo sentarse en un sofá lo bastante alejado del grupo para que no pudieran oírles hablar.

—A ver, Courtney, este es el trato: estas personas son muy importantes para mi negocio. Él es un conocido director y, si consigo que participe en esta película, puede resolverme la vida, así que estoy dispuesto a hacer un trato contigo: ayúdame y no tendrás que volver a estar conmigo. Líala, y me aseguraré de que no vuelvas a ver a Lief Holbrook en tu vida. Yo tengo la custodia y soy tu padre biológico. No lo verás ni en los fines de semana.

—¿Ayudarte? —preguntó frunciendo el ceño.

—Llámame «papá» y ayuda a cuidar a los niños. Eso es todo. Lo pasaremos bien y, cuando hayamos terminado, Ann y Dick te darán unos cuantos dólares por haber cuidado de sus hijos. Eso es todo.

—¡Quiero irme con mi padre!

—Estoy hablando en serio, Courtney. Si la lías, no permitiré que Lief tenga tu custodia. Soy tu padre biológico y llevo las de ganar.

—¿Después de haberme hecho esto?

—¿Hacerte qué? ¿Acaso es un pecado llevarte a Hawái de vacaciones? ¡Seguro que el juez me encierra por eso!

—¿A Hawái? ¡Pero si íbamos a Disney! Mi padre ha sacado billete en nuestro mismo avión y ha reservado una habitación en el mismo...

Stu sonreía.

—A ver si te queda claro, cariño: me vas a ayudar vigilando a los críos para que Dick y Ann puedan divertirse... no va a ser tan horrible. Y cuando todo haya terminado, vuelves a las montañas con tu caballero andante y yo te dejaré en paz. Necesito que hagas esto, Courtney. Lo necesito como no he necesitado ninguna otra cosa en el mundo.

—¡Pero yo no sé hacer de canguro! ¡No lo he hecho nunca!

—¡Vamos, que tú eres una chica lista! Ann y Dick no estarán lejos. Bastará con que juegues con ellos y procures que no se metan en líos. ¡No vas a tener que cambiar pañales ni darles de comer!

Miró a sus hijos.

—¿A ellos también?

—Ellos ya no necesitan tanta vigilancia. Además, les he dicho que, como me des una sola queja de su comportamiento, están acabados. Si son buenos, los llevaré a Disney. Ahora, dame tu móvil.

—No —respondió, apartándolo de él.

—¿Quieres dejar de comportarte como si yo fuera un secuestrador? Llamaré más tarde a tu padre para decirle dónde estamos. Courtney, te juro que, si haces esto por mí, no volveré a molestarte nunca. No lo pasarás mal, te lo prometo. Ann y Dick son buenos padres y cuidarán de los niños la mayor parte del tiempo. Solo necesitan que les eches una mano entreteniéndolos y vigilándolos para que nosotros podamos charlar, salir a cenar y esas cosas.

—¿Por qué? —le preguntó, moviendo la cabeza—. ¿Por qué me haces esto? ¡Me has mentido a mí, y has mentido a Lief!

—Ya los has oído: su niñera se ha largado. Iban a cancelar el viaje y yo ya tenía dos chalés de primera clase en la playa. Necesito a este director, Courtney. Trabaja conmigo esta vez.

—Primero tengo que hablar con Lief.

—No. Tienes que prometerme que no lo meterás a él en esto. Él no lo aceptará y yo necesito poder estar estos días con los Paget. Ayúdame, colabora conmigo, o nos veremos en los tribunales y tendrás que soportarnos el resto de tu vida.

Sintió que una lágrima le corría por la mejilla y el gesto con que Stu se la secó la pilló totalmente desprevenida. Nunca le había prestado demasiada atención, y menos aún le había mostrado afecto.

—Oye, estoy desesperado, ¿vale? —le dijo con suavidad— Tengo problemas de dinero bastante serios y solo una pequeña probabilidad de solucionarlos. No querría tener que pedírtelo así, pero necesito un respiro de dos semanas. Necesito que me llames «papá» y que evites que los niños se metan en líos para que Ann y Dick puedan centrarse en nuestro negocio. Eso es todo lo que necesito, cariño, por favor.

Lo que ella deseaba hacer en aquel momento era gritar. Pedir ayuda. Decirle a cualquiera que quisiera escuchar que la había engañado y que se la iba a llevar en contra de su voluntad... a unas vacaciones en Hawái. Podría llegar a conseguir que perdieran el vuelo, pero ¿luego qué? A lo mejor le estaba diciendo la verdad. A lo mejor se trataba solo de bajar a la playa con los niños, cuidarlos mientras los padres salían a cenar, y solo con eso aquella pesadilla dejaría de existir.

—No puede ser tan malo, ¿no te parece? Diez días en la playa a cambio de renunciar a tu custodia. ¡Vamos!

—Pero tengo que hablar con Lief.

—Ya te lo he dicho, preciosa. Él no va a acceder a esto. Me joderá el negocio y tendremos juicios durante años. Pero te garantizo que te pasarás todos esos años viviendo en mi casa —extendió la mano hacia arriba—. Yo lo llamaré más tarde y le diré dónde estamos. Dame el teléfono, por favor.

No sabía qué hacer. Ni terminaba de creerlo del todo, ni confiaba en él. Tampoco estaba segura de que haciendo aquello que le pedía acabara dejándola libre, pero de lo que sí estaba completamente convencida era de que, si no le seguía en aquel juego, la iba a hacer sufrir.

Le entregó el móvil. Si Lief no sabía nada de ella, llamaría a la Guardia Nacional.

—Gracias, preciosa. Estoy en deuda contigo por esto y te prometo que te compensaré. Ahora ve a lavarte la cara y a centrarte en lo que tienes que hacer. El resultado de todo esto será el que tú quieras que sea.

Se sorbió la nariz y vio a Stu volver junto a Sherry y los Paget, que aguardaban en la barra del bar, donde le esperaba un Bloody Mary. Ella entró en el baño a controlarse, a prepararse para una condena de diez días.

En el bar, Ann miró a Stu con preocupación.

—¿Ocurre algo? ¿Es que Courtney ha cambiado de opinión?

—Bueno —se rio—. ¡Es que solo tiene catorce años, y quería asegurarse de que ella también iba a poder disfrutar de la playa! Estoy seguro de que lo va a pasar bien.

—¡Por supuesto! —respondió Ann—. Siempre hemos procurado que nuestras canguros tuvieran tiempo para ellas.

—Estupendo— contestó, alzando la copa—. Por unas vacaciones perfectas. ¡Y por una amistad perfecta!

La condena de diez días empezó en la clase turista del avión, que es donde acomodaron a Courtney con los cuatro niños mientras las dos parejas disfrutaban de asientos de primera clase. Los pequeños se comportaban bien, gracias a que estaban acostumbrados a estar con niñeras y al abundante suministro de libros y DVDs que habían llevado sus padres, además de algunas golosinas. Aaron y Conner aguantaron una hora antes de empezar a dar patadas a los asientos de delante, a dar golpes y a gritar. Courtney sabía que estaba corriendo un riesgo, pero no puedo evitarlo y decidió vengarse un poco de Stu y Sherry. Cuando la azafata le preguntó si ella era la responsable de aquellos dos niños, le contestó:

—En realidad soy la niñera de estos dos angelitos. Los padres de estos otros dos viajan en primera. A lo mejor debería avisarlos.

Stu entró, amonestó a los niños con severidad y a ella le dedicó un gesto agrio antes de volver a su fiesta. Tuvo que volver tres veces más, y acercándose a Courtney le susurró al oído:

—No me toques las narices.

—Tus propias palabras fueron: «Ellos ya no necesitan tanta vigilancia». Los del servicio solo tenemos dos manos.

Y con una sonrisa pronunció dos palabras sin sonido:

—Te odio.

Hizo lo que se esperaba de ella durante las seis horas que duró el vuelo: Ann y Dick fueron a ver a sus niños, pero no hubo que avisarlos en ningún momento. Cuando el avión aterrizó en Maui, Courtney estaba agotada, muerta de hambre y con ganas de llorar, pero Ann había quedado impresionada.

Stu tenía una limusina esperándolos en la terminal, y Courtney ayudó a cargar el equipaje y a acomodar a los niños en el coche. Cuando llegaron a los chalés se separaron, y Courtney se fue con Stu, Sherry y los niños al suyo. Antes de que hubieran soltado las maletas, Sherry se acercó a la puerta de sus compañeros de viaje para decirles:

—¡Copas en la playa dentro de media hora!

—Uy, no sé —dijo Ann—. Los niños necesitarán echarse una siesta después de haber estado tanto tiempo en el avión.

—Courtney cuidará de ellos. Verdad, ¿cariño?

Ella se irguió.

—No he comido —dijo—. En turista no sirven comidas; solo en primera.

—¡Pero cariño, tienes que estar muerta de hambre! —exclamó Ann—. Haré que os traigan algo ahora mismo del bar. ¿Puedes ocuparte de instalar a los niños o necesitas mi ayuda?

Se quedó calibrando la respuesta un instante. Ann era tan egoísta como Sherry, pero con un envoltorio más agradable.

—Váyanse —dijo, cansada—. ¿Mamá? —continuó, con un sabor amargo en la boca al pronunciar esa palabra—. Por favor, llévate a los chicos para que no despierten a los pequeños.

—Courtney —respondió, riendo—. ¡Los niños no pueden ir al bar!

—Y yo no puedo ocuparme de todos a la hora de la siesta.

—Estarán bien en la playa —dijo Stu.

Ann escribió el número de su móvil y lo dejó junto al teléfono del hotel.

—Llámame si hay algún problema, Courtney. Vendré de inmediato.

Courtney miró el teléfono y luego a Stu.

—Id vosotros; yo enseguida voy —dijo Stu.

Cuando todos se hubieron marchado, Stu añadió:

—Voy a llamar a Lief para decirle dónde estamos. Pero si tú lo llamas a él, nuestro trato queda roto y tendrás que venirte a vivir conmigo.

—Tendré que decirle que he accedido esto.

—Y se lo dirás. Pero no se te ocurra dejarme con el culo al aire o no te soltaré.

Dos horas más tarde, entregaron una pizza en el chalé en el que Courtney estaba cuidando a los dos niños, quienes después de haber dormido en el avión no estaban nada cansados.

«Esta vez», se dijo, «esta vez lo va a matar. Y ojalá lo haga. Me va a gustar verlo. Si es que salgo de esta».

La reunión con su abogado fue bastante alentadora. Entre el deseo de Courtney de vivir con él en Virgin River, además de los episodios de mordiscos, puntos y que la hubieran hecho dormir en el suelo cuando los demás no solo tenían una cama, sino su propio dormitorio, tenía que ser pan comido. Eso sin mencionar el hecho de que Stu la había echado de su casa, entregándosela a Lief. Al fin y al cabo, tenía catorce años y medio, no cuatro y medio. Y no había elegido vivir con Lief por salirse con la suya. Desde que estaba con él su aspecto había cambiado dramáticamente, lo mismo que sus notas. Tenía nuevos amigos y algunas aficiones nuevas también, y saludables, como montar a caballo.

—A menos que Stu quiera oponerse, no veo ningún problema —dijo el abogado—. Podría llevarnos un tiempo porque los tribunales van lentos, pero no tendría que volver con él.

Lief le escribió a su hija:

Buenas noticias. El abogado dice que todo va a ir bien. Que esta visita termine en buenos términos y tendremos la custodia.

Unas cuatro horas más tarde, recibió su respuesta:

Eres la bomba. Grcs. Todo bien. HL.

Qué raro. En primer lugar, sus respuestas solían ser siempre inmediatas. Incluso media hora se le habría hecho mucho, así que cuatro horas... además, tampoco escribía cosas como «eres la bomba», y menos aún lo de «HL», hasta luego

Escribió de inmediato:
¿Estás bien?
Genial. Hasta luego.

Al día siguiente, se presentó en el aeropuerto, esperando ver a toda la familia Lord en la sala de embarque, preparados para partir, y al no verlos dio por sentado que llegaban tarde. Pero a medida que se fue acercando la hora de embarcar, se empezó a preocupar, y cuando prácticamente todos los pasajeros habían pasado ya el control, se acerco a la azafata y le preguntó si ya habían embarcado.

—Lo siento, señor, pero no nos está permitido facilitar esa información.

—¿Podría comprobar si mi hija, Courtney Lord, está en el avión?

—Mire, yo no puedo...

Sacó la cartera y la abrió. Llevaba la fotografía más reciente de Courtney.

—Soy su padrastro, pero vive conmigo. Su madre falleció y ella iba a hacer este viaje con su padre biológico y su nueva familia, pero en contra de su voluntad. Se lo ruego, ayúdeme. Le prometí estar cerca por si me necesitaba, y no voy a embarcar hasta no saber que esté dentro.

—Señor, esto podría ser un...

—¿Qué? ¿Un engaño? ¿Le parecería mejor que embarcase en un avión lleno de pasajeros una chiquilla de catorce años muerta de miedo?

La azafata se quedó pensativa un instante, claramente planteándose si debía o no transgredir las normas por una persona que en principio parecía creíble.

—Déjeme la fotografía, por favor.

Lief se la entregó. La azafata tecleó algo en el ordenador y se alejó un momento de su puesto para enseñársela al agente que controlaba a los pasajeros que iban embarcando. Luego se sumergió en las profundidades del pasillo que conectaba con el avión y pasaron cinco largos minutos antes de que volviera.

—No la he visto, y nadie recuerda haberla visto embarcar. Tampoco está su nombre en la lista de embarque.

Cerró los ojos un instante antes de recoger la fotografía.

—Gracias. Tengo que recuperar el equipaje que he facturado.

—¿No va a embarcar, señor Holbrook?

—No. Tengo que pedir que me bajen el equipaje y encontrar a mi hija.

Una vez hubo recuperado la maleta, llamó a su abogado. Marcó el número de Stu y otra vez el de su hija, pero en ambos le saltó el buzón de voz. Llamó al hotel de Orlando, pero no quisieron decirle si había una reserva a nombre de Stu. Lo que sí le dijeron es que no se había registrado nadie con ese nombre.

Entonces llamó a Kelly.

—Ha vuelto a engañarme —dijo—. No encuentro a Courtney y no me responde al teléfono; ni ella, ni él.

—Ay, Dios mío... ¿Qué vas a hacer?

—No lo sé. Voy a hablar con la policía. Luego te llamo.

CAPÍTULO 15

Kelly se sentía un poco sola. Spike no le bastaba para sentirse acompañada. Lo metió en su camita con un muñeco para morder. Luego se quitó el chándal, se vistió con vaqueros, botas, una blusa blanca y una gruesa americana de lana, y se dirigió al bar, pero no con las manos vacías, sino con una gran cantidad de galletas de Navidad para repartir entre la familia de Jack y la del Reverendo. El local estaba vacío.

—Vaya, se diría que he alquilado el local para una fiesta privada —bromeó nada más entrar.

—Cuánto me alegro de verte —la saludó Jack—. Han venido algunos clientes de los de siempre para cenar, pero ya no quedan cazadores en esta época. Todo el mundo anda envolviendo regalos de Navidad y viajando de un lado para otro. Faltan muy pocos días para Navidad.

—Os he traído unas galletas para el Reverendo y para ti —dijo, colocando dos platos cubiertos con papel de plata en la barra.

—Dios te lo pague. Nos han traído más otros amigos como tú, pero no he conseguido que llegase ni una a casa. Mel no sabe hacerlas, y yo no tengo tiempo.

—¿No sabe hacer dulces?

—Ni uno —confirmó, y dio unas palmadas en la pared para llamar al Reverendo—. ¿Has cenado?

—Sí, gracias. Solo venía a tomar una copita de brandy en una fría noche de diciembre como esta, y a disfrutar de la compañía. El cachorro de Courtney y yo nos llevamos de perlas, pero aún no ha aprendido a hablar.

—Es verdad, que estabas sola —recordó Jack. El Reverendo salió de la cocina secándose las manos en el delantal. Como siempre, salía frunciendo el ceño, pero al verla lo cambió por una sonrisa. Jack continuó hablando—. Los Riordan están en D.C con Sean y Franci, y Lief se ha marchado también. Ya sabes que siempre estás invitada a venir a nuestra casa. Y no te preocupes, que aunque Mel no sabe cocinar, yo sí.

—En nuestra casa siempre serás bienvenida también —intervino el Reverendo.

Ella sonrió.

—Gracias, chicos. Por ahora me conformo con esa copita. También me han invitado en casa del general Booth.

—Entonces, vamos a servirnos ese licor —dijo Jack—. No hay nadie que vaya a hacernos trabajar ahora —sobre la barra puso una gran copa para ella, y dos vasos, uno para él y otro para el Reverendo—. ¿Te van bien las cosas, Kelly?

—Sí, lo llevo bastante bien. Encuentro la casa un poco vacía, pero no he vivido con nadie en toda mi vida adulta, y Jill y yo casi nunca hemos coincidido en vacaciones antes de que se viniera a vivir a Virgin River, de modo que esto no es nuevo para mí. Lo que pasa es que... —carraspeó— echo de menos a Lief.

—¿Has sabido de él?

—Sí —respondió y tomó un sorbo. Necesitaba ver un rostro amigo después de su alarmante llamada—. Un Remy —apreció el licor—. Gracias, Jack. Está delicioso. Sí, he hablado con él varias veces, y ha tenido algunos problemas. Según parece la información del viaje que le dio el padre de Courtney no era correcta, y cuando se presentó en el aeropuerto resultó que no habían tomado el avión que se suponía que iban a tomar. Él también iba a viajar en ese vuelo y, claro, en el hotel de Orlando no querían decirle si la familia de Stu tenía reservadas habitaciones allí, pero el caso es que esta mañana aún no se habían registrado, así que Lief no sabe dónde están. No tiene ni idea de si se trata simplemente de otro vuelo y otro hotel, o de un viaje completamente distinto. Courtney no le contesta al teléfono y no consigue localizar a ninguno.

—¡Jesús! —exclamó el Reverendo—. ¡Eso es horrible! ¿Qué clase de cerdo hace una cosa así?

—Pues, en este caso, la clase de cerdo que resulta que tiene la custodia de la niña. Lief ha escrito a Courtney pidiéndole que le dijera dónde está y no le ha contestado. Ha llamado a Stu varias veces, incluso desde un número oculto, pero tampoco contesta. O Courtney se lo está pasando de maravilla, o él no le permite usar el teléfono.

—Lief debe de estar medio loco —adivinó Jack—. ¿Sigue en L.A. o se ha ido a Orlando?

—No quiere moverse hasta no saber adónde ir.

—¿Y no ha pensado volverse?

—¿Volverse sin Courtney? Impensable. Creo que vive entre el aeropuerto y el coche de alquiler. Ha ido a hablar con los vecinos del padre, ha llamado a la policía, incluso ha contratado a un detective y ha intentado sobornar al personal del aeropuerto, que a punto ha estado de hacer que lo detengan. Y es la semana de Navidad, así que nadie está por la labor. Además no es un secuestro en toda regla, dado que él mismo le dio permiso a Stu para que se la llevara de vacaciones. Todo el mundo le dice que se calme, que es su padre, que volverá pronto y todo eso —dejó la copa y se frotó las sienes—. Lo siento muchísimo por él. Bueno, por los dos, pero esto me supera.

—Sé lo que es eso —contestó el Reverendo, alzando su copa.

—¿Ah, sí?

—Cuando conocí a Paige, estaba casada y ya tenía a Chris. Llegó aquí una noche huyendo de un mal marido, y nos costó Dios y ayuda dejar todo eso atrás y poder empezar de nuevo.

—Dios y ayuda, es verdad —corroboró Jack.

—Yo creía que los dos niños eran tuyos.

—La verdad es que nunca me había imaginado a mí mismo casado y con hijos. Es un milagro.

—Déjame hacerte una pregunta: ¿cuántos años tenía Chris? ¿Te fue difícil conseguir que te aceptara?

—Solo cuatro. Nos llevamos bien desde el primer momento, pero no porque yo tuviera alguna idea de lo que estaba haciendo. Fue a Paige a quien más trabajo me costó ganarme. Su relación con su anterior esposo había sido un infierno y le preocupaba mucho cometer el mismo error. Hace falta mucha paciencia, Kelly. Paciencia y fe ciega, digamos.

—Y mientras estabas teniendo esa paciencia, ¿te sentiste solo?

Jack y el Reverendo se quedaron un momento en silencio.

—Vente a cenar a casa la noche de Nochebuena, Kelly —le ofreció el Reverendo—. Incluso te dejaré ayudar en la cocina si así te sientes mejor.

—No, no es eso —se rio—. Estoy acostumbrada a estar sola. Lo que pasa es que, salga como salga esto, no sé cómo convencer a Courtney que no pretendo robarle a su padre. La pobre ha pasado por tanto... ¿quién sabe dónde estará ahora? Yo no quiero ser la siguiente madrastra perversa.

—Es un poco especial, pero todos los adolescentes lo son. Hasta los que no han tenido mayores problemas en su vida.

—En este momento estaría encantada de enfrentarme a sus rarezas si supiera que está a salvo con Lief —tomó otro sorbo—. Se necesitan mucho el uno al otro.

«Y yo lo necesito a él casi demasiado», admitió.

Lief había agotado todas sus ideas en aquellos últimos dos angustiosos días. Al parecer no había modo de conseguir ayuda para un padrastro engañado. No podía imaginarse por lo que debía de estar pasando Court, separada de él de ese modo. ¿Creería que había faltado a su palabra? Le daba pánico pensar dónde podría estar, aunque casi estaba convencido de que Stu no la habría sacado del país. Tenía su pasaporte en la caja fuerte de Virgin River, junto con su partida de nacimiento.

De repente se le ocurrió algo: el número de Walt Booth estaba en la guía, de modo que lo llamó. Descolgó al segundo timbrazo.

—Walt, soy Lief. Llamo desde Los Ángeles y necesito hablar con Muriel. Es urgente.

—Hola, Lief. La tengo aquí a mi lado. Espera.

Lief le explicó lo que había ocurrido.

—¡Será cerdo! —exclamó—. ¿Cómo se le puede hacer algo así a una niña, y luego dormir por las noches? No te preocupes, que yo lo encontraré.

—No contesta al móvil, pero te doy el número por si a ti te responde.

—Conseguiré hablar con él, no te preocupes. Lo haré a través de algún estudio o agencia. Y, aunque estemos en Navidad, le diré que quiero reunirme con él para hablar de una película. Me ofreceré a ir donde esté. Tú quédate tranquilo y procura no dejarte llevar por los nervios.

—Dios, ¿por qué no se me habrá ocurrido llamarte hace dos días? ¡Gracias, Muriel!

—Ten el teléfono encendido, Lief.

En menos de una hora sonó. Era ella.

—Está en Maui. Kapalua Beach, en un chalé. ¿Tienes boli?

—Listo.

Le dio la dirección.

—¿Puedes llegar hasta allí, Lief?

—Llegaré aunque tenga que ir nadando —contestó—. Estoy en deuda contigo.

—Anda, déjate de tonterías y ve a buscar a la niña. Nunca me gustó Stu Lord.

Lief fue a devolver el coche de alquiler y directo a Los Ángeles, dispuesto a comer y dormir en el aeropuerto hasta conseguir un vuelo. Le dijeron que tendría que esperar varias horas y no sería directo, pero por lo menos era algo, teniendo en cuenta las fechas en las que estaban. El aeropuerto era un auténtico hormiguero.

Courtney llevaba tres días de canguro, contando el día de viaje, y estaba agotada, aunque Alison y Michael eran niños buenos y sus padres solían andar siempre cerca. Stu le había dicho que había hablado con Lief, y que le deseaba que lo pasara bien en el viaje y que ojalá pudiera estar también él allí.

—¿No ha querido hablar conmigo?

—Courtney, le he pedido que no interfiriera y le he asegurado que estabas bien. Me ha advertido que más valía que le estuviera diciendo la verdad, y eso es todo. Al fin y al cabo, soy tu padre.

—¡No te creo!

—Teníamos un trato —le recordó.

—¡Estoy harta de cuidar niños!

—Tú decides, Courtney: vida en L.A. o en las montañas. La decisión es tuya.

Pero es que no iba a aguantar toda una semana así: persiguiendo niños, comiendo con ellos, leyéndoles cuentos, jugando con ellos, durmiendo en el sofá de Ann y Dick hasta que volvían a altas horas de la noche, un poco achispados. Y para colmo, Ann era capaz de decirle:

—Courtney, nuestra última canguro por lo menos recogía un poco la casa antes de que llegáramos.

—¡Pero es que yo no soy canguro y nunca he querido serlo!

—¡Si lo haces de maravilla! Los niños te adoran.

Y así cada dos por tres.

Por lo menos no tenía que ocuparse constantemente de los dos mayores. Stu y Sherry dejaban que hicieran lo que quisieran y estaban pendientes de ellos durante el día. Incluso contrataron un servicio de cuidadoras del hotel por las noches, ya que Courtney estaba en el otro chalé con los niños de Ann y

Dick. Gracias a Dios sus hermanastros no querían jugar con un niño y una niña de tres y cuatro años.

Seguía intentando encontrar el modo de escapar de aquella situación sin que el precio a pagar fuera una sentencia de muerte. Se planteó de todo, incluso salir huyendo sin más y vivir en la calle. Podría escabullirse en cualquier instante. Tenía la tarjeta de crédito. No le importaría quedarse en el aeropuerto hasta conseguir un vuelo, aunque tuviese que esperar durante días. Pero al menos tendría que decírselo a Ann y Dick porque no podía dejar solos a Alison y Michael, que eran dos criaturitas inocentes. Si algo les ocurriera, podría pasarse la vida en la cárcel. Si se lo decía a los Paget, alertarían a Stu. Y aunque eran personas educadas que siempre pedían las cosas por favor, daban las gracias e impartían órdenes con una sonrisa, no sentían la más mínima inclinación a cuidar de sus propios hijos. Obviamente estaban acostumbrados a contar con ayuda las veinticuatro horas del día.

Qué ganas tenía de perder de vista aquella isla.

En aquel momento estaba en el restaurante del hotel para desayunar con Alison y Michael, como siempre. Estaban sentados a una mesa situada en el extremo contrario a la que ocupaban Stu y Sherry, Dick y Ann. Los adultos no querían ser molestados o que se los llamara a menos que fuese absolutamente necesario. Los niños mayores ya habían terminado y se habían marchado a la playa. Mientras ella y los dos pequeños terminaban, una pareja mayor que había visto en varias ocasiones aquellos días se sentó en la mesa de al lado.

—Eres una jovencita muy responsable —le dijo el caballero.

—Qué hermana mayor tan encantadora —añadió la mujer de cabello plateado.

—No somos familia.

—¿Ah, no? En ese caso eres una magnífica cuidadora —respondió el caballero.

Y en aquel momento supo que estaba salvada. Lief encontraría el modo de sacarla de aquel lío de la custodia. No iba a vivir con Stu.

—Disculpen, ¿no tendrán por casualidad un teléfono móvil?

—Claro que sí —dijo el caballero, lo sacó del bolsillo de la camisa y se lo ofreció—. No será una llamada internacional, ¿verdad?

—No, claro que no —marcó y esperó—. ¡Joroba! El buzón de voz. ¡Papá! ¡Papá soy yo! Estoy en Maui, en Kapalua Beach. ¡Ya sé que no teníamos que estar aquí! Stu me dijo que, si te llamaba, encontraría el modo de que no volviera a verte, y que lo lamentaría. ¡Papa, quiero volver a casa! —entonces sí que se asustó, porque lo había hecho. ¡Había roto su acuerdo!—. ¡Por favor, ven a buscarme! Me ha quitado el teléfono y me ha advertido que no se me ocurra llamarte. ¡Ven pronto, por favor! ¡Ven a buscarme, por favor papá! —se tragó las lágrimas—. Por favor...

Colgó y le devolvió el teléfono al señor. La pareja la miraba con la boca abierta, horrorizados.

—Gracias.

—Cariño, ¿necesitas ayuda? —preguntó la mujer.

—Necesito a mi padre. En cuanto oiga el mensaje, vendrá a buscarme.

—¿Te ocurre algo? ¿Estás en peligro?

Negó con la cabeza.

—Estaré bien hasta que llegue mi padre —limpió la carita a los niños y dijo—. Vamos, niños. Vámonos a los columpios.

Antes de salir miró por encima del hombro y vio al matrimonio mirándose con incredulidad y hablando entre ellos, pero siguió andando hacia el parque. Quizás fuera verdad que a Lief le parecía bien que hubiera hecho aquel viaje, como le había dicho Stu, pero, en cuanto oyera su llamada, acudiría.

Y Stu tendría que aguantarse. Tendrían que cuidar de sus propios hijos. ¡No podía seguir allí!

Llevaba una hora siguiendo a los niños por el parque y columpiándolos cuando se dio cuenta de que un policía de uniforme azul se acercaba. Su compañero se había quedado en el camino de detrás, hablando por la radio, y la pareja de cabello plateado estaba con él.

«¡Mierda! ¡Han llamado a la policía! ¡Eso sí que va a cabrear a Stu!»

No había sido raptada, sino engañada, y por su propio padre. Debería haber empezado a gritar en el aeropuerto de Los Ángeles.

—Hola, jovencita. ¿Qué tal estás?

—Estoy bien —contestó sin dejar de empujar a los niños en los columpio.

—Me preguntaba si necesitas ayuda. Estaría encantado de ayudarte si tienes algún problema.

—¿Por qué?

—Hemos recibido una llamada en la que nos han dicho que te retienen aquí en contra de tu voluntad. Aquella pareja de allí te ha oído llamar a tu padre y pedirle que viniera a buscarte porque alguien no te ha permitido llamarlo. ¿Es así? ¿Hay algún problema del que quieras hablarme?

—Es que necesitaba llamar a mi padre para pedirle que viniera a buscarme. Podría haber vuelto a California sola, pero Stu no me deja marchar. Pero mi padre vendrá a buscarme. Es mi padrastro en realidad, pero llevo años viviendo con él. He vivido con él desde que mi madre murió, pero mi padre de verdad me trajo aquí para que cuidara de los hijos de sus amigos y que así ellos pudieran estar de fiesta y mi padre... mi padrastro, con el que vivo, seguramente no sabe ni que estoy aquí. Stu me dijo que lo había llamado, pero yo no me lo creo. Stu... mi padre de verdad, le dijo que me iba a llevar a Disney con su familia, pero me trajo aquí para que hiciera de canguro. Eso es todo. Lo que necesito es que mi padre venga a buscarme. Mi padrastro. ¡Pero es que él es mi verdadero padre!

El policía frunció el ceño. Debía de estar completamente confundido.

Y Stu Lord, que parecía totalmente ciego y sordo a las diabluras de sus hijos en la playa, o a los momentos en que actuaban como luchadores profesionales en la clase turista del avión, corría hacia ellos porque había visto a un policía cerca. Llegó sin aliento.

—Oficial... —jadeó—. ¿Ha hecho mi hija algo malo?

—Solo le estaba ofreciendo nuestra ayuda, señor —contestó, rozándose la gorra. Luego miró a Courtney—. ¿Quién es este hombre, señorita? ¿El padre o el padrastro?

—El padre. Dijo que iba a llevarme a Disney a pasar las vacaciones de Navidad, o al menos eso es lo que le dijo a mi padre, mi padrastro, técnicamente. Pero hemos venido aquí y me ha puesto a cuidar a los hijos de sus amigos.

—¿Es eso cierto? ¿Y qué es lo que necesitas?

—Pues he llamado a mi padre para decirle que estoy aquí y que quiero volver a casa, pero me salió su buzón de voz. Estoy convencida de que Stu no lo ha llamado y que debe de andar medio loco buscándome. Ya le mintió una vez, y apuesto a que ha vuelto a hacerlo. Y yo no puedo seguir haciendo de canguro. ¡Yo no he accedido a esto, y llevo cuidando de estos niños más de tres días sin descanso! ¡Estoy hecha polvo!

—¡Bueno, bueno! —cloqueó Stu—. Creo que esta jovencita lo que necesita es un descanso. Ya me ocupo yo, agente. Siento que le haya molestado.

—¿Alguien te ha amenazado con castigarte si intentabas llamar a tu padre? —preguntó a Courtney—. Bueno... a tu padrastro.

—Él me ha quitado el teléfono. Se suponía que iba a llamar a mi padre todos los días para que supiera que estoy bien, pero Stu me ha quitado el móvil, y me ha dicho que, si llamaba a mi padre, nunca volvería a vivir con él, ni siquiera los fines de semana.

—Estamos de vacaciones, agente, y he pensado que debíamos cambiar un poco las normas para que no se pasara las horas colgada del teléfono y esas cosas...

Sherry, Ann y Dick se acercaron.

—¿Hay algún problema, agente?

—Eso creo, señor. ¿Estos niños son suyos?

—Los pequeños, sí —contestó Ann—. Y Courtney es nuestra canguro.

—¡De eso nada! ¡Yo no sé nada de este trabajo y además no lo he pedido! —llegaron los niños mayores, oliendo a sudor de correr por la playa—. Ellos dos son los hijos de Stu. Son mis hermanastros.

—¿Y también cuidas de ellos?

Ella asintió.

—Pero sobre todo de los pequeños. Desde que se despiertan hasta por lo menos la medianoche.

Sherry se rio alegremente.

—¡Pero se le paga por ello, agente!

—¿Cuántos años tienes? —preguntó el policía con el entrecejo arrugado.

—Catorce. Mire, yo lo único que quería era llamar a mi padre. ¡Eso es todo!

—¿Llamar a tu padre? ¡Stu es tu padre! —dijo Dick.

—Sí, pero no he vivido con él desde hace siglos. Jamás me llama, ni había vuelto a saber de mí desde que me echó de su casa el año pasado. Me dijo que iba a llevarme de vacaciones a Disney, pero lo que quería era que alguien cuidara de estos niños mientras firmaba un acuerdo con usted. Y ahora me gustaría recuperar mi teléfono.

—¡Oficial! —se rio Stu—. Es evidente que tenemos a una adolescente un poco paranoica aquí y le aseguro que yo puedo arreglar esta situación. Necesita un descanso, divertirse un rato, un poco de...

—A mí me parece que lo que necesita es llamar a su padre, al padre con el que vive, al menos.

—Y nos ocuparemos de eso, pero ahora mismo nos estamos preparando para una reunión con una actriz de primer orden —carraspeó haciéndose el importante—. ¿Ha oído hablar de Muriel St. Claire? Se va a reunir hoy con nosotros aquí en cuanto el estudio pueda traerla aquí en su avión. Yo me ocupo de Courtney, se lo prometo. Yo sé...

—¡Courtney!

La niña apartó al policía y vio a Lief, que venía por el paseo, arrastrando su equipaje. Soltó la maleta y corrió hacia ella.

—¡Papá! —gritó Courtney y salió corriendo hacia él.

Él la abrazó con fuerza y, por primera vez en muchísimo tiempo, su hija lloró. Lloró ocultando la cara en su cuello y sollozando, abrazándose a él con tanta fuerza que no sabía cómo podía respirar.

—Mi niña... —susurró Lief—. No pasa nada. Estoy aquí. No pasa nada.

Lief alzó la cara. Un policía hablaba con una pareja madura y tomaba notas. El otro los observaba a ellos dos con los brazos en jarras. La pareja que acompañaba a Stu y Sherry los miraba boquiabiertos. Sherry fruncía el ceño y Stu daba golpecitos impacientes con el pie.

Dejó a Courtney en el suelo.

—Court, ¿qué ha pasado? ¿Por qué está aquí la policía?

—¿Ves a esa pareja de pelo gris? A ellos les pedí el móvil prestado para dejarte un mensaje en tu buzón de voz. Supongo que fueron ellos los que llamaron a la policía.

—¿Estás bien?

Ella asintió y se secó las lágrimas.

—Me ha traído aquí para que cuide de los niños de ese director y así él pueda cerrar un acuerdo con el padre. Me dijo que, si no lo hacía, tendría que vivir con él para siempre. Que ni siquiera podría estar contigo los fines de semana.

—¿Ah, sí? ¡No si yo puedo evitarlo!

Tomó a su hija de la mano y se acercaron al grupo.

—Bueno, no podías ser más inoportuno —dijo Stu—. Están pasando muchas cosas hoy aquí que no te conciernen, Holbrook, de modo que si eres tan amable...

—Agente, tengo un acuerdo de custodia conjunto con este hombre. Traigo una copia en la maleta. Se ha traído a mi hija a Maui sin mi permiso y sin tan siquiera ponerlo en mi conocimiento.

—Pueden ir a la comisaría y poner una denuncia que tramitará un juzgado de familia —contestó—, aunque no creo que puedan arreglarlo antes de Navidad. Hay mucho trabajo aquí estos días, y yo no voy a presentar denuncia a menos que haya habido algún abuso a la menor. ¿Por qué no intentan arreglarlo de forma amistosa para que todos podamos tener las vacaciones en paz?

—Me encantaría hacerlo, agente —dijo Stu—, pero tengo una reunión con...

—Dick, es Lief Holbrook. Le dieron un Óscar por *Deerslayer* —dijo Ann a su marido en voz baja.

—¿Un Óscar? —coreó Sherry—. ¿A él? ¿Por qué? ¡Si solo es escritor!

Courtney elevó la mirada a las alturas. Sherry era una ignorante.

Dick le ofreció la mano.

—Lief, soy Dick Paget. Nos conocimos la noche de los Óscar, creo recordar. Me alegro de volver a verte.

Lief tenía el ceño fruncido y no le estrechó la mano. Courtney le tiró de la manga y se agachó.

—Ellos creen que soy su canguro —le dijo.

—¿Eso es cierto?

—Bueno, no exactamente —respondió Dick, retirando la mano—. Creíamos que quería trabajar cuidando a los niños, o eso es por lo menos lo que nos dijo Stu. Le hemos pagado por ello, desde luego.

—Mira, haz lo que te dé la gana —intervino Stu—. ¿Quieres llevártela a casa? Pues llévatela. No voy a discutir por ello. Lo único que quería era llevarme a mi hija de vacaciones a Maui... ¡un sueño para cualquier cría! ¡Y, si eso no está bien, pues denúnciame! Haz lo que quieras, pero ahora mismo tengo que prepararme para mi reunión con Muriel St. Claire. ¡No tengo el tiempo ni la paciencia necesaria para hablar con Courtney y averiguar si está o no de humor para ayudarnos con los niños!

Lief movió la cabeza.

—Eres un cenutrio —le dijo—. ¿Cómo crees que te he encontrado siendo que no contestabas a mis llamadas? Pues hablando con Muriel para pedirle que te localizara, aunque fuera ofreciéndose a encontrarse contigo para una película.

Riéndose, miró a Courtney.

—¿Dónde está tu equipaje?

—En el chalé.

—¿Tienes llave para que podamos sacarlo?

—Sí.

—Vámonos de aquí.

Pero Stu lo agarró por la manga.

—¡Espera! ¿Y qué pasa con Muriel?

Aquel tío era increíble.

—Es una buena amiga mía y le pedí ayuda para encontrarte, a lo que se prestó encantada. Incluso me preguntó qué clase de bastardo es capaz de hacerle algo así a una niña. Supongo que eso significa que la reunión queda cancelada —miró entonces al policía—. ¿Somos libres de marcharnos?

—¿Todo el mundo está de acuerdo, o aún no está claro cuál es el padre que está al cargo de la niña?

Todos asintieron, aun aquellos espectadores que nada tenían que ver con la custodia de Courtney.

—Gracias —contestó Lief y, dando media vuelta, se alejaron de toda aquella conmoción.

Era muy tarde en Honolulú cuando llamó a su casa de Virgin River. Kelly descolgó adormilada.

—Hola, tesoro. Misión cumplida. Ya he recuperado a Courtney. Estamos en Honolulú y está dormida. Yo he salido al patio. ¿Oyes las olas?

—Creo que sí. ¿Qué hora es ahí?

—Medianoche. Han sido dos días muy largos. Stu la había obligado, manipulándola claro está, para que hiciera de canguro de los niños de otra pareja y así él poder cerrar un trato con el padre para una película. Por eso se le vienen abajo tantos proyectos: porque es un idiota —le explicó cómo Muriel le había ayudado a sacarlo de su escondite—. Su mayor preocupación era arreglarlo todo como fuera con tal de tener su reunión con Muriel. Deberías haber visto qué cara se le quedó cuando le dije que había sido un truco para localizarlo.

Kelly se echó a reír.

—Ay, lo siento. Seguramente no ha estado bien que me riera.

—¿Sabes una cosa? Que como Stu vuelva a darme problemas con la custodia de Courtney después de esto, estoy dispuesto a jugar sucio. No sé exactamente cómo, así que espero que no me ponga entre la espada y la pared.

—¿Estás bien?

—Cansado, aliviado y echándote horriblemente de menos. En la agencia de viajes me están buscando billetes de vuelta para California, pero a estas alturas del año es muy complicado. He dado de comer a Courtney, la he metido en la cama y me he salido fuera con una copa —respiró hondo—. ¡Menudo circo!

—¡Gracias a Dios que vuelves a estar al mando!

—Kelly, es posible que no consigamos volver para Navidad. Las posibilidades de conseguir un billete en Nochebuena o en Navidad son...

—Lo comprendo. De todos modos no te esperaba hasta el dos de enero, aunque eso no quiere decir que no te eche de menos.

—¿Quieres saber cuánto te echo yo? Lo único que me falta en este momento es tenerte a ti en los brazos. Cuando estemos en casa, a lo mejor la vida puede volver a ser normal.

Ella se rio.

—Eso crees, ¿eh?

—Vale, admito que habrá que hacer algunos ajustes. Courtney ha vuelto a pasar por otra pesadilla gracias a Stu, y tendré que volver a llevarla al psicólogo antes de que empiece el colegio. Pero en el futuro nos espera la cordura. En el futuro próximo.

—Desde luego optimismo no te falta —respondió, aunque con dulzura en la voz.

Hablaron hasta que Lief se hubo acabado su copa y apenas era capaz de mantener los ojos abiertos. Antes de acostarse, puso a cargar el teléfono, que sonó a primera hora de la mañana. En la agencia de viajes les habían conseguido un vuelo a San Francisco en Nochebuena. Perfecto.

Cansados como estaban, agotados emocionalmente tras aquella aventura, unas risas en el aeropuerto era lo último que se esperaban. Mientras aguardaban en la sala de embarque, ¿quién apareció allí? ¡Pues Ann, Dick Paget y sus niños! No se habrían dado ni cuenta de no ser porque Alison y Michael salieron corriendo a saludar a Courtney.

—¡Hola, chicos! —los saludó ella—. ¿Vais al avión?

—Nos volvemos a casa —contestó Michael.

—¡Niños! —los llamó Ann—. ¡Venid aquí ahora mismo!

Ann parecía un poco desencajada. No dejaba de apartarse un mechón de pelo de la cara y no iba vestida tan mona como de costumbre. Es más, parecía bastante irritada. Seguramente no estaba acostumbrada a perseguir a un par de críos por la playa. Y Dick no dejaba de hostigar a la azafata por ver si podía pasarlos a primera, aunque la pobre le había dicho ya en varias ocasiones que no había nada disponible.

Lief se había quedado con los dos únicos asientos vacantes. Ellos sí iban a volar en primera. Ambos se miraron e intentaron con todas sus fuerzas no echarse a reír.

Poco después abrieron el embarque. Primero, cinco pasajeros con necesidades especiales, luego, los de primera clase. Ann los miró frunciendo el ceño al dejarlos atrás en la zona de primera para ocupar sus asientos en turista.

Cuando el avión estaba ya en el aire, Courtney se inclinó hacia Lief y le dijo por enésima vez:

—No pienso volver nunca a casa de Stu. Jamás.

—De acuerdo.

—Hablo en serio. Lo mismo me da que el Tribunal Supremo diga que tengo que hacerlo.

—No lo hará.

—¿Pero y si ocurriera? ¿Y si un juez dice que...

—No. En primer lugar, no creo que volvamos a tener problemas. En segundo, si por algún extraño giro del destino llegara a ocurrir, encontraría el modo de lidiar con Stu. A lo mejor preparándole un encuentro con Muriel St. Claire o algo así —sonrió—. ¿Hay algo más que te preocupe?

—No —respondió, recostándose en su asiento—, pero me gustaría... ya sabes...

—¿Qué te gustaría?

—Ya lo sabes. Que pudiéramos estar solos tú y yo.

—¿A qué te refieres?

Ella se limitó a encogerse de hombros, y él la empujó suavemente con el codo.

—Vamos, dime.

—Pues que ojalá no volvieras a casarte.

Lief hizo que lo mirase sosteniéndola por la barbilla.

—No he hecho planes de matrimonio, y no he hablado de ello con nadie. Pero siento mucho cariño por Kelly, y ella ha sido muy buena con nosotros dos. Me gustaría que le dieras una oportunidad. No tiene que ser tu amiga a menos que tú lo quieras. Pero no he hecho planes de casarme. Aún no.

—Te ayudaré más con la casa —se ofreció—. Seguiré sacando las mejores notas y seré educada todo el tiempo para que no tengas que preguntarte si es que se me ha metido el demonio en el cuerpo.

Lief se rio.

—Eso estaría bien. Me gusta.

—¿Y seguiríamos siendo solo dos?

—Courtney, te he dicho que no voy a casarme...

—Pero la quieres. Ayer te oí hablar por teléfono. La quieres.

Qué oído tenía. Ni Superman...

—Sí —admitió—. Pero ya te lo he explicado, Courtney: si por un golpe de suerte consigo tener novia, no por ello voy a dejar de ser tu padre. Yo también necesito amigos. Necesito sentir amor como el que más. Pero no pienso casarme con nadie hasta que la idea no te guste a ti tanto como a mí.

—¿Lo prometes?

Suspiró.

—Lo prometo. Pero no quiero que te cierres en banda. Kelly es buena para mí; me hace feliz. Y creo que con las circunstancias adecuadas, también sería buena para ti y podría hacerte feliz.

—¿Pero lo prometes? —insistió.

Lief tardó en responder.

—Lo prometo.

CAPÍTULO 16

Lief no le contó a Kelly lo de la promesa que Courtney prácticamente le había arrancado de los labios, y a su hija le dijo que pensaba continuar con su amistad con Kelly. Tuvo que repetirle que no iba a interferir con su relación y que no iba a casarse con nadie que no mereciera su aprobación, al menos mientras siguiera siendo una niña y viviera bajo su techo.

Esa promesa le angustiaba un poco cuando por fin llegaron a casa la noche de Nochebuena y se encontró a Kelly dormida en el sofá, con Spike acurrucado en sus brazos, algo de comer esperándolos en la cocina, el fuego aún crepitando en la chimenea y las luces del árbol de Navidad parpadeando alegremente.

Lief dejó las maletas en el vestíbulo y pidió a Courtney que sacara a Spike a hacer sus necesidades. Luego, se arrodilló junto a Kelly y le apartó con suavidad el pelo de la frente.

—¿Cómo es que no estás en la cama?

—Um... —se desperezó—. Estoy a gusto aquí. Como sabía que ibais a venir, he cambiado las sábanas y os he dejado preparado algo de comer. Seguro que estáis molidos.

—¿Tienes idea de lo que me gustaría poder llevarte a la cama conmigo?

Kelly sonrió.

—¿Crees que tanto como me gustaría a mí? —se incorporó y añadió—: Os dejo que os acostéis.

—No tienes que irte. Es tarde y hace frío. Quédate aquí.

—¿Estás seguro? —le preguntó, y casi sin pretenderlo volvió a tumbarse.

Él se sonrió.

—Si os apetece tener compañía mañana, creo que haré jamón glaseado, patatas con queso, algunas verduras, tarta...

—Cuántas molestias.

—Lo hago encantada, pero no es obligatorio que vengáis. Si preferís estar los dos solos...

—Me encantaría pasar el día de Navidad contigo.

—Qué feliz me siento de que ya estés en casa. Y que todo haya salido bien.

El día de Navidad lo pasaron los tres juntos, aunque Kelly estuvo la mayor parte del tiempo en la cocina. La cena estuvo enfocada completamente en Courtney, aunque Lief disfrutó de ella igualmente. Sabía que Kelly habría preparado algo más selecto de no haber sido por su hija... un ganso quizás con toda su guarnición. O un pudin. O un pastel de carne.

Lief a su vez se pasó el día persiguiendo al cachorro para intentar convencerle de que no le clavara los dientecillos a las luces de navidad, ni al mando de la tele, ni a sus zapatos, ni al extremo de la alfombra.

—¡Courtney! ¡Si no vas a estar pendiente de él, tiene que estar en su jaula!

También intercambiaron los regalos. No fue nada fuera de lo común: un jersey para Lief, un par de camisetas y unas botas nuevas para Courtney y una chaqueta de ante para Kelly. Y luego se descubrió que había una cajita más de Kelly para Courtney, y ver la ilusión de su novia, que parecía haberse iluminado desde dentro cuando Courtney por fin abrió la tapa fue como un río de esperanza para Lief. Contenía un colgante de plata en forma de un perrito, quizás un golden retriever. Courtney contuvo el aliento al verlo, lo sacó de la caja y lo contempló. Pero, de repente, como si acabase de recordar que no podía darle alas a aquella relación, volvió a meterlo en la caja y la cerró.

—Muy bonito. Gracias.
Y el corazón de Lief cayó al suelo.

Nadie podía sentirse más aliviado de que la Navidad por fin quedara atrás que Kelly. En primer lugar, porque Jillian y Colin ya estaban en casa, y su soledad quedó apaciguada. En segundo, porque Courtney ya estaba ocupada; incluso antes de que las clases comenzaran había tenido que ir a ver a su psicólogo, a tomar clases de equitación, a la granja de los Hawkins. Así tendría tiempo de estar con Lief y, cuando por fin pudieron disfrutar de unas cuantas horas seguidas para ellos solos, ambos cayeron en la cama como con desesperación.

Cuando la escuela volvió a comenzar, tenía a su amante durante el día, como si fuera una mujer casada que engañaba a su marido. También pasaban algunas veladas juntos, pero no había intimidad por las tardes ni en casa de Jillian ni en la de Lief. Aun así podían cenar juntos, aunque fuera con más comensales. Si Kelly cocinaba en casa de Jillian, la comida incluía a quien quiera que estuviera en la casa, a veces Luke y Shelby, y por supuesto Courtney estaba siempre invitada. Y si cocinaba en casa de Lief, era siempre para tres.

Courtney nunca se mostraba demasiado comunicativa, sino distante y fría. No podía dejar más clara su postura: no estaba dispuesta a abrirse a Kelly. Para todos los demás, tenía una sonrisa, pero su comportamiento con ella rayaba casi en el desprecio. Sus respuestas eran siempre cortas y a ser posible de una sola palabra, acompañadas de expresiones ceñudas o sarcásticas. Había llegado a un punto tal que, si se presentaba en la habitación que estaban ellos y los ignoraba, sentía que la noche había sido buena.

No se había puesto el colgante del perrito ni una sola vez.

A lo largo de aquel gélido mes de enero, Kelly fue enviando algunas de sus salsas, compotas y conservas agridulces a las personas que le había indicado Luca, minoristas de la bahía interesados en sus productos. El frío la metió en la cocina y la tuvo experimentando con sopas y estofados. Invitó a su amiga Laura Osika para divertirse cocinando con ella algunas sopas vegetarianas. Laura era, por curioso que pudiera parecer, una vegetariana casada con un carnicero y juntas estuvieron trabajando en varias recetas sin carne.

—¿Cómo terminaste casada con un carnicero? —le preguntó Kelly.

—Pues muy fácil —contestó con una cálida sonrisa—. Porque lo quería.

Ojalá el amor pudiera solucionar sus problemas con Lief...

El invierno era un momento del año estupendo para pasar un rato en la cocina del Reverendo, dado que no había cazadores ni pescadores por la zona, y se pasaban sus buenos ratos cocinando juntos, intercambiando recetas, técnicas y menús. El Reverendo le enseñó a preparar la caza y ella le enseñó a utilizar los hojaldres, y entre estofados y panes pasaron buenos ratos. Incluso decidieron organizar en el bar una degustación de distintas recetas para preparar chili con carne, a la que asistió más de la mitad de los habitantes de la zona. ¿El resultado? ¡Empate!

En el día de los enamorados, Lief le llevó un ramo de flores y una preciosa gargantilla de platino de Tiffany's, que, según le confesó después, había encargado por Internet. Dejó a Courtney en casa con el cachorro y tuvieron un rato para estar solos en el tercer piso, compartiendo una botella de vino, pero Lief tuvo que volverse a casa.

Poco después, llegaron las lluvias de marzo, y con ellas supo Kelly que había llegado el momento de acometer un cambio.

—Creo que nunca he amado a un hombre como te quiero a ti —le dijo, estando entrelazadas sus manos—. Haces que me sienta como si fuera la mujer perfecta. Cada minuto que paso contigo es siempre el mejor del día, tanto si estamos haciendo el amor, como si lo que hacemos es comer o simplemente charlar. Pero esos minutos no son... gran cosa en el esquema general

—continuó, ladeando la cabeza—. Todos los días, todas las semanas, paso demasiado tiempo sola, preguntándome cuándo podré verte y si seremos capaces alguna vez de conseguir que esto funcione. Lief, yo no puedo seguir así. Voy a llamar a Luca y a decirle que necesito un trabajo, ya sea produciendo mis propias recetas o como chef. Lo que tenga. He de tener un objetivo, algo por lo que trabajar, sentirme valorada. Tener la sensación de que estoy construyendo algo.

—Pero tus salsas y mermeladas... con eso ya estás construyendo algo, ¡y aquí mismo!

—¿Con un amante con el que encontrarme durante las horas de colegio para un polvo rápido? —negó con la cabeza—. No me sirve, Lief. Es como vivir en una mentira.

—¿Te marcharías de aquí? ¡Pero si adoras este lugar!

—Este lugar y a ti, pero no puedo quedarme. Me da miedo lo que pueda ser de nosotros. Temo que acabemos casándonos en contra de la opinión de Courtney y, después, en un par de años, cuando el brillo del amor recién estrenado se empañe y lo único que quede sea el frío que empapa el aire cuando está tu hija, nos resulte tan doloroso que me haga daño a mí, a ti y a ella.

—Por favor... no te rindas. No renuncies todavía a nosotros. Creo que necesita solo un poco más de tiempo. Cuando sea más madura...

—No estoy renunciando a nada. Solo quiero pedir trabajo. Pero, cuando lo tenga, vendré de visita de vez en cuando, y a lo mejor de ese modo podemos mantener la debida perspectiva. A lo mejor, si yo vivo en San Francisco, Courtney se sienta menos amenazada —se encogió de hombros—. Luca podría tardar semanas o meses en encontrarme algo.

—Vi cómo te miraba. Tendrá el trabajo perfecto en cuestión de minutos.

—Pero es que yo no voy a dejarte por él, y tú lo sabes. Esa parte de mi vida, aquella absurda fantasía terminó para siempre. Es que aquí me siento sola. Jill tiene su trabajo, su pareja, la familia de Colin... mientras que yo me limito a entretenerme y a esperar que tú me llames —volvió a negar con la cabeza—. Entiendo que eres primero padre y que tu hija te necesita. Eso lo entiendo. Y que Courtney necesita a su vez estar segura de tu compromiso con ella. Sé que se recuperará de todo lo que ha pasado, lo sé, pero es posible que le lleve bastante tiempo. Y puede que, para cuando esté dispuesta a aceptarme, ella tenga ya treinta y cinco años. Pero seguiremos en contacto. A lo mejor puedes incluso hacer alguna escapadita y pasar un par de días conmigo en la ciudad.

—¿Qué me estás diciendo? ¿Que estás dispuesta a esperarme?

—Tampoco es eso, Lief. Lo que digo es que estoy enamorada de ti y que marcharme de aquí me rompe el corazón, pero es posible que este no sea el momento adecuado para nosotros. A lo mejor lo sea más adelante, cuando tu vida está más encarrilada y estable. Y si resulta que en ese momento mi vida no ha cambiado demasiado... —se encogió de hombros—. A lo mejor aún podemos intentarlo. Pero lo que sí tengo claro es que ahora mismo no funciona, y que no puedo quedarme aquí así. Me hace demasiado daño. Me siento vacía por dentro...

—¿Es esta tu forma de romper conmigo? ¿De terminar? ¡Pues yo no estoy preparado para que eso ocurra! Le diré a Courtney que tiene que comprender...

—Calla —le dijo ella, poniéndole un dedo sobre los labios—. Yo voy a volver a la ciudad a trabajar en cuanto me hagan una buena oferta, y no te lo digo para ponerte en el disparadero con tu hija. Tienes que cuidar de ella. Te lo digo porque no quiero que te lleves una sorpresa. No puedes obligar a Courtney a que me acepte; eso sería todavía peor. Lo que tenga que ser, será y, mientras, voy a volver a trabajar.

—No. Todavía no. Encontraremos el modo de...

Pero Kelly negó con la cabeza.

—Nosotros somos los adultos que sabemos enfrentarnos a las situaciones difíciles. Actuemos como tales.

—Creo que ya hemos terminado con estas sesiones —le dijo Courtney a Jerry—. Llevamos meses ya y no queda de qué hablar.

—Bueno... —contestó él con su habitual paciencia—, podríamos hablar del por qué no se te ve muy feliz estos últimos días.

—¿Qué? ¡Pero si soy feliz! ¡Completamente feliz!

Jerry apoyó la espalda en la silla.

—Muy convincente, sí.

—Es que tengo demasiadas cosas que hacer para estar aquí, Jerry. Le prometí a papá que seguiría sacando buenas notas, que cuidaría de Spike todos los días, que ayudaría en la casa y que incluso cocinaría. Le encanta cuando cocino. Y ahora que la nieve se está derritiendo, salgo más a montar.

Jerry miró por la ventana. El cielo estaba cubierto y plomizo.

—Pues me parece que hoy no te has perdido ninguna salida a caballo.

—No me digas.

—Puede que este rato a la semana te parezca ahora una pérdida de tiempo, pero si miras hacia atrás te darás cuenta de que ha resultado productivo.

—Te lo digo en serio: es que ahora estoy muy ocupada...

—Eso ya lo sé, Courtney. He notado algunos cambios desde que empezamos con las sesiones.

—Sí, ya. Que llevo el pelo de un solo color. Y seguro que crees que el mérito es tuyo.

Jerry dejó pasar la pulla.

—Cuando empezamos a vernos, llamabas padre a Stu y tu padrastro era Lief. Siempre Lief. Ahora él es «papá», y Stu es Stu.

—¡Hombre, es que después de lo que Stu me hizo en Navidad, tiene suerte de que lo llame por su nombre!

—Te entiendo. ¿Qué has sabido de él?

—¿Saber de él? ¿Me tomas el pelo? Él nunca se ha puesto en contacto con nosotros, pero sí que sabemos que se está divorciando. Papá se ha enterado a través del abogado que está llevando lo de la custodia.

—¿Y qué tal va eso, lo de la custodia?

—Stu va a renunciar. Y supongo que, en su divorcio, el que pierda se queda con los niños —sonrió maliciosa.

—¿Y eso te hace sentirte más tranquila, Courtney? Me refiero al hecho de que a partir de ahora puedes saber a ciencia cierta que siempre vas a estar con Lief. Con tu padre.

—Claro. Supongo que sí.

—Porque eso es lo que quieres, ¿no?

—Eh... sí. Sí.

Jerry se incorporó de nuevo.

—¿Qué ocurre, Courtney?

Ella se encogió de hombros y bajó la mirada.

—Es que... no sé si eso le hace feliz a él.

—¿Por qué lo dices?

—Porque está triste. Lleva triste desde que volvimos a casa en Navidad. Tan triste casi como cuando murió mi madre. Bueno, no tanto, pero casi.

—¿Has hablado con él de ello?

—¿Y qué quieres que le diga?

—Pues por ejemplo: te encuentro triste. ¿Por qué?

Negó con la cabeza. En realidad no quería preguntárselo porque tenía miedo de la respuesta.

—¿Quieres que tengamos una sesión familiar? Yo podría preguntárselo estando tú delante y así podrías escuchar su respuesta aquí. Y no tendrías que hacerle tú la pregunta directamente.

Ella volvió a negar. No quería escuchar la respuesta, estuvieran donde estuvieran.

—¡Vamos, Courtney! Tienes un tapón que está reteniendo algo muy importante. Si lo quitas y dejas que salga a la luz, es probable que podamos solventarlo.

—Dices mucho esa frase —respondió, molesta—. ¡Sácalo a la luz! ¡Pero es que no tengo por qué hacerlo! Está triste, y eso es todo.

—¿Tienes miedo de que esté triste porque ahora tiene tu custodia para siempre?

—¡No! ¡Sé perfectamente por qué está triste! ¡Porque le dije que no podía casarse con Kelly!

La consulta quedó sumida en el silencio durante un instante. Al final Jerry dijo:

—¿Es que había pensado casarse con Kelly?

Ella negó de nuevo y tragó saliva.

—Me dijo que no lo había pensado.

—Está bien. Así que los dos estáis en el mismo barco en ese sentido. Entonces, ¿por qué está triste él, y por qué lo estás tú por verlo así a él?

Courtney respiró hondo.

—Quiere darle una oportunidad porque dice que es una buena persona. Y yo le dije que quería que estuviéramos solos, él y yo.

—Entiendo. Supongo que tuviste una razón muy poderosa para decirle algo así.

—Pues… por las cosas que pasan.

—A lo mejor podrías explicármelo con tus propias palabras y así podríamos continuar a partir de ahí.

La chiquilla sonrió.

—¿Sabes? A veces eres escurridizo como una serpiente. Es lo mismo que lo de «sácalo a la luz para que podamos verlo».

—Soy culpable, sí. Soy un rastrero de matrícula de honor. ¿Y?

—Pues que las cosas a veces no salen como querríamos, ¿sabes? Mi madre y yo éramos felices de verdad. Luego apareció papá, y seguimos siéndolo. Luego mi madre murió y papá me envió con Stu. Me dijo que no quería hacerlo, pero que no le había quedado otro remedio, pero su explicación no me sirvió de nada. Entonces Stu me devolvió. Luego, en Navidad, me engañó, y estuvo a punto de darme un jodido ataque de nervios... perdón. Por el taco.

—Aquí puedes hablar tan mal como un marinero borracho. Yo no voy a juzgarte. Sigue.

—Ahora vuelvo con papá, ¿y en qué tenemos que pensar lo primero? ¿En Kelly? ¿En que se venga Kelly a la familia?

—¿Es que no te cae bien?

—Sí, sí me cae bien. Hasta es agradable. Y es divertida a veces. Me gusta más su hermana, pero tiene pareja. Colin, que también me cae bien. O sea, que no es que no me guste.

—¿Entonces?

—¿Y si se casan y ocurre algo? ¿Y si papá se muere, me quedo con Kelly, y ella me devuelve a Stu, y luego él a ella? ¿Y si luego es ella quien encuentra a otro tío, se casa, se muere y así todo el rato? ¿Eh? ¿Crees que me gustaría tener que pasar por eso otra vez?

—O sea, que es la incertidumbre sobre el futuro lo que más te molesta. Lo que te asusta.

—Tú verás.

—A lo mejor deberías hablar con tu padre sobre ello.

—¿Y qué me va a decir? ¿Que no va a morirse nunca? ¡No puede decirme eso! Creo que lo mejor es que sigamos los dos solos, él y yo. No necesitamos a nadie más.

Jerry esperó, como si creyera que iba a decir algo más. Al final, ante su silencio, fue él quien habló:

—Pero eso no es cierto, Courtney. Sí que necesitáis a otras personas. Y en este momento, una de las cosas que necesitas es saber qué tiene pensado tu padre si a él le ocurriera algo en el futuro. No solo podría haber una mujer en su futuro, sino que tu padre tiene familia en Idaho. Familia que te gusta. Y Kelly también. ¿Por qué no intentas conocer la respuesta a todas estas preguntas antes de cargar con semejante presión?

—¿Qué presión? ¡No es para mí la presión! ¡Si él no estuviera triste, yo tampoco lo estaría!

—Pero ahí es donde te equivocas. Esta situación, la idea que tú tienes de que os mantengáis juntos él y tú y que el resto del mundo se mantenga lejos... eso te carga a ti enormemente. Tienes catorce años y medio, casi quince. Dentro de muy poco habrá un novio, si no lo hay ya, y solo será el primero. Vas a tener que hacerte mayor, que extender tus alas, ir a la universidad, viajar por el mundo, encontrar más amigas y amigos. Dentro de unos años, no más de tres y medio, no vas a vivir con tu padre todos los días, ni pasarás todas las noches en tu casa. Seguramente te irás a una residencia de estudiantes o compartirás piso con amigas. Vas a enamorarte, puede que más de una vez. Es posible que de vez en cuando vuelvas a pasar un tiempo con tu padre, puede que incluso algunos meses, pero tendrás que construirte una vida fuera de su casa. Y luego querrás llevarle a él parte de esa vida para que pueda compartirla contigo: tu novio, tu marido, tus hijos...

—¡Pero eso no va a ocurrir mañana!

—Antes de lo que piensas. ¿Y qué pasará entonces con tu padre? ¿No te preocupa que se quede solo cuando tú empieces a probar tus alas?

—Ya nos preocuparemos por eso cuando llegue el momento.

—Entiendo. Bueno, supongo que lo sabes, pero no se permite a los padres vivir con sus hijas en las residencias de estudiantes.

—Qué gracioso eres.

—Courtney, no solo le estás pidiendo que se quede solo y triste para que tú puedas sentirte segura, sino que te estas privando a ti misma de todas las personas que pueden llegar a ser importantes en tu futuro para poder dedicarte a él y así no dejar de sentirte segura. Y al final te sentirás sola —hizo una breve pausa—. Es el modo más difícil de hacer las cosas.

—¿Y cuál es el fácil?

—Contarle a tu padre lo que te preocupa de tu futuro; que no sabes lo que sería de ti, dónde irías o qué harías si le ocurriera algo a él. Háblalo con él.

—Y me dirá que...

—Lief Holbrook perdió a una esposa joven a causa de una hemorragia cerebral trágica e impredecible —resumió—. Y si existe la más mínima posibilidad de que tengas miedo de acercarte a una persona como Kelly porque puedas perderla después, también podrías contárselo y hablarlo los dos.

Ella se encogió de hombros y sorbió por la nariz. No iba a llorar.

—No es algo que te pase solo a ti, ¿sabes? —continuó Jerry—. Ni siquiera solo a los adolescentes. Es una fragilidad humana que todos tenemos: tememos que alguien a quien queremos nos pueda ser arrebatado. Pero lo cierto es que, al final, en un momento u otro, todos sufrimos la pérdida. Es uno hecho doloroso de la vida que es imposible impedir. Pero hay un modo de prepararse para ello.

—A ver si lo adivino —dijo con sarcasmo, haciendo pasar el sonido más allá del nudo que se le había alojado en la garganta—. Sácalo a la luz donde puedas verlo.

—Sí, Courtney, así es por repetitivo que te parezca. Es lo que hace todo el mundo de la mejor manera posible. No solo hablando de sus temores y preocupaciones, sino siendo activos por iniciativa propia: haciéndose revisiones médicas, tomando vitaminas, abrochándose el cinturón de seguridad cuando viajan en coche, redactando testamento. Pero en realidad todo empieza con hablar de ello. Me gustaría que lo meditaras.

—Pero no todo el mundo pasa por eso. Aunque hablen de ello, a veces no llega a ocurrir —respondió, sin poder tragar.

—Sí, Courtney. Todo el mundo pasa por ello. No podrías nombrar a una sola persona que no haya pasado o no vaya a pasar por la experiencia de la pérdida y el dolor.

—¿Y Amber, qué? Chica única en una familia que piensa que es una princesa. Sí, vale, son un poco tontos, pero... Ella, en su sencillez, tampoco tiene preocupaciones. La vida de Amber es fácil y tranquila, aunque tenga un montón de obligaciones.

—¿Y no tiene también un hermanito o un sobrino que va en silla de ruedas, y que tiene una enfermedad para la que no hay cura conocida?

—Rory —dijo en voz baja.

¿Cómo no se le había ocurrido pensar en él? Pues porque, aunque estaba en silla de ruedas, era tan mono, tan gracioso, que era fácil olvidar que quizás no pasaría de la adolescencia. Podía llegar a la edad adulta, sí, pero no era probable.

—Vaya, muchas gracias. Ahora me siento todavía peor.

—Cuando tu padre y tú comprendáis lo que el otro siente, os vais a sentir mucho mejor. Dentro de una semana vamos a volver a vernos. Si quieres, dile a tu padre que te acompañe y yo te echo una mano para que podáis hablar de ello.

—No jodas... —contestó, y ladeando la cabeza, sonrió—. Me has dicho que podía hablar mal.

—Sí. De hecho ayuda bastante. Así yo sé qué cosas te enfadan o te afectan más.

Lo miró fijamente con los ojos entornados.

—A veces no te aguanto.

Él sonrió de medio lado.

—Me lo dicen muchas veces.

Nada podría fijar el nudo que Courtney llevaba en la garganta como pasar de pensar en su pérdida a la pérdida potencial de Rory. ¿Cómo podía querer tanto a ese crío? Y Amber podría parecer un poco friqui, pero en el fondo sabía que más que eso era sincera, cariñosa y estaba consagrada a su familia.

Y a ella.

Al día siguiente, mientras comían, Courtney le preguntó:

—¿Alguna vez te preocupas por la posibilidad de perder a Rory?

Amber tragó y dijo:

—Constantemente. Ni siquiera es una posibilidad. Como no haya un milagro de esos de la ciencia, lo perderemos. Y me destroza pensarlo.

—¿Y él lo sabe?

—Claro que lo sabe. Lleva en la silla dos años. ¿Crees que no ha preguntado qué significa? Ese enano es la caña, y listo como él solo. Sabe más de su enfermedad que los médicos.

—¿Y no tiene miedo?

—A veces, pero sabe que no le va a doler. Sabe que solo le dolerá a los que como nosotros vamos a tener que resignarnos a echarlo de menos.

Courtney movió la cabeza.

—¿Y cómo lo sabes? ¿Has podido hablar de ello sin llorar?

—Es que ya hemos llorado todo lo que había que llorar —respondió, encogiéndose de hombros.

Al día siguiente, amaneció tan soleado que casi resultaba raro en el mes de marzo, y Courtney siguió con sus lecciones de equitación. Había llegado a sentirse de maravilla con Blue. No solo se movía a su alrededor con total libertad y era capaz de asearla incluso hasta los cascos, sino que había llegado a bañarla entera en un par de ocasiones.

Tras la clase, Lilly Tahoma la invitó a dar un paseo por el camino y estuvieron montando unos treinta minutos hasta que se hizo la hora en que Lief llegaría a buscarla. Blue era la yegua de Lilly, pero dejaba que Courtney la montase y ella se llevaba a cualquier otro animal de los establos.

Lilly iba parloteando sobre cómo la primavera empezaba a mostrarse en la hierba verde que comenzaba a aparecer en los campos, sobre todo en las colinas, y sobre lo maravilloso que era poder disfrutar de un par de días como aquel en la semana.

—La nieve está empezando a derretirse, así que ten cuidado si vas por el río, que seguro que bajará crecido. ¿Courtney?

—¿Um? —se volvió a mirarla.

—¿Has oído lo que te he dicho del río?

—Que está empezando el deshielo de la nieve y que tenga cuidado con el río. Podría bajar crecido e incluso desbordarse.
—De acuerdo.
—Estás muy callada. ¿Qué te ronda por la cabeza?
—¿Um? No, nada.
—No tienes que hablar de ello si no quieres, pero prefiero que me digas que es personal.
—No, de verdad, no pasa nada.
—Hay un viejo refrán hopi que dice: «Cuando pierdes los estribos, pierdes un amigo. Cuando mientes, te pierdes a ti mismo».
—Y cuando se es un entrometido, se irrita a los demás.
Lilly se rio.
—Lo más gracioso de ti es que tienes cara de niña, pero la agudeza de pensamiento de una hechicera. Perdona, no pretendía ser curiosa o molestarte. Tienes razón.
Courtney suspiró.
—Es que a veces se me va la pinza. Lo siento. Sí que ando preocupada por varias cosas. Una de ellas es que el sobrinito de mi mejor amiga tiene ocho años y una distrofia muscular. Está en silla de ruedas y en este momento está bien, pero no tiene buena pinta, ¿sabes?
—Vaya, cuánto lo siento. A veces la vida es muy cruel.
—Es cierto.
—¿Y qué tal lo lleva tu amiga?
—Pues bastante bien, la verdad. Yo lo llevo mucho peor.
—Es que hacerse a la idea de algo así cuesta. No seas dura contigo misma.
—Y no lo soy. Sabes que mi madre murió, ¿verdad? Aunque no suelo contárselo a nadie, al final lo sabe todo el mundo.
—Sí, lo sé. Creo que lo mencionó tu padre.
—Pues no fue nada fácil, y pensar en algo así me angustia y me pone triste —se encogió de hombros.
—Ah. Ahora lo entiendo —dijo—. Yo también soy una experta en eso. Sufrí por algo parecido hace tiempo y decidí no volver a sufrir así nunca.

Courtney la miró sorprendida.

—¿De verdad?

—Sí. Pero de tanto contener las lágrimas tengo la garganta destrozada. De tanto tener miedo a llorar. Pero los hopi tienen otro dicho: «Las lágrimas arrastran los pensamientos tristes que se tengan en la cabeza».

—¿De dónde sacas todos esos refranes?

Ella se rio.

—Mi abuelo era hopi. Ahora atesoro esos refranes como oro en paño, pero cuando era pequeña me ponía de los nervios.

—¿Alguna vez has sufrido tanto que hayas temido ser incapaz de dejar de llorar? ¿Que te ibas a morir de tanto llorar? ¿Que la tierra iba a abrirse bajo tus pies?

—¡Pues claro que sí! Pero la gente no se muere por llorar: solo sufre mucho y después se queda muy cansada y solo muy al final encuentra algo de alivio. Pero para eso a veces hace falta haber llorado mucho.

—¿Por qué llorabas tú? ¿Por tu madre?

—Yo no conocí a mi madre. Eso también es muy doloroso, aunque distinto a lo que te ha pasado a ti. El camino de la vida a veces tiene curvas muy peligrosas.

—¿Otro dicho hopi?

—No, no —sonrió—. ¡La pura verdad! He tenido momentos maravillosos y momentos duros, pero como ya soy mayor capeo el temporal mejor que lo hacía cuando tenía tu edad. Es algo de lo bueno de hacerse mayor.

—Pues qué bien...

—Tu progreso con los caballos ha sido magnífico, Courtney, y espero que eso te alegre un poco el día. Me preguntaba si a lo mejor podría gustarte ayudar con las niñas pequeñas. Algunas se ponen nerviosas con los caballos y otras tienen quizás el problema contrario: que no se ponen nerviosas, se confían demasiado y no prestan la debida atención a la seguridad. Les vendría bien tenerte a ti como modelo de comportamiento.

—¿En serio?

—No podría hablar más en serio. Estoy muy orgullosa de ti. Podrías enseñarnos muchas cosas a todos. ¿Crees que podrías ayudar?

—¡Claro! —contestó. Su mal humor había desaparecido.

—Ya casi está terminado —le contó su padre cuando iban de vuelta a casa desde los establos—. Me refiero a lo de la custodia. Tengo que presentarme ante el tribunal, pero es una mera formalidad. Ni siquiera tú tendrás que ir. Por fin veremos el final del túnel. Estaré fuera solo una noche y los Hawkins han dicho que podías quedarte con ellos.

—No es necesario que me quede con nadie.

—Ya lo he organizado, cariño. Prepárate la bolsa y la dejas en casa. Después de las clases, te vienes en el autobús del colegio y recoges al perro. El padre de Amber vendrá a buscarte. Luego, si no te importa estar sola en casa el jueves por la noche hasta que yo llegue, te acercará otra vez a casa después de cenar. ¿Te parece bien? Si no, puedes quedarte con ellos las dos noches. Yo creo que llegaré hacia las once. ¿Querrás quedarte una noche más?

—No —respondió rápidamente—. Prefiero irme a casa.

Él se sonrió.

—De acuerdo. El señor Hawkins me dijo que no le importaba llevarte. Tienes tu llave, y... creo que no tengo que decirlo, pero nada de invitar a nadie, ni de salir, ni de beber cerveza, etcétera, etcétera.

—¡Venga, papá! ¿Acaso no he sido la niña perfecta últimamente?

—¿Quieres que te diga la verdad? Pues sí. Has batido el récord. No la pifies.

CAPÍTULO 17

Estaba decidido: iba a demostrarle a Lief lo bien que funcionaban los dos solos. Cuando llegase al colegio, le diría a Amber que el viaje de su padre se había pospuesto a la semana siguiente y que no pasaría la noche en su casa.

—¡Vaya! —exclamó Amber—. Esperaba que vinieras.

—Podría ir, pero es que tengo cosas que hacer en casa. Vas bien con el Álgebra, ¿no?

—¡Gracias a ti! —sonrió.

—¿Se lo dirás a tus padres? Dile a tu padre que no es necesario que vaya a buscarme.

—Claro. ¿Quieres que hagamos algo el fin de semana?

—Vale. Le preguntaré a mi padre.

Cuando llegó a casa desde el colegio, Lief ya se había marchado y Spike la esperaba en su jaula. Había una nota:

Llámame al móvil si necesitas cualquier cosa. Te dejo también otros números por si tienes algún problema.
Te quiero.
Papá

«Papá». Qué bien sonaba decirlo. Había muchas cosas patas arriba en su vida, pero Lief era su padre y estaba a punto de firmar los papeles que lo demostraban.

Habían hablado de su apellido, Lord. En el colegio a veces utilizaba Holbrook porque conducía a menos confusión, pero legalmente no era su apellido. Lief le había dicho que cuando cumpliera los dieciocho podía cambiárselo legalmente si así lo deseaba, y que no necesitaría permiso de nadie para hacerlo. Ni siquiera de Stu. Y ella estaba decidida a hacerlo.

Los nombres y los números de teléfono que su padre le había dejado eran los de Kelly, móvil y fijo, el del médico del pueblo, el de Jack Sheridan, que podía encontrar a quienquiera que pudiera necesitar, el de Mike Valenzuela, de la policía local, y el del veterinario de Fortuna a donde llevaban a Spike.

Apenas llevaba en casa un par de horas cuando sonó su móvil. Era Lief.

—Hola, cariño. ¿Todo bien?

—Estoy haciendo deberes —contestó, lo cual no era mentira. Estaba haciéndolos, sí, pero no con Amber, sino sola en casa. Había pensando hacerse unos macarrones con queso para cenar. Aunque le había dicho literalmente la verdad a su padre, era consciente de que en el fondo le estaba engañando. Solo pretendía que supiera que podían arreglárselas perfectamente los dos solos. Quería que supiera que siempre estaría a su lado, y que ya no tenía por qué estar triste.

Independientemente de todo lo que Jerry y Lilly habían dicho sobre la preocupación por el dolor y el sufrimiento que pudiera depararle el futuro, seguía pareciéndole que la mejor idea era demostrar su competencia y demostrarle a Lief que no necesitaban a nadie más.

—¿Cuándo es la declaración?

—Mañana en el despacho del juez. No es un juicio porque Stu ya ha firmado sus documentos y ni siquiera tiene que estar presente. La cita es a las nueve y supongo que para las diez ya habremos terminado. Luego tengo una reunión con el abogado y comeré con mi agente, ya que no había vuelo de vuelta hasta más tarde. Llegaré en coche. Tú seguramente ya estarás dormida.

—¿Me escribirás si tienes algún problema con el juez?

—Pues claro, pero no te preocupes. Me han dicho que, teniendo el consentimiento de Stu, no habrá ninguna dificultad.

—Vale. Y no te olvides de ponerte el cinturón.

Hubo un silencio momentáneo.

—Courtney, ya sabes que llevo siempre el cinturón.

—Sí, ya lo sé. Solo me aseguraba.

—¿Estás bien, cariño?

—Claro. Creo que es hora de cenar. Me voy.

—Bien. Dale las gracias a Hawk y a Sinette de mi parte, ¿vale?

—Sí, lo haré. ¿Hablamos mañana?

—Te llamaré cuando ya estés en casa, antes de tomar el avión.

—De acuerdo. Bien. Hasta luego.

Colgó y volvió a sentirse orgullosa de lo que había hecho.

Estaba convencida de que aquello estaba bien, que lo correcto era demostrarle que iban a estar siempre bien sin necesidad de que nadie se incorporara a su familia. Terminó los deberes, puso agua a hervir para los macarrones y entonces oyó el inconfundible ruido de los dientes de Spike.

¡Mierda! Se había olvidado de él. Estaba suelto y le costaba unos diez segundos meterse en líos.

De pronto, se oyó una explosión, un aullido, las luces de la otra habitación parpadearon y todo quedó en silencio.

—¡Spike! —gritó—. ¡Ay, Dios, Spike!

No hubo respuesta.

Recorrió frenética toda la casa, buscándolo. El aullido había sido cerca, de modo que no debía estar lejos de la cocina. Miró detrás del sofá, en la despensa, en el cuarto de la lavadora, pero nada. Entonces vio unos pelos rubios saliendo de detrás de la televisión y se lanzó hacia allí.

El perro parecía inconsciente y con gran esfuerzo lo sacó de aquel rincón. Tenía solo cinco meses, pero era grande ya y pesado, ¡y estaba inconsciente del todo! Tenía el final de la cola negro. ¡Se había quemado! ¡Los labios también los tenía negros!

—¡Ay, Dios, Dios! —gimió.

Lo llevó a la cocina en brazos, con la cabeza colgándole, y tras dejarlo con cuidado en el suelo buscó la lista de números de teléfono. Marcó el del veterinario.

—Ha llamado usted al hospital Sequoia Veterinary Hospital. Nuestro horario de trabajo es…

Colgó. Era una grabación. ¿A quién llamar? Puso la mano en el pecho de Spike y apretó. ¡Dios, podía estar muerto!

La clínica del veterinario estaba cerrada. No podía llamar al médico ni al bar. Marcó el número de Kelly.

En cuanto la oyó descolgar, le gritó:

—¡Kelly! ¡Spike! ¡Creo que está muerto! ¡Mi padre no está y no sé qué hacer!

—¿Has llamado al veterinario?

—¡No hay nadie en la clínica, y no estoy segura de qué le ha pasado! Le oí mordisquear algo, luego un ruido parecido a una explosión y lo encontré a él con la cabeza metida detrás de la tele, ¡y creo que está muerto! Está inconsciente, y tiene la boca y la cola negros.

—Ay, Dios, ¿respira? ¿Ha mordido un cable?

—No lo sé… —respondió, y comenzó a llorar.

—Deja de llorar y escúchame: ¿conoces técnicas de primeros auxilios? No sé si servirá de algo, pero puedes intentar echarle aire en la boca. No mucho, porque tiene un cuerpo pequeño. Mantenle la boca cerrada y respírale en la nariz. Yo voy para allá. ¿Podrás hacerlo?

—Sí… sí —gimió entre lágrimas.

—Cuelgo para salir, ¿vale?

—Sí, sí —dijo, llorando—. Vale. Date prisa.

Tardó quince minutos en llegar a casa de Lief, y de camino no dejaba de preguntarse qué demonios estaba haciendo

Courtney allí. Lief se había marchado a Los Ángeles para rematar lo de la custodia, pero tenía entendido que el perrillo y ella se quedarían en casa de Amber.

«Genial», pensó. «¿Qué demonios voy a hacer yo en esta situación?»

Cuando llegó a casa de Lief, se llevó otro susto al ver la puerta abierta de par en par.

—¿Courtney? —gritó.

—¡Aquí!

Siguió la voz y encontró a la niña arrodillada junto al perro en la cocina, Spike en el suelo y aparentemente dormido, no muerto.

—¿Está bien? —preguntó.

Courtney se volvió. Tenía la cara surcada por el rastro de las lágrimas, la nariz roja y los labios hinchados.

—Respira, pero no mucho. ¡Y no se levanta!

—Dios santo, mira cómo tiene la cola —exclamó, al tiempo que descolgaba el teléfono—. ¿Dónde está el número del veterinario?

—¡La clínica está cerrada! No sé qué hacer.

—Calla. Tú quédate con él y déjame escuchar.

En la grabación se informaba de las horas de apertura, pero luego daban el número de un hospital de urgencia abierto las veinticuatro horas. Escribió el número, llamó y habló con la recepcionista.

—Hola. Tengo un cachorro de cinco meses, un cruce de labrador y golden, y no sé muy bien qué ha pasado, pero...

—¡Que ha masticado los cables! —sollozó Courtney.

Kelly miró al perro.

—Ah, eso lo explica todo. Ha mordido unos cables eléctricos. Creo que se trata de una descarga. Respira, pero tiene la boca y la cola quemados y no puede ponerse de pie.

—¿Se va a morir? —preguntó entre lágrimas.

—Calla —y continuó hablando con el hospital—. Claro, ¿dónde están ustedes? —garabateó la dirección en la otra cara del papel—. De acuerdo. Vamos para allá. Gracias.

Colgó y miró a Courtney.

—Llévate una chaqueta. Tenemos que llevarlo al hospital.

—¿Se va a morir? —preguntó otra vez, desesperada.

—No tengo ni idea, pero aún no está muerto, así que vamos a llevarlo al veterinario. Vamos, llévate una chaqueta y a lo mejor una manta a la que Spike le tenga cariño.

—Vale —contestó y salió a todo correr.

«¿Qué demonios hace aquí esta niña? Lief no está, y ni el perro ni ella tendrían que estar aquí».

Miró la lista que le había dejado su padre: su número estaba con el de otros, pero no el de la familia Hawkins.

Courtney insistió en ser ella quien llevara al perro hasta el coche envuelto en su manta mordisqueada y desgarrada por algunas partes.

Cuando ya estaban de camino, Kelly comentó:

—Tu padre me dijo que se marchaba a L.A. pero que tú te ibas a quedar a pasar la noche en casa de Amber...

—Lo sé —sorbió—. Se va a enfadar muchísimo.

—¿Y por qué estás aquí?

—Quería demostrarle que puedo ocuparme yo sola de las cosas... que ya no necesito canguro. ¡Pero no es verdad! ¡Igual he matado a Spike por no vigilarlo bien!

—Vamos, Courtney... cuando se tienen catorce años y se es tan responsable como lo eres tú, no es un canguro lo que se pretende, sino compañía, nada más. Y un adulto por si se necesita algo, como por ejemplo llevar al perro al médico por una urgencia. Y como no está muerto, mejor no lo enterremos aún, ¿vale?

—¿Y si lo he matado? —gimió, hundiendo la cara en su pelo.

—No ha sido así. Los cachorros, como los niños pequeños, se meten en líos a veces. Hay que estar vigilándolos siempre, pero no has sido tú quien le ha metido los cables en la boca.

—Pero ha sido culpa mía porque no me gusta que esté en la jaula. Se está haciendo grande y es muy pequeña, y sé que dentro de nada dejará de hacer trastadas. ¡Si ya va a la puerta de atrás cuando quiere salir!

Kelly acarició la cabeza del perro.

—No te preocupes más de la cuenta. Seguramente se pondrá bien.

El doctor Santorelli era un hombre de cabello plateado que debía rondar ya casi los setenta y con un gran sentido del humor.

—Sí, se ha llevado una buena descarga —le dijo a Courtney—, pero creo que se va a recuperar. Lo de la cola ya no estoy tan seguro. Puede que pierda la parte distal. Es por donde salió la electricidad.

—Oh, no... —gimió la niña.

—No es nada grave, ya lo verás. Tendrá que quedarse hospitalizado esta noche para que podamos rehidratarlo, ponerle un poco de antibiótico y oxígeno. Está desorientado y dolorido, pero ni mucho menos terminal. Creo que tu mayor preocupación debería ser si ha sufrido daño cerebral por la descarga.

—¿Y cómo voy a saberlo?

El doctor Santorelli la miró por encima de la montura de las gafas.

—Si vuelve a comerse algún cable, daño cerebral.

Kelly tuvo que taparse la boca para no echarse a reír.

—Yo también tengo labradores —le contó el veterinario—. Una vez, tuve que sacarle a uno unas cuantas piedras del estómago. Otra se comió una maquinilla de afeitar. Fue culpa mía porque me dejé la puerta de la ducha abierta, entró y se comió la maquinilla entera. Tuvimos que esperar a ver si salían las cuchillas en las heces...

—¿De verdad?

—¡Vaya! Menuda historia. Fue culpa mía, pero la maquinilla era de mi mujer. Una de esas perfumadas que usan las chicas. Sigo pensando que debería compartir la responsabilidad conmigo.

—¿Y no la mató? —preguntó Courtney—. Quiero decir que si las cuchillas no mataron a la perra.

—¡Hombre, que soy veterinario! Todo acabó saliendo sin problemas. Ahora nunca me olvido de cerrar la puerta de la ducha.

—¿Cuándo dejan de comerse cuanto encuentran a su alcance?

—Algunos, nunca. La mayoría en un par de años, pero muchos siguen comiéndose las cosas más peregrinas, como piedras, basura, plásticos, trozos de madera. La regla a seguir es vigilarlo muy de cerca y adelantarte a él. Si le gusta morder, reemplazar lo que creas que va a poder masticar, decirle «¡No!» y darle un trozo de cuero de los de morder. Es un buen comienzo.

—Ahora ya sale fuera a hacer sus cosas. Ya no se las hace en la alfombra —le contó Courtney, llorosa pero orgullosa de su perro al mismo tiempo.

Kelly le pasó el brazo por los hombros para ofrecerle consuelo y apoyo.

—Mira, hay que vigilarlos, sí, pero también hay que ser consciente de una cosa: que a veces nos ganan la partida. A veces echan a correr inesperadamente, persiguen coches, se comen cosas valiosas o peligrosas, se meten en peleas con otros animales... Son eso, animales, jovencita. Los queremos, pero no necesariamente confiamos en ellos.

—¿Mañana le dará el alta? —preguntó Kelly.

—Supongo que sí, pero quiero examinarle mejor el rabo. Quizás necesite cirugía. ¡Menuda sorpresita se ha llevado el pobre con esos cables!

—Si quieres, puedes dejarme en casa de Amber —dijo Courtney ya en el coche de vuelta a casa—. No quiero molestarte más.

—Es tarde, y será mejor no asustarlos. Me quedo en el sofá de tu casa.

—Pero no es necesario que...

—Lo sé, pero creo que ya has tenido bastantes complicaciones esta tarde. No me importa, de verdad.

—Pero si no tienes ni pijama...

—Sobreviviré. No será la primera vez que duerma vestida.

—Mi padre me va a matar.

—No será para tanto.

Courtney la miró.

—Podrías haberme dicho «Bah, no te preocupes, que no tenemos por qué decírselo».

Kelly sonrió.

—Pues sí, pero no. Te toca apechugar, Courtney. Cuando uno la lía, luego toca apechugar, aguantar las consecuencias y aprender la lección.

—Sí, ya. De todos modos se iba a enterar más tarde o más temprano. Sobre todo cuando le vea a Spike la cola más corta de lo normal.

—Sí. Eso es infalible.

Hubo un largo silencio. Luego Courtney dijo:

—Has sido muy amable ayudándome y llevándome al veterinario...

—Tú habrías hecho lo mismo por mí.

—Muchas gracias. No sé qué habría hecho sin tu ayuda.

—Si no hubiera contestado yo, lo habría hecho otro: Jack, o el Reverendo, o el padre de Amber... me gusta Spike, y me ha gustado poder ayudar.

Otro largo silencio pasó entre ellas.

—Puedes dormir en la habitación de mi padre si quieres.

Kelly le dio unas palmadas en la rodilla.

—Estaré bien, no te preocupes.

Eran casi las once de la noche cuando Kelly oyó el tono de su móvil, alertándola de que tenía un mensaje de texto.

—¿Dónde estás? —decía.

Miró hacia el pasillo para asegurarse de que en la habitación de Courtney estaba apagada la luz y cerrada la puerta. Entonces fue al salón, descolgó el inalámbrico y llamó al móvil a Lief. Cuando él contestó, le dijo:

—Estoy sentada en tu sofá viendo la tele. Pero he tenido que revisar el cableado de la consola antes de poder encenderla.

—¿Cómo?

—Hemos tenido una tarde muy entretenida y voy a pasar la noche en tu sofá.

Le explicó lo que había ocurrido, un relato que Lief iba puntuando con un «Ay, Dios», o un «madre mía».

—¿Sobrevivirá el perro? —preguntó al final.

—Eso parece. Y Courtney también.

—Pues dile que está metida en un lío.

—Lo siento, jefe, pero esa competencia no es mía. Ya se lo dirás tú cuando vuelvas. Y que sepas que mañana le va a doler la garganta.

—¿Cómo lo sabes?

—Pues porque no va a ir al colegio. Iremos a visitar al perro o a traérnoslo ya a casa con un poco de suerte. Sé que no se ha portado bien, pero ya ha tenido su penitencia con lo que ha pasado.

—Lo que tú digas —suspiró.

—Me quedaré mañana hasta que llegues. Luego ya harás tú lo que tengas que hacer.

—Por ahí tendrás alguna camiseta mía. Acuéstate en mi cama.

Se le hacía muy duro pensar en su cama y en el olor que se iba a encontrar en la almohada.

—Estoy bien. Tú ten cuidado con el coche.

—Hay una botella de coñac en el armario de encima de la nevera de los vinos, un poco escondida al fondo.

Ella se rio.

—Bueno, eso puede que sí lo haga.

Cuando colgaron, Kelly utilizó el taburete de la cocina para sacar el coñac, se sirvió un poco en una copa y volvió a acomodarse en el sofá envuelta en la manta. Estaba disfrutando con aquellas reposiciones de películas antiguas. Casi se había terminado el coñac y empezaba a quedarse dormida cuando oyó un ruido raro.

Bajó el volumen de la tele. Sí, había un ruido extraño. El viento, que soplaba entre las agujas de los pinos, quizás. Si Spike hubiera estado en casa, podría ser su llanto por estar encerrado, pero eso era imposible. Se quitó la manta y avanzó por el pasillo hacia la habitación de Courtney, escuchando. Entonces lo comprendió: era la niña, que lloraba. Seguramente por su perro.

Kelly abrió la puerta.

—Eh, eh... —susurró, acercándose y sentándose en el borde de la cama—. No le va a pasar nada, ya lo verás. Intenta dejar de preocuparte.

Courtney se giró un poco.

—¡Podría haberlo matado!

—Ha sido él solo el que se ha metido en el lío. Por eso hay que tenerlos siempre vigilados. Pero se pondrá bien, ya lo verás —se tumbó en la cama detrás de ella para intentar calmarla—. Mañana iremos a buscarlo y seguro que no ha sufrido ningún daño irreparable —continuó, acariciándole la frente—. Aunque tampoco se habrá vuelto más listo, así que serás tú la que tenga que pensar por los dos.

Más sollozos.

—Además, lo más probable es que tu padre quiera castigarte —dijo, con la única intención de que dejase de pensar en el perro.

—¿Se lo has contado? —preguntó entre lágrimas.

—Sí, y tenías razón: está enfadado. Pero yo creo que se le pasará. Ahora mismo, lo único que nos preocupa es que el perro esté bien, ¿verdad?

—Sí.

—Te sentirás mucho mejor cuando lo veas mañana.

—Tengo que ir a clase.

—No. Hay un miembro de la familia gravemente enfermo. Hospitalizado, de hecho. Llamaré para decir que estás indispuesta e iremos juntas a por él y lo traeremos a casa. Yo me quedaré contigo hasta que llegue tu padre. Ya verás como lo superas.

—Pero es que ha sido culpa mía.

—Todos pasamos por algo así alguna vez. Incluso el veterinario, ¿te acuerdas? Es que los cachorros son muy atolondrados y capaces de meterse en líos constantemente.

—Pero ha sido culpa mía el que estuviéramos aquí en vez de en casa de los Hawkins. Quería demostrarle a mi padre que no necesitamos a nadie. Que él no necesita a nadie más. ¡Qué idiota soy!

—Bueno, podrías esperar un poco más para demostrárselo. Por lo menos hasta que puedas llevar tú sola a tu perro al veterinario, ¿no?

—Jerry tenía razón, y yo estaba equivocada.

—¿Quién es Jerry?

—Ese estúpido consejero que dice que necesitamos a muchas personas en la vida.

Kelly se acercó más.

—Mira, Courtney, yo pienso que lo estás haciendo bien. No intentes hacer más de lo que está al alcance de tus posibilidades sin ayuda, pero tampoco te machaques por lo que ha pasado. Creo que lo estás haciendo bien, de verdad. Eres una chica lista, responsable y quieres muchísimo a tu padre. Te daría un sobresaliente.

—Esta noche la he liado bien.

—No tanto. Me has llamado a mí. Cuando has necesitado ayuda, me has llamado. Por eso puedes apuntarte unos cuantos puntos. Y hemos hecho del trabajo.

—Pero yo lo que pretendía era evitar que mi padre y tú os casarais. ¡Qué imbécil!

Kelly se quedó quieta un momento.

—Courtney, ¿no te ha dicho nada tu padre?
—¿De qué?
—Que me vuelvo a San Francisco la semana que viene. Vendré de visita, por supuesto, una vez al mes más o menos. Pero me vuelvo a trabajar a la ciudad.
—¿En serio?
—Sí. Ya es hora.
Un silencio largo llenó la habitación.
—Así que, si Spike y yo te necesitamos, no estarás aquí.
—Hay mucha gente por aquí. Tienes a tu padre, que no suele salir mucho, a Jill y Collin, a los Hawkins.
—Ya.
—Pero puedo hacerte una sugerencia. A lo mejor deberías cambiarle el nombre al perro y llamarlo Chispas.
La risa de Courtney se abrió paso entre sus lágrimas.

A Spike le dieron el alta, aunque su cola quedó definitivamente más corta. Kelly se pasó por su casa para ponerse algo cómodo y no tener que volver a dormir con la ropa. Se duchó en casa de Lief y preparó unos macarrones para la cena. Courtney se fue a la cama con su cachorro y Kelly volvió a servirse una copa de la botella escondida de coñac. Estaba empezando a sentirse muy cómoda en el sofá del gran salón cuando Courtney apareció. Llevaba su almohada y Spike iba a su lado.
—¿No vienes? —le preguntó.
—¿Adónde?
—Supongo que no quieres dormir en la habitación de mi padre, pero podrías hacerlo en la mía.
Kelly tardó un momento en decidirse.
—Enseguida voy.

El vuelo de Lief se retrasó un poco, y no llegó a Virgin River hasta la una de la mañana. Sobre la encimera se encontró una nota que decía hay macarrones con queso en el frigorífico.

Al no ver a Kelly en el sofá, se emocionó pensando que la encontraría en su cama, y cargado con la bolsa se fue a su habitación. Pues no. Su cama estaba vacía.

No habría dejado a Courtney sola, y menos aún después de todo lo que había pasado, de modo que encendió la luz del pasillo y abrió la puerta del dormitorio de su hija. Allí, en su cama, Kelly se había acurrucado junto a su hija y esta, a su vez, junto a su perro.

Spike levantó la cabeza, se soltó de los brazos de su amita y trotó hacia él. Cuando cerró la puerta, Spike, con la cola algo más corta de lo que la recordaba, le acompañó.

—No es que haya pensado en ti como primera opción —le dijo a perro—, pero me alegro de que me acompañes.

Una semana más tarde, llegó el día de la marcha de Kelly. Las dos hermanas estaban sentadas a la mesa de la cocina tomando el café del desayuno. El fuego estaba encendido y la habitación resultaba muy acogedora. Aunque el sol brillaba claro y el cielo estaba despejado, seguía haciendo frío fuera.

—Bueno… ha sido un sueño precioso: imaginar que tú ibas a cocinar lo que yo cultivara y que luego lo ibas a vender con la etiqueta de la familia. Y que te quedarías a vivir aquí.

—A lo mejor aún se cumple algún día. Pero en este momento, no.

—Me anima el hecho de que vayas a dejar aquí todas tus cosas. Por lo menos así te veré más a menudo que antes.

—Luca posee un montón de propiedades en la zona de la bahía, e insiste en que use uno de sus apartamentos amueblados mientras decido dónde quiero vivir, así que ¿por qué no? Es más rico que Dios, y conmigo se lleva una ganga. Además, quiero tener un sitio como este como refugio. No pienso volver a pasar por la rutina que me machacó tanto hasta que dejé ese restaurante de locos. La gente necesita equilibrio. No podemos trabajar constantemente.

—Y por otro lado, está Lief.

—Por otro lado, está Lief —sonrió—. No puedo renunciar a él de golpe porque le quiero, y supongo que tampoco será abandonar a su hija si paso la noche con su novia un par de días al mes, ¿no? Podrá venir a verme de vez en cuando, y yo vendré aquí también con frecuencia.

Jill tomó la mano de su hermana sobre la mesa.

—Sé que no habíamos vuelto a vivir juntas desde que cumpliste los dieciocho y te fuiste a estudiar fuera, pero es muy duro renunciar a ti después de haberte tenido aquí cinco meses.

Kelly le apretó la mano.

—No estás renunciando a mí. Pero, Jill, tú tienes tu negocio y a Colin, y lo que yo tengo es demasiado tiempo entre manos, demasiado espacio vacío en el corazón. Necesito algo más que trabajo. Lo he aprendido al enamorarme de Lief. Necesito formar parte de algo que sea vital y que crezca, y no esperar a ver si hay algo inesperado que eche raíces. Ya le he dedicado a esto suficiente tiempo. No es culpa de nadie. Simplemente es lo que es, y creo que he tomado la decisión correcta. Vendré a pasar un fin de semana dentro de dos o tres semanas.

—¿Qué te ha dicho Lief?

—Que me quiere y que le gustaría que pudiera quedarme, pero que lo comprende. Él nunca ha estado en una situación como la mía. Cuando conoció a su esposa, ella tenía a una hija que lo quiso al instante. No fue un desafío para él. Aun así, sigue esperando que las cosas puedan funcionar entre nosotros.

La puerta de la cocina se abrió y entró Colin quitándose los guantes. Llevaba una chaqueta de lona con estampado de camuflaje sobre un jersey de cuello vuelto negro y el pelo recogido en una cola de caballo. Sonreía.

—He reorganizado todo el maletero del coche. Ahora ya puedes usar el retrovisor. Todo listo.

—Gracias, Colin. Voy a echarte de menos. Mejor que me ponga en camino.

—Llámanos en cuanto llegues.

—Lo haré.

—Y no corras —añadió, abriendo los brazos para despedirla con un abrazo.

—Sí, papá —bromeó, dejándose abrazar—. Cuida de mi hermana, Colin. Cuento contigo.

—Jilly está en buenas manos, Kell. Tú cuídate. Siempre andas dando de comer a alguien; a ver si no te olvidas de alimentarte tú. Y no me refiero solo a comida.

—Gracias. No lo olvidaré —contestó y abrazó a su hermana—. Gracias por todo, cielo. He sido muy feliz en esta casa maravillosa. Me lo has hecho todo tan fácil...

—Recuerda que siempre serás bienvenida. Siempre. Si te cansas de trabajar para ese italiano loco, puedes venirte aquí y seguir con tus cremas y tus salsas.

—Lo recordaré.

Colin abrió la puerta y Kelly salió la primera. Nada más pisar el porche, se detuvo en seco. Allí, al pie de la escalera, aguardaba un duendecillo unos centímetros más pequeño que ella. Courtney parecía sorprendida. Nerviosa, quizás.

—Vaya... hola —la saludó—. No esperaba que estuvieras ya levantada tan temprano. Seguramente nos veremos dentro de unas semanas.

Detrás de Courtney, apoyado contra el coche de Kelly, las manos guardadas en los bolsillos, estaba Lief. A su lado, educadamente sentado, estaba el perro.

—No puedes irte —dijo la niña.

—Courtney, tengo que ponerme en marcha si no quiero pillar luego todo el atasco de...

—No. Lo que quiero decir es que no te vayas. Todavía no. Aún hay cosas que podemos hacer. Como le gusta decir a Jerry, podemos asistir a algunas sesiones de grupo a ver si somos capaces de remar todos en la misma dirección. También suele decir «sácalo a la luz para que podamos verlo». Bueno, que quiero que sepas que… las veces que he sido un poco desagradable… sabía que lo estaba siendo. No sé por qué lo hacía, pero lo sabía. Y puedo ser mucho más agradable. En serio.

—¿Por qué haces esto ahora, Courtney?

—Es que no creía que te fueras a ir de verdad —contestó, subiendo la escalera—. Creía que habría por lo menos un aviso más.

Kelly la abrazó con fuerza.

—No voy a estar lejos —le dijo, mirándola a los ojos—. Y volveré por lo menos una vez al mes; quizás, dos.

—¡No te vayas!

—Courtney, lo siento, pero Luca cuenta conmigo. Me ha ofrecido un buen trabajo y me he comprometido con él. Me necesita. Pero vendré a veros, lo prometo.

—¡Pero mi padre te necesita! —añadió con los ojos anegados en lágrimas.

Kelly sintió una mano en el hombro, demasiado grande y pesada para ser de Jill. Era Colin, que le ofrecía un ancla.

Miró a Lief. Su postura no había cambiado, pero casi imperceptiblemente se había encogido de hombros.

—Courtney, tu padre puede llamarme todos los días. Hablaremos. Nos veremos de vez en cuando. Tú ya sabías que esto iba a ser así. Lo habíamos hablado.

—No puedes dejarlo así. ¡Tienes que darle un poco más de tiempo!

—No estoy dejándolo, cariño, y tu padre lo sabe. ¡Lief! —lo llamó—. Lief, dile que no te estoy abandonando.

—Es cierto, Court. Necesita encontrar un sitio al que sienta que pertenezca, donde cuenten con ella y se sienta útil y apreciada. Y hay que comprenderlo.

—Esto no es una despedida —dijo Kelly—. Nos veremos pronto.

Volvió a abrazarla y bajó las escaleras del porche.

—¡Vale! —gritó Courtney—. ¡Yo te necesito! ¡Sparky te necesita! No te vayas ¡Por favor, no te vayas!

Kelly se quedó parada y miró a Lief a los ojos. Sonreía tímidamente. Lentamente se dio la vuelta. Courtney se había tapado la boca con la mano y le rodaban las lágrimas por las mejillas.

—Quiero que te quedes —dijo, y sollozó, pero luego alzó la barbilla—. A él no le importaría esperar, pero es por mí.

Kelly frunció el ceño.

—¿Por qué?

—No lo sé —se encogió de hombros—. Porque me aceptas como soy. Porque no eres mala. Porque ayudas —sorbió y se pasó la mano por la nariz—. Porque dijiste que mi padre me iba a castigar de por vida y que no ibas a cubrirme por lo que había hecho, pero te quedaste a dormir en mi cama porque yo lloraba. Vamos... —se sacó de dentro de la camiseta el colgante que Kelly le había regalado por Navidad y se lo enseñó—. Danos una oportunidad, ¿eh?

Kelly miró otra vez a Lief y él se limitó a ladear la cabeza como si no tuviera nada que ver con aquello.

—Tienes que darnos otra oportunidad —continuó la niña—. A mí. Tienes que darme a mí otra oportunidad, porque yo no quiero que te vayas. Nunca he querido. Es que me preocupaba no ser importante para nadie, como no lo era en casa de Stu.

—A lo mejor deberíamos darnos un plazo. Ver dónde estamos dentro de unos meses.

—No te vayas —insistió—. Mi padre te quiere. Me lo dijo en Navidad. Te quiere. Y yo... aunque no quería, después de lo que pasó con Sparky, supe que eras auténtica y he empezado a quererte.

—Vaya. Me lo he tenido que currar, ¿eh?

Courtney se rio entre las lágrimas.

—Sí, la verdad.

—Hay una cosa que tienes que saber, señorita: si vuelvo a cargar el coche en algún momento, cuando sea, será para marcharme.

—Vale.

—¡Eh! —protesto Colin, que al fin y al cabo era quien había cargado el coche.

—Entonces, ¿te quedas?

—Vamos a intentarlo —contestó—. Si de verdad piensas que remamos en el mismo barco.

—Sí —contestó Courtney—. Sí que lo pienso. Porque tú quieres a mi padre, ¿verdad?

—Lo quiero mucho. Y tú… tú empiezas a hacerte sitio en mi corazón.

Courtney sonrió.

—Pues podrías darle un beso, porque últimamente no hay quien lo aguante.

Kelly se acercó a él, pero, cuando le faltaba un metro para llegar, le preguntó:

—¿Esto ha sido idea tuya?

—No he tenido absolutamente nada que ver en ello. Nada. Anda, ven, que la niña tiene razón: deberías besarme.

Se dejó abrazar y cuando se estaban besando oyó una voz a su espalda que decía:

—¡Eeeh! ¡Qué asco!

Kelly dio un respingo y miró por encima del hombro.

—¡Era broma! —añadió Courtney, riéndose.

Volvió a mirar a Lief, que también se reía.

—Vamos a tener mucho de esto, ¿verdad?

—Es un trabajito duro, preciosa —dijo—. No para blandengues.

EPÍLOGO

Seis meses más tarde

Kelly y Jill estaban junto a la ventana contemplando la actividad que se desarrollaba abajo. El final del mes de septiembre era un momento perfecto del año: la mayoría de la cosecha estaba ya recogida y las hojas de los árboles habían empezado a cambiar de color, pero las ramas aún no estaban desnudas. Hacía sol y el aire era fresco. Entre el huerto y la casa se habían dispuesto mesas redondas cubiertas con manteles blancos como la nieve. Las sillas plegables se habían vestido con un lino sujeto con elegantes lazadas a la espalda, y cada mesa lucía un hermoso arreglo floral en naranja, amarillo, rojo y ciruela. Había altas velas que se encenderían cuando el sol se ocultara. Había acomodo para más de cien personas, y los invitados charlaban unos con otros, en la mano copas de champán de talle largo. En un extremo del jardín, junto a las lilas y los rododendros, había un enrejado con adornos en blanco y, a su lado, un cuarteto de cuerda.

En la parte delantera de la casa había coches, camionetas y monovolúmenes abarrotando la entrada. Un poco más allá, cerca del porche trasero, había dos furgonetas rotuladas con el nombre «BRAZZI» en los laterales.

Jill se miró las uñas.

—He llevado guantes toda la semana pasada, pero sigo teniendo tierra bajo las uñas.

Kelly se las miró.

—Yo creo que estás bien. Yo tengo pimentón en una que no hay manera de...

—¡Kelly! ¡Jill! ¡Bajad! —las llamó Courtney—. Luca está aquí.

Las dos se miraron.

—Ahora, con cuidado —dijo Kelly—, que subir aquí con vestido largo y tacones es mucho más fácil que bajar.

—Tú primera.

Cuando Kelly llegó abajo, se encontró con que Luca las esperaba con una bandeja de plata en la que había cuatro flautas de champán. Se echó la mano derecha al pecho y suspiró mirándola.

—Bella —susurró—. ¡Magnifico! ¡Mozzafiato! Nunca has estado más hermosa.

—Gracias, Luca.

Llevaba un vestido en un blanco roto adornado con un ribete de raso naranja oscuro en el escote y la cintura, del mismo color que los vestidos de las damas de honor, Jill y Courtney, y que las rosas más exóticas que Luca había hecho traer de San Francisco, que junto con margaritas y crisantemos, componían los ramos de flores que llevaban.

—Estáis todas preciosas —dijo él, alzando su copa y mirándolas una a una. Dejó la bandeja y dijo—: por la unión de dos familias magníficas. ¡Que Dios bendiga vuestra casa con la felicidad que os merecéis!

—Gracias, Luca —le agradeció Kelly.

Tomaron un sorbo y Courtney sentenció:

—Sidra. ¡Lo sabía!

—Si estuviéramos en Italia, preciosa, sería vino. Kelly, soy yo quien debería entregarte al novio. Al fin y al cabo, de no haber sido por mí, no os habríais encontrado.

—Bueno, no exactamente —contestó riendo—. Creo que ese honor se lo merece tu esposa. Además, aquí nadie entrega a nadie; solo me acompañas. Y Colin ya se ha ofrecido —añadió, rozando su blanquísima chaqueta de chef—. Que vayas a cocinar para mí es el mayor de los honores, Luca.

—No permitiría que otro diera de comer a tus invitados en el día de tu boda, tesoro. ¿Estás preparada ya? Porque están empezando a comerse los manteles.

—Kelly, ¿de verdad tengo que quedarme aquí mientras papá y tú estéis fuera?

Kelly se acercó a ella para aplicarle un poquito de brillo de labios.

—Claro.

—Pues no sé por qué no puedo ir con vosotros. Nunca he estado en el Cabo.

—En eso no voy a cambiar de opinión, Court.

—¡Pero si no iba a molestaros!

—Haremos un trato: si tú no vienes a nuestra luna de miel, yo no iré a la tuya.

—A la mía puedes venir.

—Estás preciosa hoy, Court —dijo con una sonrisa para cambiar de tema.

—Ya no quieres hablar más de ello, ¿eh?

Kelly asintió. Courtney miró a Jill y dijo:

—Es increíble que sea la primera vez que hace de madre, ¿verdad?

—Cierto. ¡Ahora vamos a casarla antes de que el novio se arrepienta! —apuntó su hermana.

—¿Colin y tú os vais a casar? —preguntó Courtney.

—Estás preciosa hoy, Court —replicó Jill, y las tres se rieron.

Luca abrió un brazo para indicarles que le precedieran y cuando echaban a andar oyeron a Courtney que decía:

—Creo que vamos a tener que trabajar en serio las habilidades de comunicación de esta casa…

Tuvieron que atravesar la cocina para llegar al porche de atrás y Kelly se quedó maravillada con lo que vio allí. Luca había llevado a su propio personal y gran parte de la comida. Ella le había sugerido que preparasen un bufé, pero él se había negado en redondo: la comida iba a ser servida. Y añadió que no sería nada demasiado elaborado: solo cinco platos y dos vinos.

Colin las esperaba en la puerta de atrás.

—¿Estáis listas? El reverendo Kincaid ya ha llevado a todo el mundo a su sitio.

—Listas. ¿Lief está ahí?

—Sí, y sus dos hermanos también. Muriel se las ha arreglado para conseguir una mesa en primera línea, aunque creo que ha tenido que negociar duro. Y hay más Riordan de los que se esperaba. Espero que haya suficiente comida.

—Siempre hay suficiente comida —oyó que decía Luca desde dentro.

—Entonces, vamos —las animó.

Courtney abría la marcha, seguida de Jillian, luego Kelly y Colin fueron pasando entre las mesas hacia el enrejado acompañados por la música de cuerda.

Kelly sonrió al ver a Lief besar a su hija antes de que ocupara su lugar a la izquierda de los hombres. Lo mismo hizo con Jillian.

Y luego, cuando Colin y ella se acercaban, vio cómo sus ojos se volvían oscuros y cálidos, y sonrió orgulloso antes de tenderle la mano. Los dos se miraron a los ojos cuando las palabras con que Noah Kincaid señalaba el comienzo de una nueva familia empezaron a sonar:

—Queridísimos hermanos...

Agradecimientos

Quiero dedicar un agradecimiento muy especial a Laura Osika por su participación en el Concurso de Virgin River. ¡Gracias por pasarte a vernos en Virgin River! ¡Has sido una incorporación magnífica a esta historia!

A mis lectores, a vuestras miles de cartas de apoyo y al boca a boca con el que habéis conseguido que este pequeño pueblo cobre vida. Os estaré eternamente agradecida por vuestro aliento y afecto.

Por esta historia, y casi por todas las que escribo, quiero expresar mi agradecimiento a Michelle Mazzanti, por leer el primer manuscrito y ayudarme en la investigación. No sería capaz de llegar al final de ningún libro sin tu ayuda y tus aportaciones.

Una vez más, quiero darle las gracias al jefe de policía Kris Kitna: gracias por contestar a todas mis preguntas sobre caza, pesca, leyes de ámbito local y otros detalles de la zona.

Estoy en deuda con Kate Bandy y Sharon Lampert. Sin vuestro apoyo y lealtad constante estaría perdida.

Mis gracias más sinceras a Ing Cruz por crear y dirigir Jack's Bar online, donde cientos de lectores de Virgin River pueden intercambiar noticias literarias. (http://groups.yahoo.com/group/Robyn-Carr_Chatgroup/)

Gracias a Rebecca Keene por leer este y muchos otros manuscritos. Tus críticas son muy valiosas para mí.

Colleen Gleason y Kate Douglas, dos mujeres cuya amistad es constante en mi vida y siempre cargada de buen humor, afecto y estímulo literario. Me siento enormemente agradecida de haberos encontrado.

Gracias a todo el mundo en el Nancy Berland Public Relations Agency por el apoyo y por vigilar siempre mi retaguardia. Jeanne Devon de NBPR, gracias por las horas de trabajo creativo, las lecturas y la crítica. Y muy especialmente gracias a Cissy Hartley y a todo el equipo de www.writerspace.com., por vuestro magnífico trabajo.

Y como siempre, gracias a Liza Dawson, de Liza Dawson Associates, y a Valerie Gray, directora editorial de Mira Books, dos de las correctoras más rigurosas del mundo editorial. Gracias a las dos por ser implacables, incansables y devotas perfeccionistas. Con cada una de vuestras recomendaciones, mis libros son un poco mejores y estaré siempre en deuda con vosotras. ¡Esto es el resultado de un esfuerzo de equipo y yo no podría tener otro mejor!

Mi eterna gratitud por la extraordinaria oportunidad que me ha brindado todo el equipo de Harlequin. ¡Nadie puede superaros!

Últimos títulos publicados en Top Novel

A merced de la ira – LORI FOSTER
Palabras prohibidas – KASEY MICHAELS
El regreso del rebelde – LINDA LAEL MILLER
Víctima de una obsesión – DEANNA RAYBOURN
Los Cordina – NORA ROBERTS
Tierras salvajes – DIANA PALMER
Algo más que vecinos – ISABEL KEATS
Sueños de verano – SUSAN WIGGS
Tiempo de traiciones – ROSEMARY ROGERS
Nuevos comienzos – ROBYN CARR
Pasión de contrabando – BRENDA JOYCE
Los Montford – CANDACE CAMP
Tentando a la suerte – SUZANNE BROCKMANN
De repente, un verano – ROBYN CARR
Empezar de nuevo – ISABEL KEATS
Una luz en el mar – SUSAN WIGGS
Los Mackenzie – LINDA HOWARD
Una rosa en la tormenta – BRENDA JOYCE
Sabor a peligro – LORI FOSTER
Entre las azucenas olvidado – GEMA SAMARO
Cierra los ojos… – SUSAN WIGGS
Más allá del odio – DIANA PALMER
Historias nocturnas – NORA ROBERTS
Vacaciones al amor – ISABEL KEATS
Afterburn/Aftershock – SYLVIA DAY
Las reglas del juego – ANNA CASANOVAS

www.ingramcontent.com/pod-product-compliance
Lightning Source LLC
La Vergne TN
LVHW030341070526
838199LV00067B/6398